目次

主要登場人物

＊（　）内は特に表記しない場合、作中でその人物の呼び名として用いられる通称、官職名など。

渡辺勘兵衛《わたなべかんべえ》（諱《いみな》：了《さとる》）……阿閉《あつじ》家家臣。鉄砲玉も恐れず、真っ先に敵陣に飛び込もうとすることから「先駆けの勘兵衛」の異名がある。

【阿閉家】
阿閉貞征《あつじさだゆき》（淡路守《あわじのかみ》）……近江山本山城主。勘兵衛の主。織田信長に従っている。

【織田家】
織田信長《おだのぶなが》……尾張に興り、上洛。畿内を中心とした広大な分国を築いた風雲児。

天下平定を進めている。

織田信忠《のぶただ》（三位中将《さんみのちゅうじょう》）……信長嫡男。尾張・美濃両国を信長から譲られており、跡継ぎと認められている。

織田信雄《のぶかつ》（三介《さんすけ》）……信長次男。

織田信孝《のぶたか》（三七《さんしち》）……信長三男。

三法師《さんぼうし》……信忠嫡男。


【羽柴家】

羽柴秀吉《はしばひでよし》（筑前守《ちくぜんのかみ》）……織田家重臣。近江長浜城主、播磨姫路城主。信長から中国筋の攻略を命じられている。

福島市松《ふくしまいちまつ》（諱：正則《まさのり》）……秀吉の小姓。

加藤虎之介《かとうとらのすけ》（諱：清正《きよまさ》）……秀吉の小姓。

石田佐吉《いしださきち》（諱：三成《みつなり》）……秀吉の小姓。

羽柴秀長《ひでなが》（小一郎《こいちろう》）……秀吉の異父弟。

藤堂高虎《とうどうたかとら》（与右衛門《よえもん》）……秀長家臣。近江生まれで、勘兵衛と面識がある。

羽柴秀勝《ひでかつ》（通称：於次《おつぎ》、官職：丹波守《たんばのかみ》）……秀吉の養子、跡継ぎ。信長四男。
浅野日向《あさのひゅうが》……秀吉家臣。秀勝の家老の役割を担う。
浅井喜八郎《あざいきはちろう》……秀勝の小姓。

三好秀次《みよしひでつぐ》（孫七郎《まごしちろう》）……秀吉の甥。

【惟任家】
惟任光秀《これとうみつひで》（日向守《ひゅうがのかみ》）……織田家重臣。

【柴田家】
柴田勝家《しばたかついえ》（修理《しゅり》）……織田家重臣。
佐久間玄蕃《さくまげんば》……勝家の甥。
柴田三左衛門《さんざえもん》……勝家の甥、養子。玄蕃の弟。

【摂津衆】

中川瀬兵衛《なかがわせべえ》……摂津茨木城主。信長に従っている。
高山右近《たかやまうこん》……摂津高槻城主。信長に従っている。

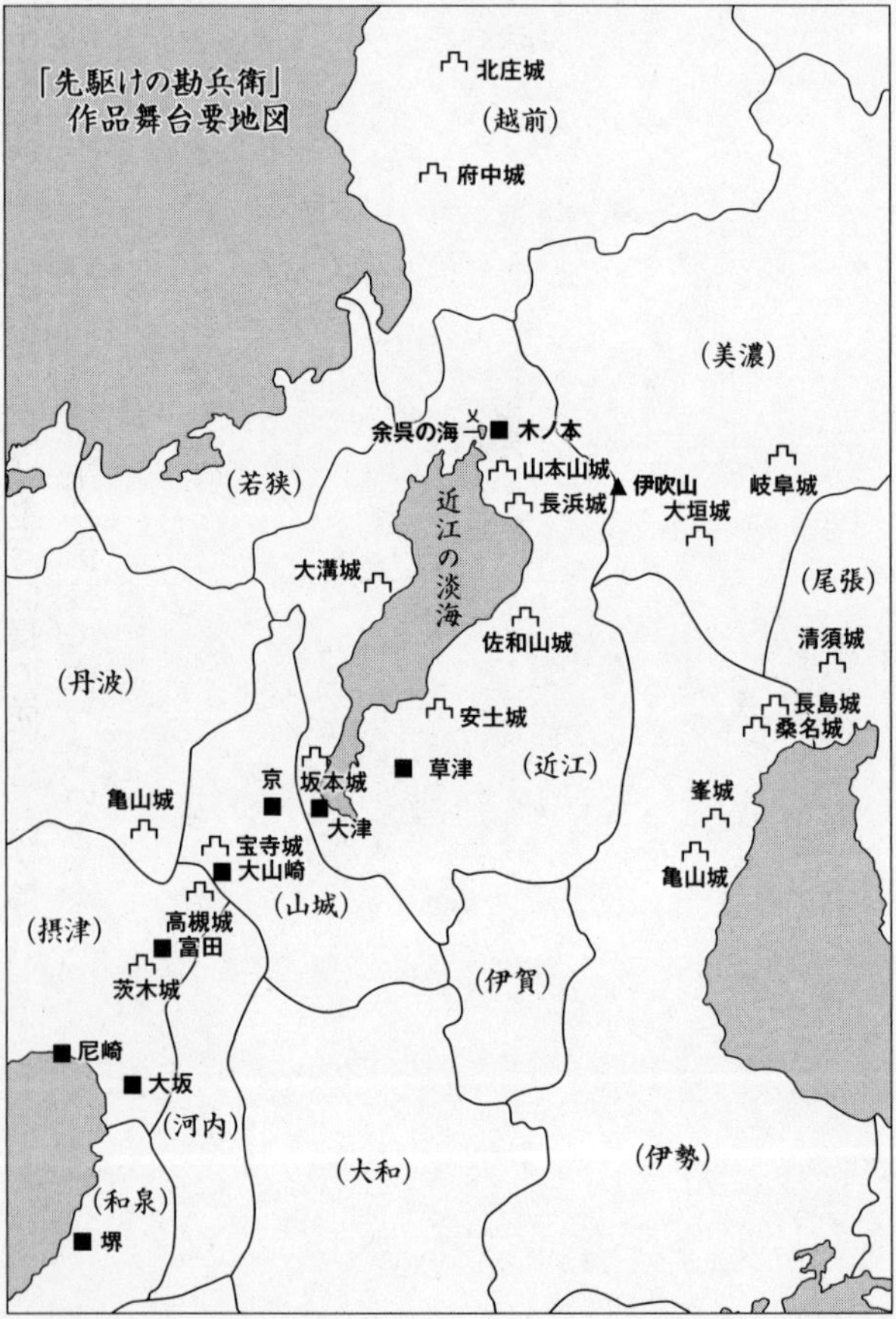
「先駆けの勘兵衛」
作品舞台要地図
北庄城
(越前)
府中城
(美濃)
余呉の海
木ノ本
山本山城
伊吹山
岐阜城
(若狭)
長浜城
大垣城
近江の淡海
大溝城
(尾張)
佐和山城
清須城
(丹波)
安土城
長島城
桑名城
草津
(近江)
京
坂本城
峯城
亀山城
大津
宝寺城
大山崎
亀山城
高槻城
(山城)
(摂津)
富田
茨木城
(伊賀)
尼崎
大坂
(河内)
(伊勢)
(大和)
(和泉)
堺

凸は城
■は町

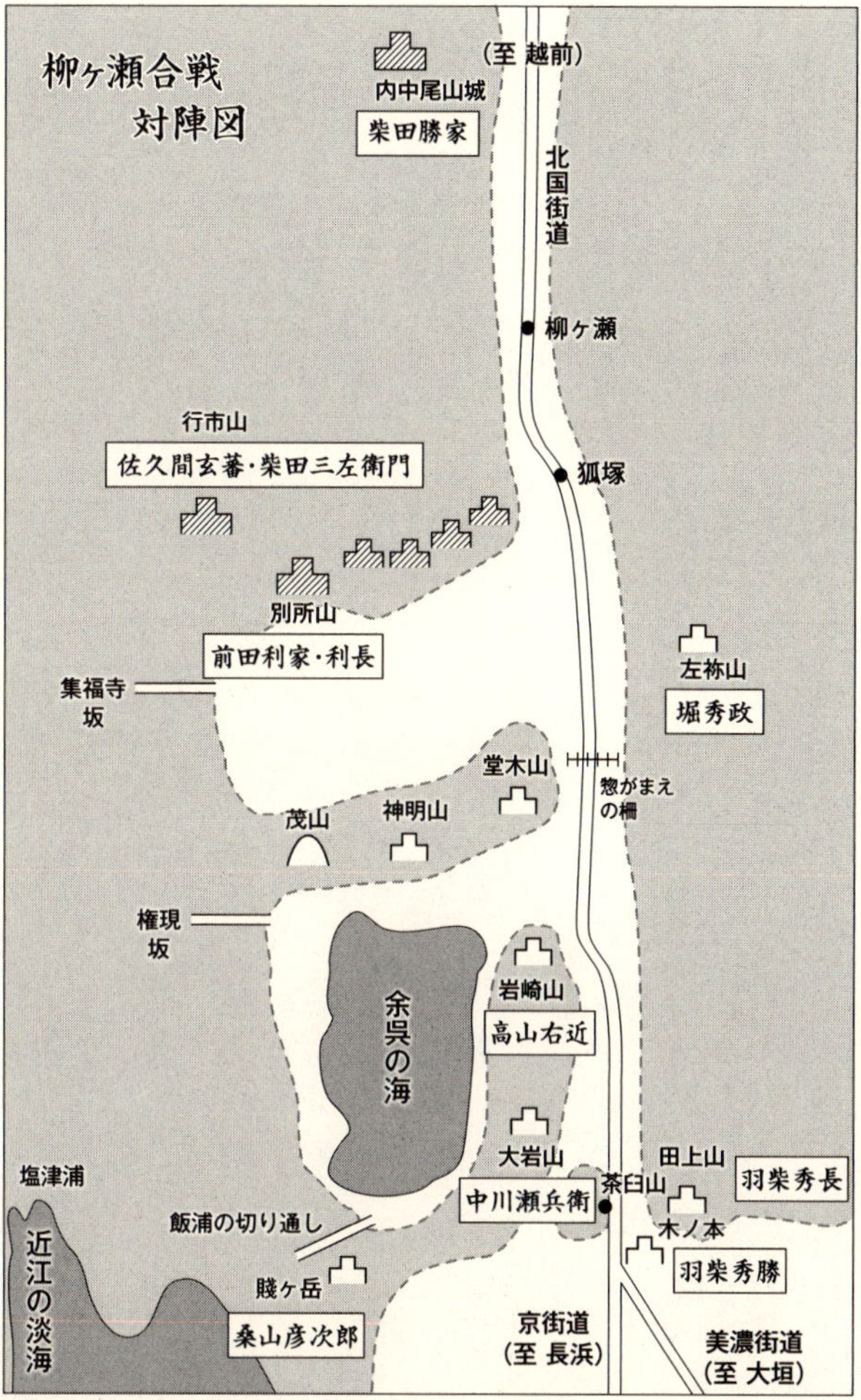
柳ヶ瀬合戦
対陣図
(至 越前)
内中尾山城
柴田勝家
北国街道
柳ヶ瀬
行市山
佐久間玄蕃・柴田三左衛門
狐塚
別所山
前田利家・利長
集福寺坂
左祢山
堀秀政
堂木山
惣がまえの柵
茂山
神明山
権現坂
岩崎山
高山右近
余呉の海
大岩山
田上山
塩津浦
中川瀬兵衛
茶臼山
羽柴秀長
飯浦の切り通し
木ノ本
近江の淡海
賤ヶ岳
羽柴秀勝
桑山彦次郎
京街道
(至 長浜)
美濃街道
(至 大垣)

先駆けの勘兵衛

落ち武者ひとり

——なぜだ。なぜ、こうなった。

渡辺勘兵衛《わたなべかんべえ》はみずからに問いかけながら、闇のなかをひとり、歩み続けている。人家の明かりは見当たらない。勘兵衛が人里を避《さ》けて進んでいるからだ。日暮れごろまで降っていた雨は止《や》んでいる。まだ雲に遮《さえぎ》られているのか、夜空には星ひとつ見えない。

闇に慣れた己の目だけを頼りに、勘兵衛は所領のある故郷の北近江《きたおうみ》に向かっている。

——なぜだ。

何度問うても答えは出ない。

心は張り詰め、頭が回らなくなっていた。ときおり、気が遠くなり、道の上に倒れ込む。そのたびに鑓《やり》を杖《つえ》にして立ち上がり、片手で頬を張って、ふたたび歩んだ。

追われる身だ。足を止めるわけにはいかない。

――儂《わし》は落ち武者ということか。

愕然《がくぜん》とした。震え上がった。

天下人織田信長《おだのぶなが》が京の本能寺《ほんのうじ》屋敷で最期を迎えてから、わずか十日と一日。天《てん》正《しょう》十（一五八二）年六月十三日の夜も更けていく。

信長の死により、時は深山の渓流の水のごとく、速く、激しく流れた。勘兵衛など、その水面《みなも》に落ちた木の葉同然。流され、揉《も》まれ、今日に至って、底の見えない滝つぼへ落とされた。

夕刻、勘兵衛は信長を討った惟任日向守光秀《これとうひゅうがのかみみつひで》に味方する阿閉《あつじ》家の軍勢のひとりとして、山城国山崎《やましろのくにやまざき》で羽柴筑前守秀吉《はしばちくぜんのかみひでよし》率いる大軍と戦った。今、敗れて逃げている。二十一歳の勘兵衛にとって、これまでこうむったことのない大敗だった。

家中の朋輩《ほうばい》は討ち死にし、傷を負った。歩ける者は、勘兵衛と同じように、戦《いくさ》場《ば》を逃れる。群れになって逃げていては、追い討ちしてくれ、と敵を呼ぶようなものだ。しだいにちりぢりになり、勘兵衛もひとりになった。

主《あるじ》たる阿閉淡路守貞征《あわじのかみさだゆき》が無事かどうかも分からない。

せせらぎが聞こえてくる。

勘兵衛はようやく、わずかな安堵《あんど》を覚えた。

——道は間違えなんだ。山科川《やましながわ》じゃ。

山崎からはずいぶん遠ざかった。山科川に沿って北へ進めば、そこは山科だ。山科から東へ峠を越えれば、近江国に入れる。追っ手のことを考えれば、迫られる前に一本でも多く、川を渡っておきたい。川の流れで我が身と敵とを隔てておきたい。

幸いなことに、この辺りは貞征の供として何度も往来した。体が道を憶《おぼ》えていた。浅瀬のありかも知っている。勘兵衛は川の土手に沿って進んだ。気にかかるのは、敵がすでに浅瀬の近辺を押さえていないか、だ。

せせらぎが大きく聞こえるようになる。土手の向こう側は浅瀬だ。

勘兵衛は土手越しに目から上だけを突き出し、河原の様子をうかがう。

ともし火が見える。目がひさびさの明かりに慣れてくると、ともし火は河原に刺さった松明《たいまつ》の炎だと分かった。松明の傍らに立つ木には、馬が繫《つな》がれている。

音を立てぬよう、瞳だけを動かして周囲を探る。馬が繫がれた木のそばに、腹巻を着け、地に鑓を立てた者がひとり。浅瀬では三人が何かを洗っているようだ。

いったん、土手に隠れる。

――野伏《のぶ》せりだな。

そう考えた。羽柴の手の者だとすれば、この浅瀬に四人というのは手薄に過ぎる。羽柴勢はまだ山科川にたどり着いていないように思えた。

野伏せりどもは、浅瀬の岸に張り込み、勘兵衛のような落ち武者を待っているのだろう。

――あるいは、すでに。

落ち武者を手にかけているのかもしれない。川に入っている三人は、奪った品についた血や汚れを洗い流しているようにも見える。

戦が起きれば、野伏せりが湧いて出る。どこの戦場でも、野伏せりは戦う両軍を取り巻くように、息を潜めている。隊伍《たいご》を組んでいれば近寄ってこない。列をはずれ、ひとりにでもなろうものなら襲いかかってくる。落ち武者は餌食になりやすい。

――馬が欲しい。

心の底から思った。このまま疲れ切った体を押し進めても、どこかで足が動かなくなるか、羽柴勢に追いつかれてしまうだろう。

――どのみち、川は渡らねばならぬ。何より、そこに馬がおる。

意を決し、勘兵衛は土手を越えた。河原に降り、ともし火に近づいていく。

「そこにいるのは誰だ」

見張り番なのだろう。木の近くに立っていた男が、鑓をかまえて声をかけてきた。

浅瀬の三人も手を止め、勘兵衛に目を向ける。

「その馬を求めたい」

勘兵衛は木に繋がれた馬を指差し、返事に代えた。

山崎の戦場まで乗っていった自慢の鹿毛《かげ》馬は、轡《くつわ》取りの小者《こもの》ともども、逃げ去ってしまった。

今日は朝から具足を着け通しだ。夕刻よりぬかるんだ河原を駆け回って鑓をふるい、日が沈むころ逃げると決めた。山崎からここまで三里（一里は約四キロメートル）ほど。最初は駆け、しばらくして歩んだ。

何かをくくりつけられたかのように足が重い。

「兜《かぶと》、具足が馬代じゃ。他に持ち合わせがない。頼む」

左手でもどかしげに、せわしなく、兜の緒を解《ほど》いた。勘兵衛は返事を待たずに兜を脱ぐ。惜しくはない。兜、具足を着けたまま逃げるのは、落ち武者だと名のりながら駆けるようなものだ。

——馬も重荷は嫌であろう。

馬の脚が鈍れば、遅かれ早かれ羽柴の手の者に追いつかれる。

喉輪もはずして、地に落とす。

ぬっと鑓が胸元に伸びてきた。鑓の穂が松明の光を弾《はじ》く。

「手を止めるな。そのまま脱げ」

正面の野伏せりが勘兵衛に鑓を突きつけ、呟《つぶや》く。

勘兵衛は、言われた通りに手を止めず、左手で具足をはずしながら、野伏せりを眺めた。

月代《さかやき》を剃《そ》らず、茶筅《ちゃせん》にまとめた髪。何日も洗っていないのであろう、脂が浮いた顔には無精ひげ。血走った目で勘兵衛を睨《にら》んでいる。帷子《かたびら》の上に腹巻を着け、袴《はかま》ははいていない。

他の三人の野伏せりも浅瀬から岸に上がってきた。川で洗っていた物を放り投げる。兜や具足の胴のようだ。すでに手にかけられ、引き剝がされた落ち武者がいたに違いない。むくろは川に流したのか、見当たらない。

ふつう、具足は洗わない。革の類《たぐい》を用いてあるからだ。戦から帰れば、布で汚れを落とし、陰干ししてから香を焚《た》きしめる。それが手入れだ。

三人とも、やはり腹巻を着けていた。そのうち、ふたりが勘兵衛の背後に回り、腰の刀を抜く。

「身に着けている物はもらってやろう。だが、馬はやらぬ。鐺を捨てろ」

正面の野伏せりがまた呟く。機嫌がよくなったのか、いくらか声が大きくなった。

勘兵衛は一間半（一間は約一・八メートル）の鐺を捨てた。

「悪いな。続けろ」

侮ったような声色だ。

刀、脇差を地に転がした兜に立てかける。うながされるままに具足を脱いでいく。袖も胴も、はずしては足元に落とす。

残るひとりの野伏せりが勘兵衛の正面にしゃがみ込み、脱いだ物を拾い集める。殺してから剝ぎ取るより、生かして脱がせるほうが楽なのだろう。脱ぎ終えるまで、命を奪う気はないようだ。

最後にすね当てをはずす。それを、鑓をかまえた野伏せりの近くへ放る。脱いだ具足を拾い集めていた野伏せりが立ち上がり、具足下の上衣と袴だけになった勘兵衛の総身をねめ回す。まだ何かないかを改めているのだろう。

ふと動きを止め、夜目にも黄ばんだ歯をむき出して笑った。

「旦那、はずし忘れがございますぜ」

勘兵衛の首元から具足下のなかへのびた紐《ひも》に気づいたらしい。血か泥か、黒く汚れた指先で紐をつまもうとする。

近づく野伏せりの体が、背後の鑓をかまえた野伏せりの眼差《まなざ》しから勘兵衛の姿を隠したとき、勘兵衛は動いた。野伏せりの胸に渾身《こんしん》のもろ手突きを入れる。突かれた野伏せりはよろめき、体の向きを変えた。たたらを踏んで鑓をかまえる野伏せりにぶち当たり、ふたりして地に倒れ込む。

勘兵衛は素早く右足を伸ばし、刀を足の甲にのせ、はね上げる。宙に浮いた刀を左手でつかんだ。右回りに体を翻す。右手の野伏せりを抜き打ちに斬った。刀が首筋から喉へ抜ける。

浴びた返り血を払いもせず、鞘《さや》を放り、左足を踏み出す。踏み出した足に体の重みを移しながら、右肩に担いだ刀を今度は左へふるった。左手の野伏せりに斬りつけられるよりも早く、勘兵衛の刀が首を払う。流れた相手の刀ですねを斬られた。痛みは感じない。

抜き身のまま、刀を捨て、背後の鑓を拾おうとかがんでふり返る。鑓の穂先が頭の上で空を切る。

紙一重だった。兜を被《かぶ》っていたため、髻《もとどり》を解いてあったのが幸いした。結っていたならば、鑓先で突っかけられ、仰向《あおむ》けに倒れていただろう。

懸命に河原を探る指先が鑓の柄にふれる。突いた鑓を手繰る野伏せりと目が合った。勘兵衛は素早く鑓を拾い上げ、正面の野伏せりの喉元に突きを入れる。穂先が首の骨に食い込み、その勢いで鑓が抜ける。野伏せりは仰向けに倒れた。

立ち上がり、地を探っている残るひとりの右腕を踏みつける。紐に手を伸ばした野伏せりだ。

「命ばかりは」

河原に頬をすりつけた横顔から、怯《おび》えは感じられない。

「妙なまねをすれば殺す」

近在の村のあぶれ者か、もはや住む村などなくし、野伏せり稼業で口を糊《のり》する者か。こういった輩《やから》は足軽にもなる。多くのひとの死を間近で目にしてきたからだろう。胆《きも》がすわっているようだ。

「刃《やいば》を向ける者は斬る。おぬしは儂に刃を向けなんだ。手柄にもならぬ首は四つもいらぬ」

そう吐き捨てた。手を伸ばし、男の帷子の帯を奪う。

柄に帯をくりつけ、鑓を袈裟《けさ》がけに背負った。ふだんなら、馬に乗るとき、鑓は中間《ちゅうげん》に預ける。負け戦で、その中間もまた、鑓の鞘ごと行方知れずだ。

大小を腰に戻し、木に結ばれていた手綱を解く。河原に刺さっていた松明を抜き取り、馬にまたがる。兜、具足は脱ぎ捨てたままだ。最初の申し出の通り、生き残った野伏せりにくれてやるつもりだ。

生き残った野伏せりは、地に伏せたまま動かない。

「馬代は払うと言った。二言はない。他の者は死んだ。兜、具足はおぬしひとりの物じゃ」

返事はなかった。

「代わりに馬は貰《もら》っていくぞ。松明代は負けておけ」

勘兵衛は馬を進める。

首元の紐をしっかりとかけ直す。紐には小袋がさげてある。

「これは大切な物でな。馬代には入っておらぬ。くれてやるわけにはいかん」

具足下へぶらさげて、肌身離さず持っている様子を見て、金目の物だと思ったに違いない。

鎧兜《よろい》をただでくれてやる気も、ここで殺されてやる気もなかった。やり返す機会をうかがっていた。大切な小袋まで奪われそうになり、機が重なり、とっさに体が動いた。

戦が野伏せりを生む。田を荒らされ、村を焼かれ、たつきを失い、住処《すみか》を追われた者が野伏せりになる。戦乱の世に、野伏せりは生み出され続けている。

——甲冑《かっちゅう》を着けたままで、あれほど素早く立ち回れたかどうか。

相手は四人いた。おまけに腹巻を着けていた。一刀で斬り伏せるべく、血潮と息が通る首、喉を狙った。

——無理であったろうな。つきがあった。

大きく息を吸い込む。それから頭をふって、内心の呑気《のんき》な呟きを打ち消す。

勘兵衛は落ち武者なのだ。

松明で水面を照らし、浅瀬をたしかめながら、しぶきを上げて川を渡る。山科川の東の岸に上がると、流れに松明を放り込んだ。明かりは野伏せりや追手を招き寄せてしまう。
先を急ぐ。急げどもいくあてはなかった。

変転　――回想――

勘兵衛、信長に謁する

織田信長は、面《おもて》を上げよ、と声をかけることもなく切り出した。

「備中《びっちゅう》の羽柴筑前守の陣にいってこい」

「はっ」

信長の声を一度聞いたら、余人の声と間違うことはまずない。大人の男の声としてはやや高く、張っているわけでもないのによく通る。

渡辺勘兵衛は近江安土《あづち》城本丸御殿の広縁に這《は》いつくばっている。天正十年三月二日のことだ。

「勘兵衛」

昨日、山本山《やまもとやま》城の麓にある屋敷で、勘兵衛は主たる阿閉淡路守貞征が遣《つか》わした飛脚から書状を受け取った。勘兵衛はすぐさま船で近江の淡海《うみ》（琵琶《びわ》湖）に浮かんだ。書状には、信長が勘兵衛に謁を与えることを望んでいる、としたためられていた。

勘兵衛は船で淡海の東岸を南へ下り、長命寺山《ちようめいじやま》の南から川をさかのぼった。西之湖に入り、安土城下に船を着ける。その日のうちに安土城の麓の阿閉屋敷に駆け込んだ。

今や信長は、織田家の者たちから、上様、と尊称されるまでになっている。阿閉貞征の一家来に過ぎない勘兵衛を召し出すのは異例のことだった。

――いかなるご用でございましょうや。

安土の屋敷に詰めていた貞征に問うたものの、

――明日、お城に登れ。上様がじかに仰せられるであろう。

と、その小造りな顔に苦笑いを浮かべるのみだった。

この日、勘兵衛は萌黄《もえぎ》の肩衣袴《かたぎぬばかま》に身を包み、安土城へ向かった。両側に砦《とりで》のごとき大身《たいしん》家来衆の屋敷が軒を連ねる、勾配のきつい石段を登った。野は春めいているとはいえ、山を城に取り立てた安土城には肌寒い風もときおり吹きつける。

それでも、頂にある本丸に着くころには、額に汗がにじんだ。

本丸御殿の東の棟に入ることを許され、広縁で信長を待った。信長にとって又家来である勘兵衛は部屋には入れない。

凹の字に繋がる西の棟は、いずれ京の主上の御幸《みゆき》を迎えるための御殿だという噂《うわさ》を聞いていた。平素は使われていないようだ。信長は金、黒、朱に彩られた五層の天主で起居している。

何もかにもが珍しく、左右を見渡す勘兵衛に、先ぶれとおぼしき小姓が声をかける。

信長はすぐさま出御した。

「いつまで頭を下げておる。我が目を見よ」

部屋の上段から声がかかる。

信長は気働きがない者が嫌いだ。声をかけられない限り、いつまでも頭《こうべ》を垂れている者は気が利かぬということになるのだろう。

「ご免仕《つかまつ》りまする」

勘兵衛は慌てて面を上げた。

幸い、機嫌を損ねたわけではないようだ。間髪入れず、信長は口を開く。

「淡路守にはすでに申しつけた。淡路守に何か進物を出させる。それを届けよ」

青々と剃り上げた月代に目がいった。

信長は、屋内ならもはやいつでも露頭だ。烏帽子《えぼし》、冠の類を被ることはなくなった。今後、被るとすれば参内、あるいはこの安土城に主上を迎えるおりくらいだろうか。日本《ひのもと》に信長が仰ぎ、礼を尽くすべき相手はほとんど残っていない。信玄《しんげん》、勝頼《かつより》と二代に渡り、信長を脅かし、ときに苦杯をなめさせた甲斐《かい》武田《たけだ》家は今、まさに滅びようとしている。まだ信長の軍門にくだらぬ大名は少なくないが、信長が恐れるほどの敵はもういない。天下万民は遠からず信長を仰ぐだろう。

「勘兵衛」

信長はいくらか寛《くつろ》ぎを感じる声を発する。

信長は小袖を着ていなかった。その代わりに白い筒袖の、南蛮人が身に着けているような衣が信長の上体を覆っている。襟は体の正面で合わさり、連なって輝く緑色の石がそれを留めているようだ。深紫のつる草紋様の縫い取りをほどこした袴に裾をたくし込んでいる。

そのような異装が信長にはよく似合った。

「近ごろも戦場ではずいぶん働くと聞いておる」

「ありがたき仰せと存じまする」

勘兵衛は武辺をもって、その名を織田家中に響かせつつある。天正五（一五七七）年、十六歳で初陣を飾ってから、またたく間に武功を積み上げた。

「初めて会うたのは吹田《すいた》城攻めのときじゃったな。あのときはいくつであったか」

信長は笑いを堪《こら》えつつ、たずねている。

「十七歳でございました」

頬が赤らむのを感じながら答える。

初陣の翌年、天正六（一五七八）年、阿閉勢は羽柴筑前守秀吉の組下に入り、摂津《せっつ》吹田城を攻めた。勘兵衛は誰よりも早く敵城の塀を越え、さらに一番首を取り、初めて信長に謁を賜った。

信長はじかに褒美を与えた。三方をすえさせ、みずから革袋を取り、三方の上で逆さまにする。黒い南蛮胴を着け、肩から背へ、びろうどを幕のように垂らしていた。

革袋ものせてすすめられた三方を見て、勘兵衛は戸惑う。三方には鋳たばかりの鉄砲玉のような粒が、ふたつかみほどのっていた。その粒が何か分からなかったからだ。

鉛玉に似ているが、鉛よりも白く光る。ところどころ黒ずみ、形も鉄砲玉にしてはいびつだ。

困惑の果てに、勘兵衛は秀吉がつけてくれた奏者にたずねた。

——これは、何匁《もんめ》の玉にてござそうろうや。

答えようとした奏者に信長は目配せした。奏者は押し黙ってしまう。

信長は懸命に笑いを押し殺していた。

それが銀だと奏者に教えられたのは、信長の面前から退き、阿閉家の陣に帰る途中だった。銀で飾られた武具を目にしたことはあったが、地金の銀を見るのは初めてだった。

又家来たる勘兵衛が手柄をあげたとしても、信長から加増を受けるのは貞征であって勘兵衛ではない。じかにその顔を見て、それなりに値うちがある物をくれてやろう、というのは信長なりの気づかいだった。

よほど可笑《おか》しかったのか、信長は後日、鉄砲も贈ってよこした。

「吹田攻めのころはまだあどけなげであったが、いい面がまえになったものよ」

我慢できなくなったのか、信長はそう褒めて高笑いする。

天正七（一五七九）年の同国有岡《ありおか》城攻めでも一番乗りを果たす。こののち、貞征から戦場で鶴の丸の紋が入った母衣《ほろ》をつけることを許された。鶴の丸の母衣は、阿閉家でも七、八人にしか認められていない武勇の証《あかし》だ。勘兵衛はこれを誇りとしている。

昨年、信長が伊賀《いが》に攻め入った際には、勘兵衛だけではなく、勘兵衛に従った者たちも首を上げた。阿閉一の稼ぎ、と称されるほどの働きだった。

貞征も信長に対し、大いに面目を施したと聞く。

「さて」

信長が威儀を正す。

「何ゆえに淡路守が羽柴筑前守に進物を届けるか、分かっていような」

「はっ。推量いたしまするに」

「分かっておればよい」

勘兵衛のことばを遮る。

相手が信長であれ、多少、腹は立った。

――お忙しいのだな。

そう思い直すことにした。

去る二月より、信長の嫡男で美濃《みの》・尾張《おわり》の分国を譲られた三位中将信忠《さんみのちゅうじょうのぶただ》が、信濃《しなの》から武田の領国に攻め入っている。武田方の諸将は次々に寝返り、敵に留《とど》まる者はたちまちに滅ぼされているという。信長自身の出馬も近い、という噂がある。

「来《きた》る五日に武田征伐に出陣する」

信長は言い切った。

——噂はまことだった。

安土は城下も城内も静かだ。人々は落ち着いて見える。天下人の出陣が間近に控えているとは思えないほどだ。

信長はごく少ない供廻《ともまわ》りのみを率いて、迅速に動くことを好む。今回の出陣もそういう形をとるのだろう。軍勢は戦場に近い城などに集めておき、信長の到着を待って押し出す。

安土に敵方の間者《かんじゃ》が入っていたとしても、信長の動きは掴《つか》みづらいはずだ。ただし、安土を出てから軍勢と落ち合うまで、信長身辺の警固がつねに手薄になる難点がある。

「三位中将の軍勢が信濃高遠《たかとお》の城に迫っておる。高遠を攻めれば、四郎《しろう》めが後詰《ごづ》めに出てくるやもしれぬ。四郎の首を取り、武田を根切りにする好機じゃ」

武田にとって信濃高遠城は大切な城だ。信濃の支配には欠かせない。惣大将四郎勝頼の弟が守っている。しかし、もはや兵の数でも、勢いでも、織田勢は武田勢を遥《はる》かに上回っていた。

――あるいは高遠城もう落ちているかもしれぬ。

馬の脚より戦の進み具合のほうが早いことはよくある。

いずれにせよ、この度の出陣では、信長は武田家滅亡を見届けるまで馬を返さぬはずだ。

「進物のこと、たしかに申しつけたぞ。淡路守がもたつくようなら、そのほうが急《せ》かせ。わしが安土に戻ったとき、まだ備中に赴いておらねば、曲事《くせごと》とする」

「たしかに承り申しました」

勘兵衛は深く平伏する。

「そのほうが戻るころ、わしは武田を平らげて、富士《ふじ》の高嶺《たかね》でも見物しておるはずだ」

信長のゆるぎない自信を感じる。

織田家はそれだけの力をたくわえた。武田勝頼の武勇すら、ものともしないだけの手も打ってあるのだろう。

「先に褒美をやっておく」

小姓が差し出した三方の上に、今度は油紙の袋から何かを盛り上げた。

「コンフェイトという」

「こんぺいとう」

「こんふぇいと、じゃ」

信長は笑った。勘兵衛の驚く顔つきがおかしいのだろう。

小姓が勘兵衛の眼前に三方を進める。

なかば透き通った玉の粒のように見える。コンフェイトが何に用いる物なのか、勘兵衛にはさっぱり見当もつかない。

信長は、また嬉《うれ》しそうに笑う。勘兵衛が困惑する顔を見たかったのだろう。

「南蛮の甘味じゃ。宿で食してみよ」

そう述べると、信長はすぐに立ち上がった。足音が遠ざかっていく。

貞征と秀吉の仲は険悪だ。貞征は、かつて北近江一円を領した浅井備前守長《あざいびぜんのかみなが》政《まさ》の重臣だった。信長と戦うことを選んだ長政を支えたものの、浅井家の滅亡が目前に迫り、織田方に寝返る。信長の近江平定に尽力し、知行を安堵《あんど》された。

一方、浅井旧領の支配は秀吉に一任された。秀吉にすれば、己が与えられた分国の真ん中、山本山城周辺と淡海を挟んだ菅浦《すがうら》、竹生島《ちくぶしま》に貞征が居座るのが面白くない。隙あらば阿閉家の所領を削ろうとする。貞征は秀吉への不信を募らせた。

――上様も、存外細やかな。

おかしかった。信長といえば、世間では乱暴者のように言われることが多い。じかに接してみれば、こうして又家来に過ぎない勘兵衛に用を申しつけるに際し、あらかじめ褒美の品を支度しておくよう気づかいも見せる。

安土城の膝元たる近江の淡海の東岸で、外様の小身被官ながら地に根を張り、無視はできない力を持つ貞征と自身の重臣である秀吉がいがみ合うのを苦々しく眺めていたに違いない。仲介の労をとる気になったのだ。

秀吉の北近江入国当初、阿閉家は秀吉の与力《よりき》とされた。天正四（一五七六）年、安土城築城普請《ふしん》が始まったころから、信長の麾下《きか》に移された。信長も出陣した戦場では、秀吉の組下に入ることもあるものの、翌天正五年から始まった秀吉の中国征伐には従っていない。

勘兵衛は御殿から下がり、また急な石段を下る。

「妙なものだ」

そう呟く。勘兵衛は近江小谷《おだに》城主だった浅井長政の家来の家に生まれた。同じ家中の同族の家に養子に出される。

天正元（一五七三）年九月、長政は信長との戦いに敗れ、自害する。小谷城は落ち、養父も討ち死にを遂げた。養母に手を引かれ、阿閉貞征を頼る。養母は貞征の係累だった。長ずると、そのまま阿閉家に仕えた。

勘兵衛は代々の旧主を裏切った貞征に仕え、忠節の志さえ抱いている。さらには、旧主を滅ぼした信長に、又家来の身でありながら、御殿へ召し出されるまでになった。

考えてみれば、妙な来し方だ。

——旧主だなんだを気にしてどうする。侍の身に似つかわしくもない。

もの思いにふけりがちな己を嘲笑《あざわら》う。

すでに乱世は百年続いている。乱世ではどんな運命の変転が起きてもおかしくない。

安土城下の阿閉屋敷に戻った勘兵衛は、その夜、コンフェイトをひと粒、口に含んでみた。たちまち、腰を抜かしそうになる。

——こんなに甘い物がこの世にあるとは。

勘兵衛はもともと甘い物が好きで、よく干し柿などを食す。

どんなに甘い干し柿も、このコンフェイトの甘さには遠くおよばない。

――思えば、銀はふたつかみほど頂戴した。コンフェイトはひとつかみだ。

それほど貴重な物であるに違いない。

――コンフェイトひと粒で、いくつ干し柿が買えるのやら。

さっそく小者を呼び、山本山の屋敷にいる、最近迎えたばかりの妻へ、コンフエイトを半分送った。

いっそう貞征のもとで軍功を積み、信長への忠義をあらわすことを胸に期す。

備中にて一番乗りを果たす

勘兵衛が備中 冠《かんむりやま》山城を攻める羽柴秀吉の陣に入ったのは、四月二十二日のことだ。
秀吉は冠山城の東十町（一町は約一〇九メートル）、南坂の山に本陣を置き、西に足守川《あしもりがわ》を背負う冠山城に北、東、南から迫っていた。また軍勢を割き、冠山城の南、足守川の川下でも城攻めを行わせている。この別手はすでにふたつの城を抜き、三つ目の城を攻めていた。

――南北から高松《たかまつ》城を挟むか。

勘兵衛はみずから筆を執って描いた地図を眺め、秀吉の軍略を探る。

秀吉は天正五年にまず播磨《はりま》に攻め入り、悪戦苦闘を重ねながら西へ進んできた。播磨、但馬《たじま》、因幡《いなば》、淡路を平定し、備前の宇喜多《うきた》家、美作《みまさか》の南条《なんじょう》家を麾下に取り込んだ。

秀吉が向かい合う敵は安芸《あき》を本拠とし、備後《びんご》、周防《すおう》、長門《ながと》、伯耆《ほうき》、出雲《いずも》、石見《いわみ》、隠岐《おき》を領し、備中の国人《こくじん》の大半を味方につけている毛利《もうり》家だ。天正五年以降の中国征伐は、毛利方についた諸国の国人たちを調略し、それが通用せねば攻め滅ぼす戦いだった。

これまでもときおり後詰めに出てきた毛利の軍勢と干戈《かんか》を交えることがあった。この戦では、ついに備中まで押し込まれた毛利方が当主輝元《てるもと》を擁し、雌雄を決するために大軍を催して、進んでくることが予期されていた。

――決戦は高松城で行われる。

そう思い当たり、武者震いした。

秀吉率いる羽柴勢が北で冠山城を抜き、別手が南の諸城を落とす。そうなれば、備前・備中国境に残る主な城は高松城のみだ。深田に囲まれた、攻め難い城だと聞く。

もし高松城が落ちれば、高梁川《たかはしがわ》より東に羽柴勢を押し止《とど》めるほどの要害はもうない。毛利は備中の半ばを失うことになる。

――だが、それは少し先のことになろう。

勘兵衛の役目は、主である阿閉貞征の使者として、秀吉を陣中に見舞い、進物を献ずることだ。加勢にきたのではない。役目を果たしたならば、貞征に復命しなければならず、高松城攻めにはくわわれない。武人として残念に思う。

「今は城攻めにかかったばかりにて、本陣の普請も終わっておらぬ。筑前守もお会いする暇《いとま》がござらぬ。しばし、ご逗留《とうりゅう》あれ」

取次に任じられた羽柴家の侍は、そう言って、勘兵衛を本陣近くの百姓家に案内した。

「筑前守には、阿閉殿よりお見舞いのご使者が参られたことを伝え申した。手が空きしだい、お呼びするとのこと」

「筑前守殿の仰せ、もっともに存ずる。急がれずとも、ようござる」

勘兵衛の返事を聞くと、取次は一礼し、本陣へ戻っていった。

進物は兵糧だ。勘兵衛は牛に引かせた荷車を十台、従えてきている。

――米ならば、いくらあっても困らぬ。下手に気を利かせて余計な物を贈り、あとで物笑いの種にされてもかなわぬ。

武骨な貞征はそう述べた。

信長という男は、己が命じれば何ごともすぐさま行われる、と考える。進物は米と決めた翌日、貞征にも甲斐征伐に随行するよう命が下った。貞征はなんとか見舞状だけはしたため、進物を整えることは留守居の家老衆に託して出陣した。家老たちも主と秀吉の不仲については知っている。他国から入ってきた目の上のたんこぶである秀吉をよく思う家老はいない。米集めは遅々として進まなかった。なかには書状を送るか、帰陣を待つかして、改めて貞征の存念をたしかめたほうがいいのではないか、と言う者もいた。

信長から、遅れれば曲事、と脅された勘兵衛は家老たちを急かしに急かした。ようやく山本山を発《た》ったのは、四月十日のことだ。

百姓家に留守番を残し、勘兵衛は翌日から羽柴勢の陣を巡った。

「城攻めの筑前守、と申すからな」

鑓持ちの小者ひとりを従える。

「しかし、旦那様」

小者がたしなめるようにささやく。

「宿でお待ちにならなくてもよいのでございますか」

「よいよい。声がかかれば、留守番が知らせてくる。こちらも待たされているのだ。儂が宿に引き返し、それから本陣に出向くまで、たいして時は費やすまい。待たせればいいのじゃ」

勘兵衛は気にせず、進む。

呼び出された際、装束を替えなくて済むように、対面に備えて持ってきた褐色の羽織を着てきた。両胸、両袖、背に鶴の丸を染め抜いた品だ。

秀吉は城攻めの名人との聞こえがある。織田家の諸将のなかでも飛び抜けている、と。

――筑前守が城攻めしておる陣を見物できるのだ。役得と申すものよ。

胸が高鳴る。

秀吉は数多くの城を落としてきた。特に天正八（一五八〇）年、二年に渡る攻囲の末に落とした播磨三木《みき》城、翌九（一五八一）年に落とした鳥取《とっとり》城の戦いは名高い。

どちらの場合も盛んに普請を起こし、堀を穿《うが》ち、土居をかき上げ、いくつも付城《つけじろ》を築いたらしい。まるで敵城を呑《の》み込む、さらに大きな城を造るがごとき有様だったという。糧道が全く絶たれた城方は、はかばかしい戦をすることもできなかった。飢えに負けるように落城に至ったと聞く。

――武辺の学びじゃ。

秀吉の武略を学ぼう、というのではない。学んでも大将ではない勘兵衛には活《い》かしようがない。

味方の手負い討ち死にを少なく抑え、大敵をくだした秀吉の城攻めは、諸将が真似《まね》るところとなるだろう。勘兵衛が見出《みいだ》したいのは、そのような戦でも武功をつかむすべだ。

「これは何か」

目新しいものを見つけると、勘兵衛は近くにいる者に臆せずたずねる。聞かれたほうも、勘兵衛が鎧兜を身に着けていないことに驚いたのち、丁寧に教えてくれた。真新しい羽織を着て、陣中を歩き回る勘兵衛は目立った。目立つ上に堂々とした物腰を見て、信長が送った検使だと思ったのかもしれない。

羽柴勢の陣所は北、東、南とも、城から百間ほど隔てて築かれている。空堀、柵、土居、塀を備えた堅陣だ。

勘兵衛が眺めていると、陣から城へ向かって開かれた冠木門《かぶきもん》から、二十人ほどの足軽が飛び出した。先を進む足軽たちは鉄砲玉除《よ》けの竹束を抱え、それを追う者どもは俵を担いでいる。おそらく土俵だろう。

城方もこれに気づいて鉄砲を放ってくる。

足軽の一群は竹束の陰に隠れて、飛んでくる鉄砲玉をやり過ごし、鉄砲が止むとまた進む。これを繰り返し、城まで五十間ほどのところまで進むと、竹束が隠す背後に土俵を積み上げた。敵の鉄砲が盛んになると、竹束の者も積まれた土俵の陰に身を隠す。土俵は竹束よりもよく玉を防ぐ。

これに続いて三人の鉄砲足軽が土俵の裏手に駆け込んだ。竹束を塀のように土俵の上に立て、その隙間から城へ向けて鉄砲を放つ。

「あれはなんと申すや」

俵に土を詰める役目なのか、両手両膝が泥まみれの足軽をつかまえて、問う。

「つぶらと申しておりまする」

歳《とし》は勘兵衛よりいくつか上だろう。足軽は得意げに答える。

「つぶら」

懐かしい響きだ。浅井家三代の居城だった小谷城では、曲輪《くるわ》のことをつぶらと呼んでいた。丸、あるいは郭とでも書くのだろう。

土俵と竹束のつぶらは、まさに羽柴勢にとって小さな出丸、冠山城への小さな付城だった。

「かような小城ひとつを落とすのに、大袈裟な普請は要りますまい」

足軽はそう述べて、鼻の下を拭った。そこに泥がつく。

――さすが、羽柴勢の足軽だ。

足軽風情にこんな口を叩《たた》かれていると知ったら、城将はどんな顔をするだろうか。

ひとつ、つぶらができると、何組もの足軽たちがあとに続いた。最初にできたつぶらの両側に、さらにその外側に隙間なくつぶらが並び、それはもはや仕寄場《しよりば》と呼んでもよいかまえになっていく。

「あとは鉄砲の止み間に、塀際まで仕寄を進めていくばかりでござる」

足軽はますます胸を張る。

「よく分かった。邪魔をしたな。ありがたかった」

勘兵衛は礼を言って、さらに陣の塀際へ歩んだ。

仕寄場ができると鑓を携えた侍たちも陣を出る。

――城の様子を見て、機をとらえ、つぶらを前に進めるよう下知《げじ》するのだな。

仕寄場が城の塀際まで近づけば、城へ乗り込む気であるに違いない。

城攻めにおいて、一番乗りは武功の最たるものだ。勘兵衛もつねに一番乗りを目指している。

鉄砲防ぎの竹束は、もともと東国で編み出された道具だと聞いている。今ではどこの戦場でも当たり前に使われている。土俵もまた、城攻めの際には欠かせぬものだ。堀を埋め立てたり、塀を登る際の足場として積み上げられる。

――だが、羽柴勢はひと味違う。

これを組み合わせて瞬時につぶらを作り、連ねて仕寄場をかまえるためには、足軽たちが場数を踏んでいなければならない。

――筑前守に従い、数々の城を攻め落としてきた羽柴勢の足軽どもにこそ、なせるわざだ。

日が暮れると、仕寄場の城側には柵が結われた。その柵を煌々《こうこう》たる篝火《かがりび》が照らす。敵の夜討ちへの備だろう。

勘兵衛は宿となっている百姓家に戻る。

この日も翌日も秀吉からの呼び出しはなかった。

――さては城を落としてから対面しようということか。

勘兵衛はそう感じた。

――ひと働きしてやるか。

冠山城の陣に着いて四日目、四月二十五日、勘兵衛はまだ暗いうちに目を覚ます。

宿で糒《ほしい》をかじり、東の空が明るくなるころに羽柴勢の陣に出向いた。城の南側の陣だ。

「おはようございます」

「うん。早くから精が出るな」

三日間通い詰めた甲斐があって、足軽、小者らとはもう顔見知りになっている。

秀吉との対面が済まぬこともあり、諸将、侍衆にはまだ挨拶していない。それでも、陣中を歩き回る勘兵衛を阻む者はいない。どこかの戦場、あるいは安土などで勘兵衛を見かけた者から、素性が出回っているのかもしれない。いずれにせよ、見て見ぬふりをしてくれているようだ。

諸将、侍衆の陣屋、足軽たちの小屋はまだ最初の陣所に残っている。ただし、冠木門はもはや仕寄場への入口となっていた。土俵と竹束の仕寄は毎日十間以上も進んだ。その背後、広々とした仕寄場には、楯《たて》を並べ、幔幕《まんまく》を巡らせた新たな詰め所がいくつもできている。

陣屋、小屋から起き出た者どもは、列をなして冠木門を潜《くぐ》っていった。勘兵衛も列に紛れる。仕寄の際まではいかず、少し後ろに控えて仕寄場の様子をうかがった。

――間違いないな。

足軽も侍も、昨日まで とはいくらか面持ちが異なる。少し張り詰めているようだ。

――今日が惣乗りじゃ。

にぎやかだった仕寄場が今日は静かだ。立ち働く者の口数も少ない。

惣乗りの日の朝とは、こういうものだ。勘兵衛も何度か目にしてきた。ここまで手負い討ち死にをあまり出さず進んできた戦も、惣乗りとなれば一変する。城を乗っ取るため、今日は敵城に入り、得物を取って、敵の武者と接戦せねばならない。誰かが必ず死ぬ。特に塀を越える際に討たれる者が多い。

「離れずについてこい」

控える鑓持ちの小者にささやく。

小者も硬い面持ちでうなずく。具足も着けず、兜も被っていない素肌の者が戦にくわわろうなどとは、沙汰《さた》の限りだ。しかし、それを言っても聞く耳を持つ主人ではない。観念しているのだろう。

冠山城は小山を取り立てた城だ。北は勾配が急で城乗りには向かない。陣を置いていない西は断崖だ。乗り込むならば東か南から、ということになる。大手に当たる東には秀吉が出張っているだろうから、搦手《からめて》の南の陣を選んだ。

「もうじきだ」

鉄砲足軽が仕寄の陰で筒をかまえる。もう、そのすぐ外には、城の切岸が迫っている。

弓足軽たちが、物頭に率いられ、前へ出て行く。火が焚かれた。どうやら、惣乗りと同時に城を焼け、という指図があったらしい。

勘兵衛は少しずつ前へ進む。

「放て」

鉄砲足軽に命が下った。

爆鳴が轟《とどろ》き渡る。

「火矢、放て」

弓足軽たちも引き絞った弦を鳴らす。

炎をまとった矢が竹束を飛び越えていく。

侍衆は鐺を携え、折り敷いている。

別の足軽衆が土俵の上に立てられていた竹束を取り払う。積み上げられていた土俵を崩し、堀へ投げ込み始めた。堀が埋まり、さらに敵城の切岸と同じ高さまで土俵を積み上げたら、いよいよ惣乗りだ。

勘兵衛はそれまで待たない。

「いくぞ」

小者にひと声かけ、すでに堀が埋まった一角へ駆け出す。

城の塀際が見える。切岸はさほど高くない。勢いをつけて飛び上がれば、塀に取りつけるはずだ。

まだ土俵の陰にいる侍が勘兵衛に気づいた。素肌のまま、得物も携えず駆ける乱心者と見えたのかもしれない。羽柴勢の陣へきて、初めてゆく手を遮られそうになった。

「下がっておれ」

勘兵衛は鋭く叫ぶ。気づいた侍も、甲冑を着けた他の侍たちもひるんだように思えた。

勘兵衛はそのまま駆け、土俵で埋まった堀を渡る。渾身の力で体をはね上げる。どうにか塀下の犬走りに指がかかった。なお力をゆるめず切岸をよじ登り、塀に飛びつく。矢狭間《やざま》に手をかけ、体を引き上げる。

敵のものとも味方のものとも知れぬ鉄砲の音が盛んに聞こえた。勘兵衛を狙ったものではなかろうが、背後から飛んできた鉄砲玉が塀に当たって、弾ける。怖くはなかった。

——二度も当たるものかよ。

たかをくくっている。

摂津有岡城惣乗りの際、勘兵衛は一番乗りを遂げた直後に鉄砲玉に当たった。そのまま空堀の底へ転がり落ちたらしい。気づいたときには、家中の朋輩が担ぐ戸板の上にいた。

玉は左の二の腕を貫き、あばら骨にひびを入れて止まった。胴を脱がされたときに、玉が転がり落ちたのを憶えている。

しばらくは何をするにも難渋した。息を吸っても吐いても、あばらが痛んだ。

ところがそれ以来、勘兵衛は、もう鉄砲玉に当たることはない、と信じるようになった。奇妙なことで、自身でもその心境を語ることはできない。勘兵衛の口舌《くぜつ》では無理だ。ただ、固くそう信じている。

素早く動いたときの衣《きぬ》ずれのような音が鳴る。玉が左の耳たぶを弾かんばかりに近くを飛び去った。

――当たらねば、どうということもなし。

勘兵衛は有岡城で己をとらえた鉄砲玉を小袋に入れ、肌身離さず、首からさげていた。

――これが儂を守ってくれる。

左手で胸元を押さえ、玉の硬さをたしかめた。

自然と笑みがこぼれる。敵も味方も、その笑みを見れば不気味に感じるだろう。

「うらあ」

ことばにならぬうなりを発し、勘兵衛は塀を登り切った。

塀に馬乗りになり、小者が差し上げた抜き身の鑓を取った。一間半の鑓が届いたということは、すでに切岸に沿って、相当な高さまで土俵が積まれているのかもしれない。

「これなるは阿閉淡路守がうちにて、渡辺勘兵衛と申す者」

息が切れる。大きく吸った。

「備中冠山城の一番乗りなり」

叫ぶ。

名のりを上げると、すぐさま鑓をかまえて城内をうかがった。ここで塀下から突かれ、転げ落ちて討ち死にする者が多い。有岡城での勘兵衛は幸運だったに過ぎない。

胸元の鉄砲玉も鑓や刀は防げない。そうも信じ込んでいる。

眺めてみれば、城方の武者たちは塀際を離れていく。羽柴勢が切れ目なく射込む火矢により、あちこちの小屋、建物が炎を噴き上げ始めていた。持ち場どころではないのだろう。

――さて。

ひと安堵して、思案する。

一番乗りの作法では、ここで旗指物を塀のうちに投げ込む。あとからきた者がその旗指物を見る。戦が終わったあとで、一番乗りだと名のり出る武者が何人もいる場合があった。そういったおり、軍《いくさ》目《め》付《つけ》は先手にくわわっていた侍を呼び、塀を越えるときに見た旗指物をたずねる。名のりだけでは充分ではない。

このたびは見舞いの使者としてやってきた。鎧はつねに小者に担がせているものの、鎧兜だけではなく、指物も携えていない。

――どうする。

役目は見舞いでも、武功は武功だ。一番乗りの手柄を余人に譲る気はない。

少し悩んでから、勘兵衛は真新しい羽織を脱いだ。

――これしかないな。

褐色の羽織には、勘兵衛が誇りとする鶴の丸紋が染め抜いてある。

あとで返ってくるにしても、乗り込む羽柴勢に踏みつけられるだろう。それでも、一番乗りの功には代えられない。

「本日はご陣お見舞いの使いとして参ったがゆえ、指物はなし。この鶴の丸の羽織がその代わり。一番乗りの手柄は羽柴筑前守殿への馳走《ちそう》なり」

羽織を高く翻し、塀内へ投げ込んだ。

「我に続け」

鎧先で天を突く。

これが合図となった。羽柴勢の武者たちが、地響きのごとき喊声《かんせい》を上げ、勘兵衛の呼びかけに応じる。すでに土俵は高く積まれている。次から次へと塀を越えて、冠山城に攻め入った。

羽柴勢の意気は、この上なく盛んだ。

「お見事。一番乗りの功、たしかに見届け申した」

塀を越えるとき、勘兵衛にひと声かける者も多い。

「お見届け頂き、侍の冥利《みようり》に尽き申す。ご武運を」

勘兵衛も羽柴の武者たちを励ます。

我が命を危難にさらし、身ひとつで戦場を駆ける武者に、主家同士の不和など関わりない。

「一番乗りを奪われたるは口惜《くちお》しきことなれど、ご辺にならば仕方あるまい」

そう苦笑いする武者もいれば、

「具足も着けず、兜も被らず、塀に上がるなど前代未聞」

叱るように言い残す者もいた。

城の外曲輪はたちまち落ちた。炎と羽柴勢に追われた城方の兵のほとんどが、外曲輪の塀に沿って仕寄のない足守川のほうへ逃げる。西の断崖の上、三段に連なる内曲輪に逃げ込んだ敵はわずかだ。

羽柴勢が足守川の方角に陣を置かなかったのは、断崖に面することになる、という理由だけではないはずだ。城を早く落とすには四周すべてを囲んではならない、という城攻めの定石もある。

逃げ場がない兵は死ぬ気で戦う。逃げ場があると知っていれば、どこかに気のゆるみが出る。もちろん、ただ逃がすわけではなく、待ち伏せの兵を隠しておくこともしばしばだ。

秀吉にとって、逃げた敵が高松城の守りにくわわってしまっては困るだろう。南にはいかないように何か手を打っているに違いない。

――昼までには内曲輪も落ちる。

敵城へ一番乗りを遂げた。勘兵衛にはそれで充分だ。

外曲輪をぶらつきながら、内曲輪を目指すことなく、高みの見物を決め込んだ。

城内に深入りすれば、どこから鑓が飛び出してくるか、分かったものではない。具足も兜もない勘兵衛は危うい。武功のためならば体も張るが、無用な危険はおかさないのが武勇の士というものだ。

正午ごろ、内曲輪も羽柴勢の手に落ちた。城将は自害したという。

宿に戻る前に塀下を探したものの、羽織は消え失《う》せていた。城内にも城外にもなかった。

　未刻《ひつじのこく》（二四時）、秀吉に呼ばれ、本陣に赴いた。

「なんという、せっかち者じゃ。三日、四日ばかり宿で待てぬとは」

　秀吉はおどけて、からからと笑う。

　艶々とした形のよい鼻髭《はなひげ》が揺れている。

「だが、そういうところを上様もお気に入りであられるのだろう」

　無遠慮に舐《な》め回すような目つきを勘兵衛に向ける。

　勘兵衛は自身が信長に気に入られているとは思っていない。

　安土を発つとき、信長の右筆から書状を預かった。書状はすでに取次の者を通じ、秀吉に渡るようにしてあった。何か、勘兵衛のことが書いてあったのかもしれない。

「主、阿閉淡路守より、兵糧として米三十石を預かって参り申した。お見舞いの進物にござる。ご披見頂きたく存じまする」

　陣幕の外に荷車を十台並べてある。

「あとで見る。まあ、腰をおろせ」

　自身は床几《しょうぎ》から立ちもせず、向かいにすえた床几を勧めた。

貞征からのわずかばかりの兵糧など見るにおよばぬ、ということかもしれない。日ごろの不仲があとを引くかのようなふる舞いだ。

勘兵衛も仕方なく腰をおろす。

「阿閉殿の兵糧などより、素肌の一番乗りのほうが、よほど気の利いた進物じゃ。加藤作内《かとうさくない》も堀尾茂助《ほりおもすけ》も驚いたというぞ。我が目を疑ったとも。みな、そなたの武功を見届けた」

「せっかく備中に赴いたのですから、何か、その証を、と考えたまで」

慎みがない、と思いながらも、浮かぶ笑みを抑えられない。

加藤、堀尾という二人は、あの仕寄場を任せられていた将のことだろう。

――羽織を捨てたかいがあった。

秀吉も顔を笑み崩しながら、大きな目を勘兵衛に向けている。

「鉄砲玉の雨のなか、敵の城に羽織を放り込むなど、武辺者というより、もはや慮外者」

織田家中では、秀吉を
――猿。

と陰で呼ぶ者がいる。猿に似ているというのだ。

秀吉が小柄で、体軀《たいく》も貧弱であることを当てこすってもいるのだろう。

信長は、

——禿《は》げ鼠《ねずみ》。

と呼んでいるという噂もある。

これほど近くで秀吉に対したことはなかった。

——禿げ鼠のほうが的を射ているな。

そう思った。

「ひとつ相談なのだがな」

秀吉は背後に並ぶ小姓たちのひとりを扇の先で指し示す。

秀吉の小姓どもはみな、がらが悪そうに見える。ほとんどが鎧下の袖をまくり上げ、袴の裾をからげている。すねにじかにすね当てを着けている者までいる。向こうっ気が強そうだ。

鎧にもたれかかり、あるいは片足を前に放り出し、腰に手を当て、またあるいは腕を組み、鎧をかい込む。真《ま》っ直《す》ぐ立っている者が極めて少ない。

「東の仕寄場からは、これなる加藤虎之介《とらのすけ》が一番乗りじゃった。この目で見た」

秀吉の扇の先には、がらの悪そうな小姓衆のなかでは珍しく、凜《りん》と立つ小姓がいた。

虎之介だけが不動だ。他の連中が思い思いに体を揺らしているため、会釈されるまでそれと気づかなかった。

目は小さく、鼻筋が通り、口元は引き締まっている。背が高く、細身だ。

「阿閉淡路守がうちにて、渡辺勘兵衛と申す」

会釈を返して、立ち上がる。

――筑前守殿は苦労なさっておるのだな。

秀吉は足軽から身を起こしたと聞く。足軽ですらなく、小者からだ、と言う者もいる。いずれにせよ、微賤《びせん》からの急な立身だったため、名のある一族衆や直臣がいないらしい。

冠山城攻めに秀吉が率いてきた軍勢は二万ほど、城衆は三千もいただろうか。手間取る恐れはあっても、負けることは、まず考えられなかった。そういう戦では、小姓衆すら戦場に出して、名を上げさせようとしているに違いない。

「よって、ふたりとも一番乗りとしたいのじゃ」

勘兵衛は秀吉のことばを聞きながら、虎之介に歩み寄る。

「一番の一はひとりの意にして、一番乗りがふたりというのは不都合千万でござる」


胸を合わさんばかりに近づき、虎之介の小さな目をのぞき込む。

秀吉は勘兵衛のなすがままにさせているものの、いくらか慌てた気配を感じる。

一方、虎之介は顔つきを変えない。いささかの怯えもないようだ。

「南と東、別々の仕寄場からであっても、果たしてどちらがまことの一番か、充分な穿鑿《せんさく》を遂げられるべきかと」

虎之介を除く小姓どもが険のある目つきで勘兵衛を睨みつける。

「儂が塀に上がったとき、城内の二割ほどの建物が火を噴いておった。塀裏についていたとおぼしき敵の背が五、六間先に見え申した。東の塀ではいかん」

虎之介は瞳を真っ直ぐ勘兵衛に向ける。

「東の塀にても、まったく同様でござった」

一歩もひかない様子だ。

虎之介はゆっくり、はっきりことばを継ぐ。

「されど、それがしは主の馬前であればこそ、力を得て、勇を奮ったのみでござる。名はどうでもよきこと。我が主は必ず家来の功に報いて下さるお方なれば」

いささか拍子抜けする思いだった。虎之介は勘兵衛に華を持たせた。

「虎之介殿はかように仰せありまする」

勘兵衛は名も欲しい。

「では、勘兵衛が一番、虎之介は次としよう」

秀吉は内心、安堵しているだろう。

勝った気はしなかった。

――恩着せがましい奴《やつ》め。

虎之介は涼しい顔をしている。

勝ち戦の本陣で乱闘沙汰が起きるのを避けたに違いない。虎之介以外の小姓たちは、虎之介ほどに己を抑え続けられるようには思えない。

勘兵衛もまた、覚悟はできていた。

――武功を巡っては喧嘩《けんか》、悶着《もんちゃく》、騒動いたし方なし。

と。

秀吉は扇で膝を打ち、勘兵衛の目を己に向けさせる。

「手柄には褒美を出さねば、いや、礼を示さねば筑前守の名がすたる」

勘兵衛の主でも、阿閉貞征の主でもない秀吉が勘兵衛に褒美を与えるのは筋違いだ。礼と言い換えた。

勘兵衛は床几に戻る。いささかばつが悪い。咳払《せきばら》いをしてから口を開いた。

「あれは筑前守殿が仰せあったがごとく、進物の足し。ましてや、頭分のおふた方が見届けて下さったのであれば、それ以上のお気づかいは、なにとぞ、ご無用に」

勘兵衛のことばを聞かず、秀吉は右手の人差し指を一本突き立て、ささやく。

「阿閉で貰っておる禄《ろく》はこれくらいか」

百石という意味だろう。その通りだった。

「では、同じ知行を進ぜよう。わしに仕えぬか」

秀吉の目を見た。

よく動く秀吉の瞳もまた、今は動かず勘兵衛の目を見返している。

「あくまで、これは手つけじゃ。励めば、すぐに倍になり、手柄を積めば、さらにその倍となる。わしは淡路守ごときとは違う」

秀吉の目には力がある。戯れで述べているのではないことが、痛いほど伝わってくる。

北近江では、区々たる所領を巡り、秀吉は阿閉家とさや当てを繰り返していた。

しかし、西国に足をのばしてみると、秀吉と貞征の格の違いをまざまざと見せつけられる。秀吉は、播磨、但馬、因幡、淡路を押さえ、備前の宇喜多を与力としている。さらに西に分国を広げるべく、備中、美作、伯耆で毛利と渡り合っていた。

秀吉のことばに、嘘《うそ》はないはずだ。

――嘘などつかなくともよいのだ。

秀吉にとって、百石など、与えたところで痛くもかゆくもない石高であるに違いない。

「どうだ」

勘兵衛の左腕を摑み、秀吉が顔を近づけてくる。

名のある者、武辺者は片っ端から羽柴家に迎え入れたいのだろう。

「そこまで仰せ頂けるのであれば、勘兵衛、所望の儀がございます」

「おう、よいよい。申せ。聞きたいものじゃ」

秀吉はさらに顔を近づけてくる。鼻髭がなお一層、艶を増したかのように思える。

左腕を摑む秀吉の手を右手でそっと押しやった。

「まず、互いに仲違《なかたが》いせぬむね、淡路守と起請文《きしょうもん》を取り交わして頂きたく存じます」

面食らったのか、秀吉の顔が少し遠ざかる。

「その上で、上様にも、淡路守になんの隔意も抱かず、ともに力を合わせてご忠義に励むむねの起請文を奉って頂きまする。至極当然のことながら、淡路守にも同様にさせます」

まくし立てた上で、秀吉の顔の前に人差し指を立てて見せる。

「二重の起請文で固く結ばれた淡路守から、この身を貰い受けて頂きたし。そのおりには、これで筑前守様のもとへ参りましょう」

秀吉は苦々しげな顔を見せたものの、すぐおとがいに指を当て、思案を始めた。

信長は両者に起請文を上げさせよ、などと命じてはいない。勘兵衛が今、この場で考えたことだ。

秀吉と貞征が誓紙を取り交わし、さらにその誓紙の中身を守ることを信長に誓えば、羽柴・阿閉両家のしこりは消え去るはずだ。

——阿閉の家中におればこそ、儂は武辺をあらわすことができた。

阿閉家には後ろ髪を引かれている。

貞征も勘兵衛の実父、養父も、ともに浅井長政の家来だった。

貞征だけではなく、阿閉の家中には、もともと長政の直臣で貞征の配下につけられていた者が多い。勘兵衛と同じように、浅井家滅亡後、貞征を頼ってきた者を合わせれば、侍衆の半分ほどになる。

彼らは、かつての主家のために討ち死にした朋輩の子である勘兵衛に、じつに懇切だった。

戦とはいかなるものか、生き抜くにはどうすればよいのかを教え、武功を上げられるよう手助けしてくれた。勘兵衛の手柄を父親のように喜んでもくれた。

――阿閉の家中こそが故郷。

もとから貞征の家来だった連中も、みな北近江の生まれだった。

ともに近江の淡海を眺めて育ち、淡海から吹く風のなかで生きている。ことばのなまりも同じだ。

秀吉のもとにも北近江生まれの家来はいる。しかし、少数に留まる。阿閉家とはくらべようもない。

「ずいぶんと大それたことを申すものだ」

信長を引きずり込んでの起請文のやり取りとなれば、大事になる。それこそ、秀吉ほどの者でなくば、信長に願うことすらできないだろう。

――だが、筑前守殿ならば申し上げることができる。上様もお喜びになるだろう。

頭を下げる。

「よかろう。申す通りにした上で、堂々と貰い受けてやる。しかし、なかなかに面倒じゃ」

そう呟いて秀吉は立ち上がる。

ふわりと何かが両肩を覆うのを感じた。

「仕方ない。とりあえずはこれを礼の品とする」

勘兵衛は肩を見た。

秀吉が具足の上に打ちかけていた猩々緋《しょうじょうひ》の陣羽織だった。鶴の丸の羽織を失ったあと、小袖の上には何も着ていなかった。

「淡路守殿への書信、返礼の品は宿へ届けさせる。上様からのご書状について、また起請文については、いずれご尊顔を拝し奉る際に、わしからじかに言上することとする。今度こそ、のんびりと宿で待て」

そう言い残し、秀吉は去っていった。

翌日、勘兵衛は書状、返礼の品を受け取り、空の荷車十台を従え、帰途につく。

褐色の小袖、袴の上に猩々緋の陣羽織は色鮮やかで目立った。

日が落ち、夜もふけ、小者たちは寝静まる。

勘兵衛は宿でひとり起き出し、火皿に一灯を点じた。ともし火が勘兵衛の手元をぼんやりと照らす。

この道中にも持参したコンフェイトをひと粒、口にふくみ、板敷に巻紙をのべる。文机《ふづくえ》などという気の利いた物は旅の宿にはない。

筆を執った。

勘兵衛は山本山を発ってから、こうして三日に一度は妻に便りをしたためている。小者たちに見られるのが恥ずかしく思え、いつも夜中にひとり起き出しては、筆を走らせる。

「羽柴筑前殿への使いの務め、無事、相済みそうろう」

どういうわけか、妻への便りをしたためる際、声を発しながらでないと、うまく綴《つづ》れない。思いがあふれ出す。

「役儀、つつがなく果たせるは、そなたの心づかいあってのことにそうろう。まことにもって良縁、ありがたく存じそうろう」

この呟きを小者たちに聞かせるわけにはいかない。

口中のコンフェイトがゆっくり溶け出し、たとえようもない甘みが広がってゆく。

一番乗りのことなど書かない。

――心配させる。

そう思っている。

コンフェイトを食し、様々な憂いを忘れ、殺伐たる世から一時解き放たれて、妻への便りを綴る。勘兵衛は幸せを感じていた。

「一日も早く、その顔を見たくそうろう」

書き終えると、そこで巻紙を切り、小さく畳んだ。明朝、小者に託し、先行させる。

勘兵衛は明かりを吹き消し、夜具に戻った。

満ち足りた気分のまま、眠りに落ちる。

信長は四月二十一日に安土に帰っていた。間一髪だった。

長浜城を請け取る

「上様、いや、信長は昨日朝、京で討たれた。せがれの信忠もまた二条《にじよう》御新造に逃げ込んだところを討たれた」

阿閉貞征のことばに、山本山城の麓、阿閉屋敷の広間は静まり返った。

六月三日巳《み》刻（一〇時）のことだ。

——なんという。

勘兵衛もまた、驚きのあまり、ことばを失っている。

今日、夜明けとともに発せられた惣ぶれに応じ、急ぎ参集した家来たちは、ただただ貞征の顔を見詰めるばかりだ。

山本山城は山城だ。堅城であるため、登城下城に労苦をともなう。平素はこの屋敷を使うことが多い。

勘兵衛は主君の歳を聞いたことがない。皺《しわ》の様子などを見れば、還暦は、まだ何年か先のことだろう。その温厚な人柄をそのままあらわしたような顔が、今は張り詰め、いくらか昂《たかぶ》りを感じさせる。

家来たちと同じく、烏帽子に直垂《ひたたれ》姿の貞征はふたたび口を開いた。

「討ったのは惟任日向守殿。これにより、惟任殿は天下人となられた」

静まり返った広間は一転して、騒がしくなった。

すでに織田信長の死から一日以上、時が経《た》っている。誰も何も感じなかったわけではない。

――昨夕からの不穏な気配の正体はこれか。

近江では、噂は淡海の上を奔《はし》る。

昨夕からにわかに、

――京で火事があったらしい。

――御所が焼けたというぞ。

――ただの火事ではないらしい。何やら一大事らしい。

というような噂が流れ出した。

勘兵衛もまた、どうにも落ち着かない気分で過ごしていた。ただし、主のことばを聞いて落ち着いたわけでもない。貞征のことばには引っかかるところがある。

――もはや、お心を決められたか。

貞征は信長の名を呼び捨てにした。信長嫡男信忠の名も、やはり呼び捨てにした。昨日までは、信長を上様、信忠は三位中将様、と呼んでいたのだ。

貞征はしばらく家来たちがささやき合うに任せていた。深緑の直垂の袖を差し上げ、これを制する。

「夜明け前、惟任殿が遣わされた飛脚に接した。近江平定に力を貸して欲しいと仰せじゃ。わしは」

息が詰まったかのように絶句した。ゆっくり息を整えて、続ける。

「応じることに決め、すでにそう返事をした。みなにはからずすまぬ。されど、もう決めたこと。惟任殿はお味方すれば、坂田《さかた》、浅井、伊香《いか》の北近江三郡を与える、と仰せじゃ。このむね、返事が惟任殿のもとに達ししだい、起請文が届くことになっている」

ことばを切り、家来たちを見渡す。急なふれだったので、所領にでも赴いているのか、何人か欠けている。

「異議ある者はいるか」

貞征は問うた。

異議がある者など、いようはずもなかった。ここにはいない者にも異議はないだろう。

北近江三郡とは、浅井家の旧領を指す。阿閉家に仕える者のほとんどが、阿閉家をもって浅井家の後継と見なしている。

貞征もまた、北近江三郡を領する日を夢見ていたのだろう。しかし、信長が生きている限り、叶《かな》わぬ夢でもあった。

「誰も異議なきものと存じまする」

筆頭の家老が大声を発して、平伏する。広間にいた家来たちはひとり残らず、これにならった。

――だが、果たして日向守に勝ち残る力はあるのか。

勘兵衛は疑問に思う。

惟任日向守は、かつて明智十兵衛《あけちじゆうべえ》と名乗っていた。諱《いみな》は光秀というらしい。

――やはり身辺の警固が難点だった。

信長はまさか光秀に襲われるとは、思いもしていなかったはずだ。

光秀は、まず淡海の西岸、滋賀《しが》郡を与えられ、坂本《さかもと》城を築いた。さらに南山城《みなみやましろ》を加増される。丹波《たんば》、丹後《たんご》二国をみずから切り従え、領知を信長に認められた。

大和《やまと》の筒井《つつい》家も与力となった。

光秀に比肩し得る重臣は、中国《ちゆうごく》平定を進めている羽柴秀吉、北国《ほっこく》の柴田《しばた》修理亮《しゆりのすけ》勝家《かついえ》くらいのものだ。畿内《きない》近国でこれほどまでの力を持つ光秀は、信長の重臣筆頭だったと言える。

信長は自身の馬廻り衆を率い、光秀の軍勢を合わせて備中に向かうことになっていた。秀吉が後詰めを乞うたからだ。

――日向守の軍勢は与力もくわえれば二万ほどになろうか。

信長はいつものていで京へ乗り込んだのだろう。光秀が叛心《はんしん》を抱いたとき、信長の命運は尽きた、といってよい。

さらにどういうわけか、京には信忠もいた。その事情は勘兵衛ごときが知るよしもない。

信忠は西国への出陣を命じられていないはずだ。たやすく討ち取られたということは、分国である美濃、尾張の軍勢は率いていなかったということだろう。

――日向守は天下人を討った。されど、まだ天下人になったわけではない。これから起こるであろう戦を勝ち抜けなければ、日向守を討った者が、日向守に代わって天下人への道を歩むことになる。

秀吉は備中で毛利のほぼ惣勢《そうぜい》と対陣している。すぐには動けまい。

近江平定ののち、光秀はまず柴田勝家と戦い、勝たねばならぬだろう。

「惟任殿は、いったん坂本の城に入られ、そののちに安土へ向かわれるとのこと。我らも安土に軍を進める。しかし」

信長の死を家来たちに伝え、貞征は心を寛げたように見える。舌も滑らかに回り始めたようだ。

貞征は光秀が信長・信忠父子を討ったわけ、大義を語っていない。そんなことなど、どうでもよいのだろう。

「安土へ赴くにも、北近江三郡を統べるにも、長浜城《ながはま》が邪魔になる。惟任殿が安土城に入られる前に長浜城を取る」

戦の臭《にお》いが漂ってきた。広間の雰囲気が引き締まる。

浅井家滅亡後、北近江三郡は秀吉に与えられた。秀吉は長浜城を築き、北近江を統べた。光秀が貞征に北近江を与えたといっても、貞征は北近江を秀吉から奪い取らねばならない。

光秀に味方するのは、北近江を手にするためだ。

勘兵衛が鑓先で勝ち取った阿閉・羽柴両家の手打ちの件は反故《ほご》になっていた。

貞征は秀吉に起請文を差し出すことを拒んだ。

――余計なことをいたすでない。それとも、筑前守のもとへ参りたいのか。

勘兵衛から話を聞き、たちどころに一蹴した。

「明日、長浜城へ向けて出陣する」

「はっ」

満座の家来たちが命を受けて平伏する。

「なお、奪ったあとの長浜城には、京極《きようごく》のお屋形《やかた》様にお入り頂く。わしは京極のお屋形様を抱き上げ申し、北近江を統べる」

貞征は決然と言い切った。

「はっ」

各人、より深く頭を下げる。

浅井家三代の当主は、足利《あしかが》将軍家のもとで北近江守護を務めていた京極家を擁し、国人たちを従えた。貞征もそれにならう、ということだ。

京極家の血筋は浅井家滅亡後も絶えていない。信長に仕えた小兵衛高次《こひようえたかつぐ》が安土城にほど近い蒲生《がもう》郡奥島で五千石の知行を与えられている。貞征は高次を呼び寄せるつもりだ。

「京極のお屋形様を慕い、今は野に伏しておるゆかりの者どもも、我が陣に馳《は》せ参ずるであろう。話は済んだ。屋敷へ立ち返り、出陣の支度をせよ」

高らかな貞征の声に、おう、と答え、みな阿閉屋敷を退出する。

──京極のお屋形様か。

勘兵衛は高次と面識がない。

それでも北近江の侍すべてにとって、高次が筋目正しき主となり得ることは分かる。

──お屋形様お取り立てこそ、我らが大義。他はいらぬ。

貞征の智謀《ちぼう》に深い感銘を覚えた。

六月四日朝、山本山城下に集まった阿閉勢は南へ下った。

勘兵衛はいつものごとく先手にくわわり、先登を駆ける。長浜城までの道程はわずかに三里。ただし、阿閉勢の人数もわずかに一千。貴種たる高次を迎えるのは長浜城を奪ってからだ。当然、京極屋形を慕う者もまだ参じていない。

──長浜城は取れるだろう。先のことを考えれば、ひとりも損ぜずに取りたい。

勘兵衛がそう考えるのは、長浜城が空き城に近いからだ。

中国征伐に出向いてから、秀吉は長浜城にほとんど帰っていない。播磨姫路城《ひめじ》を黒田官兵衛《くろだかんべえ》から献上され、姫路城が居城のようになっている。留守居として残された家来も秀吉に呼ばれ、次々に姫路に移っていった。

今年に至り、秀吉の名代としてすえられていた年若い跡継ぎ、於次《おつぎ》までも姫路へ去った。初陣を飾らせるためだ、という。

近江という国自体が、今このとき、闕所《けっしょ》のようになっている。

安土に座す信長を車座で囲むかのように、近江の淡海沿いの諸城に重臣たちが配されていた。長浜城に秀吉、佐和山《さわやま》城に丹羽《にわ》五郎左衛門《ごろうざえもん》長秀《ながひで》、坂本城に光秀、大溝《おおみぞ》城には信長の甥《おい》にして光秀の娘婿津田《つだ》七兵衛《しちびょうえ》信澄《のぶすみ》、という具合だ。

柴田勝家は淡海周りに城を与えられていない。安土に駆けつけるために、居城のある越前《えちぜん》北庄《きたのしょう》から敦賀《つるが》を経ずに湖東に至る橡ノ木峠《とちのきとうげ》越えの軍道を拓《ひら》いた。

秀吉は備中に、丹羽長秀と津田信澄は摂津大坂《おおさか》か和泉《いずみ》堺《さかい》の辺りに出向いている。三人とも、城にほとんど兵を残していない。長秀、信澄は信長の三男、三七《さんしち》信孝《のぶたか》を擁し、四国の長宗我部《ちょうそかべ》を討つべく、渡海することになっていた。

貞征にとっても、光秀にとっても絶好の機会だ。どの城を攻めようと、城方に後詰めがくることはない。

阿閉勢が長浜城の北の防ぎである姉川《あねがわ》に達したとき、長浜城下に出していた物見が戻ってきた。

「すでに城下には本能寺屋敷の一件が伝わっておりまする。我らが攻めてくるという噂も広まっており、城下を立ちのく住人もおりまする」

物見が勘兵衛に告げる。

「城はどうじゃ。籠城の気配はあるか」

「それが、どうにも決めかねておる様子。城には筑前守の母、妻妾《さいしょう》らがおるとのこと。うかつに城を出て、我らに捕えられるのも恐ろしく、かといって籠城しても惟任勢が着陣すれば攻め潰される命運。決めてみなを従えられるほどの仁もおらぬ模様」

「分かった。儂が殿にお伝えしてくる」

勘兵衛は先手を率いる将に姉川を渡らぬよう頼み、後ろを進んでくる貞征のもとへ馬を駆る。

冠山城での求めが立ち消えになってしまったとはいえ、阿閉家中の侍には珍しく、勘兵衛は秀吉を嫌っていない。吹田城攻めのおり、武功が信長の耳に入るよう、取り計らってくれたのはおそらく秀吉だ。備中を訪れた際も、一番乗りを認めた上で、百石を与えよう、と切り出してくれた。難しい頼みであることは承知の上で、勘兵衛が貞征との手打ちを持ち出すと、即座に応諾した。

手打ちが流れてしまったのは、勘兵衛が貞征を説き伏せるに至らなかったためで、申しわけなく思っている。

秀吉には、ひとたらしの異名もある。勘兵衛にはどうしても憎めない。

——こちらから迷いを断ち、どうすべきかを決めてやればよい。

城方は阿閉勢がたったの一千だと思っていないだろう。

——敵中に取り残されたと感じて、弱気になっている。

冷静に阿閉家の力をはかれば、一千ですら多いくらいだと気づくはずだ。

貞征を見つけ、馬を寄せた。まず、物見の言うところをそのまま伝える。

「留守居ならび筑前守の妻に、城を立ちのくべし、手出しはせぬ、と使いを送るべきかと存じまする」

そう進言した。

貞征は続けるようにうながす。

「この先、北国の柴田修理と惟任殿が刃を交えることになるのは必定。北国に接した北近江を領する殿は、先手諸勢にくわえられるに違いありませぬ。ここで兵を損ずるべきではない、と考えまする」

白髪混じりの鼻髭を撫《な》でながら、貞征は考え始めたようだ。

「さらに、これは我らにとって北近江を統べるための戦。筑前守の母や妻妾の血で汚すのも、人質に取って卑怯《ひきょう》のそしりを受けることも避けるべきでございます。寛大なるところを長浜の住人に見せつけるべきかと」

　鼻髭を撫でる手が止まった。

「勘兵衛の申す通りにしよう。あの城を一千で攻め取るのは骨が折れるな。敵のほうが我らより多いかもしれぬ」

　そうささやいて、使番を呼んだ。

　秀吉の妻ねねは、秀吉が微賤の身だったころに結ばれた糟糠《そうこう》の妻と聞いている。底抜けに明るく、気丈で、家来も懐いているらしい。

　――決めてくれ。

　そう願った。それほどの女人であれば、城方の侍衆も従うだろう。

　一刻（約二時間）ほどのち、城方が申し入れを受け入れた、という知らせがあった。さらに一刻待つ。物見が、城衆は無事に城を出た、と報じてきた。

　阿閉勢は姉川を渡り、鉄砲をひと放ちすることもなく、長浜城を取る。

　勘兵衛は天守に登り、北を眺めた。左手に淡海、淡海の水際に深椀を伏せたかのように山本山が盛り上がっている。その右手奥には柳ヶ瀬《やながせ》近辺の山塊がうずくまっていた。他よりやや高い峰は賤《しず》ヶ《が》岳《たけ》と呼ばれていたはずだ。

――柴田勢はあの山々を越えてくる。

目を凝らす。

六月五日、惟任光秀が安土城に入った。

阿閉勢もこれに応じて、安土城下に至る。貞征は、京極高次とともに光秀と会見した。

光秀は高次を北近江守護に任じ、長浜城に入れた。貞征は伊香郡を与えられ、高次を支えて残る二郡についても一切を差配せよ、との命を受けた。

その後、勘兵衛は山本山で新たな知らせを聞く。

七日、勅使が光秀に会ったという。また、去る五日、大坂で津田信澄が三七信孝、丹羽長秀の手で殺されたらしい。

――無理もない。日向守の娘婿とあればな。

信澄が前もって光秀から、何か聞かされていたかどうかは分からない。

光秀はこれを聞き、信澄の居城大溝城を請け取るために人数を割いた。長秀の佐和山城はすでに光秀に味方する者が奪っている。淡海を囲む織田家諸将の城々は光秀のものとなったか、惟任方の手に渡った。あっけなく近江平定が成る。

九日にも光秀は参内し、主上より洛中の警固を委ねられることになっているらしい。

公家《くげ》は光秀をもって、天下人と認めたということだ。

淡海を渡り、出陣す

六月十日夜、戌《いぬ》刻（二〇時）、突然、阿閉家中に陣ぶれが告げられた。まだ家中に兵を解いた者はいなかった。あわせて、ただちに湊《みなと》に船が集められる。

勘兵衛はふれをもたらした使者の口上に驚愕《きょうがく》した。

「そんなことが起こり得るのか」

「起こり得るのか、否か。それは船に乗ってから考えなされ。殿は支度ができた者から船に乗れ。船に兵馬が満ちれば、もやいを解け、とお命じになり申した。勢揃《せいぞろ》えは大津《おおつ》で、とのこと。先を急ぎまする。ご免」

使者はつむじ風のように去っていく。

勘兵衛は大慌てで支度を整え、湊に向かった。

急なことで、船を集めるにも手間がかかっているようだ。しばらく待ち、ともかくきた船に乗った。

船中は騒がしい。

「羽柴筑前守が空を飛んできた、とでもいうのか」

「筑前はどこまできておるや」

「姫路だと聞いた」

「いや、わしは大明石《おおあかし》に至ったと聞いたぞ」

「もはや兵庫《ひょうご》だ、と」

家中の者たちも、とつじょもたらされた知らせに揺れている。

使者は、

――酉刻《とり》（一八時）に城に駆け込んだ惟任殿のお使いが申すには、羽柴筑前守が軍勢を率いて、備中から引き返しつつある、とのこと。八日には筑前守がまず播磨姫路の城に入り、姫路から備前と備中の国境まで、道には羽柴の人数が引きも切らず続いていると。さらに摂津にて惟任殿に心を寄せる者から、筑前守の音信なる書状も差し出された、とのよし。

と告げた。

さらに、

――惟任殿は羽柴勢の上洛《じょうらく》に備え、洛南《らくなん》の勝龍寺城《しょうりゅうじ》に入られ申す。我らも勝龍寺城に早くきたれ、と。殿はすぐさま陣ぶれを発せられ申した。

と続けた。

北国の柴田勝家は越後《えちご》の長尾《ながお》家との戦の最中で、すぐには引き返してこない。阿閉家中は安心し切っていた。

「おい、勘。勘兵衛殿。お手前は去る四月に羽柴の陣に赴いたのであったな」

勘兵衛を見つけた者が声をかけてくる。

「そのとき、羽柴勢はどのような様子だった。こうも早く引き返してこられるものか」

勘兵衛は親指と人差し指であごを挟みながら答える。

「驚いているのは、儂もみなと変わらぬ」

二本の指であごの皮をこすりながら、見てきたままを述べる。

「羽柴の軍勢は二万ほどもいたであろうか。四月二十五日、儂が陣におるうちに備中冠山城を落とした。その後、攻めるに難い高松城に向かった」

冠山の陣中で予期したごとく、毛利家は領国からこぞった惣勢で高松城の後詰めに出てきたと聞く。

普請に長《た》けた羽柴勢は、陣を城の周囲の山々に上げ、山すそに切岸を施した。さらに秀吉の本陣をのせた山から三町ほどの長さに堤を築く。足守川の流れを堰《せ》き止めて、高松城を水攻めにしたという。

この堤と高松城に向けて流れる水を隔て、毛利勢と睨み合った。

「儂が備中から帰って、ふた月近くも経っている。高松城は落とせたかもしれぬ。しかし、毛利の惣勢が無傷で眼前に居座っていたはず。だからこそ、筑前守は上様にご出馬を願ったのではなかったか」

まだ心のどこかに信長の威光が残っている。気づけば、上様、と呼んでいた。あごの皮が痛むほどになってきた。たずねられても、答えはない。勘兵衛にも分からないのだ。

「もう止めよ。どのような手を使ったにせよ、羽柴勢がくるならば戦う他に道はない。どこまで羽柴勢がきているかは、勝龍寺城に着けば分かること」

落ち着きのある者もいるようだ。

「着けば、ただちに合戦ということも起こり得る。それがしは寝る」

そう聞こえて、声が絶えた。寝入ったらしい。勘兵衛にたずねていた者たちも、己を納得させたようだ。静かになった。

騒いでいるあいだに船は陸を離れていた。闇のなか、風をはらんだ帆が鳴る音だけが聞こえる。

――驚くべきは羽柴勢の速さではない。秀吉が毛利と和を講じた早さだ。

勘兵衛はまだ考え続けている。

――秀吉には、高松の陣で毛利と雌雄を決する気がなかった、ということか。

秀吉がいつ、高松の陣を引き払ったのかは分からない。

ただし、こうも早く毛利と和談を整えたのだとすれば、信長の死の前から談判を始めていたはずだ。

――秀吉は高松城の城衆や毛利の惣勢に苦戦して、ご出馬を望んだのではなかった。むしろ、信長がくる、という脅しで和睦を進めたのでは。上様が着くころ、和議が整うように。

信長の面前で毛利を従えるような形で講和すれば、その後の秀吉にとって、毛利は備前の宇喜多すら超える大きな手駒になる。

――信長と戦うことを恐れる毛利に、信長が当地に至る前に手打ちいたすべし、と水を向ければ。

和議はたちまちにして整うだろう。毛利が信長の死を知らないとすれば、信長が備中に入る前の和睦は願ってもないことだったに違いない。

そこで考えるのを止めた。すべては憶測に過ぎない。

勘兵衛もまた、狭い船底に横になる。


夜が明けて、船が大津の湊に着いた。晴れた日であれば、北の長等山《ながらやま》に三井寺《みいでら》の伽藍《がらん》が望めただろう。あいにく、ここ数日、小雨が降っては止み、止んだかと思えばまた降り出す空模様だ。三井寺の甍《いらか》はもやの向こうに隠れている。

勘兵衛は船に強い。めったなことでは酔わないが、今回は陸に上がってもなお、大地が波打つかのように感じた。もどして胃の腑《ふ》を空にした。

「逢坂《おうさか》を越えたならば、洛中には入らず、山科から勧修寺《かじゅうじ》、墨染《すみぞめ》を経て、勝龍寺城へ参れとの仰せじゃ。時を無駄にはできぬ。腰を上げよ」

貞征が号令する。

昼まで待ち、阿閉勢はほぼ揃った。勘兵衛の馬も轡取りといっしょの船で到着している。雨のなか、鎧の上に蓑《みの》を着け、一千の軍勢が進む。阿閉の惣勢だ。

山本山は空になっている。長浜城の守りは京極高次と、その名を慕って集まってきた牢人《ろうにん》衆に委ねた。

——敵はどこまできているのであろうか。

光秀が示したのは、大津からほぼ真っ直ぐ勝龍寺城へ至る道だ。羽柴勢は姫路で休むことなく、京を目指しているものと思われる。

十二日、阿閉勢は勝龍寺城に至った。

東から南に流れる小畑川《おばたがわ》と、西から南へ流れる犬川《いぬかわ》が合わさった場所に建つ城で、二本の川を堀としている。

貞征は備頭《そなえがしら》を従え、光秀に面会するため、城へ入った。

——少ない。

勘兵衛は勝龍寺城近辺の惟任勢を見て、そう思う。

この辺りは木津川《きづがわ》、宇治川《うじがわ》、桂川《かつらがわ》という南へ流れる三本の川が削った平らな土地だ。北は京まで、南は大山崎《おおやまざき》の町までが見渡せる。

——一万ほどしかいないのではないか。

ところどころに南からくるであろう羽柴勢に備えて陣を布《し》く惟任勢の旗が見える。それがなんともまばらで、陣と陣が離れ過ぎている。

貞征が城から下がるのを待って、勘兵衛は馬を寄せた。

「筑前守は昨日、摂津尼崎《あまがさき》で摂津衆と軍議を開いたようだ。摂津衆はみな、羽柴になびいた」

尼崎はわずかに八、九里先に過ぎない。それがまことであれば、今日にも羽柴勢が姿をあらわしてもおかしくない。

摂津衆とは、かつての有岡城、名を改め伊丹《いたみ》城の池田紀伊守《いけだきい》、茨木《いばらき》城の中川瀬兵衛《なかがわせべえ》、高槻《たかつき》城の高山右近《たかやまうこん》だ。摂津衆を味方に引き込んだことは、秀吉にとって大きい。人数では八千ほどをくわえ、さらに摂津国では敵に遮られず、京のある山城国へ進める。

「合戦の舞台は大山崎近辺ということになりますな」

「さよう」

貞征は厳しい顔でうなずいた。

「長岡《ながおか》天満宮を陣所とする。まず天満宮へ向かえ」

ふり返って備頭たちに命じた。

備頭たちはそれぞれ、配下の軍勢を動かすため、散る。

「馬を進めながら話そう」

勘兵衛にもうながした。

「筑前守は、今日は富田《とんだ》に泊まるであろうと、惟任殿は仰せある」

「合戦は明日の朝」

富田は大山崎の南西二里半、高槻城と茨木城に挟まれたところにある。

秀吉がいつ備中高松を発ったのか、今なおさだかではない。

仮に六日だと考えると、尼崎まで六日で五十余里も駆けたことになる。一日当たり八里余だ。一日に八里余ほど進む軍勢はさほど珍しくはない。惟任方を驚かせたのは、それを六日続けたことだ。

事前に支度を整えていたならばともかく、秀吉にその暇はなかったはずだ。軍勢を連日動かすには、道々に兵糧、秣《まぐさ》を集めておかねばならない。

――そうか。あったのだ。路次の兵糧は整っていたのだ。

閃《ひらめ》きがあった。

本能寺の一件が起きなければ、信長率いる大軍が京から備中へ向かうはずだった。

信長と旗本衆、摂津衆、惟任勢からなる、その軍勢は二万を超えただろう。秀吉はその軍勢が食らう兵糧を五月の末には、道筋に集めておいたはずだ。

信長と旗本衆の分は秀吉からの献上となる。他勢の分は諸将がみずから整えるのが建前だ。

しかし、早さ、速さを尊ぶ織田家においては、おうおうにして、兵糧の支度が済むのを待っていては、発向に遅参してしまう恐れがある。信長は遅参した者を容赦なく罰する。

このため、諸将が兵糧を貸し借りすることもしばしばだった。加勢を呼ぶ場合は、呼んだほうが立て替える。

――ましてや、信長公ご自身の出馬ともなれば。

行軍に障りがあっては、信長の機嫌を損ねることになりかねない。

――秀吉ほどの大将ともなれば、全軍の分の兵糧を宿場に支度しておいたはずだ。

京から備中へ向かう軍勢のために用意した兵糧を備中から京へ向かう軍勢が、そのまま使った。

つきは秀吉側にあるようだ。

「丹後の長岡《ながおか》、大和の筒井が参陣しておらぬ。長岡はそもそも惟任殿の決起に与同しなかった。筒井は兵を送ってきたが、羽柴勢が上方に迫っておる、との報を受け、兵を引いた。惟任殿は加勢を送るよう催促しておるらしいが。どうなるものやら」

貞征が思い詰めた様子で打ち明ける。声は小さく、低い。勘兵衛のほかに聞く者がいないよう心を配っている。

「どうりで」

光秀には丹後を任せた長岡幽斎《ゆうさい》という縁族がいる。さらに大和の筒井順慶《じゅんけい》という国持ちの与力もいた。

勘兵衛が奇妙に思っていた軍勢の少なさは、両人の不在が理由だろう。長岡幽斎、筒井順慶が軍勢を率いてくれれば、光秀の手勢と合わせ、二万を超えるはずだ。両勢がくわわっていないとあらば、この少なさも納得できる。

「惟任殿は長岡、筒井とも合戦までには駆けつけるだろうと仰せだが。わしが思うに、長岡も筒井もこぬ。両人は惟任殿を見限ったのだ」

貞征は口惜《くちお》しそうだ。

「長岡も筒井も、己が手を貸したとしても惟任殿が天下を保つことは難しい、と考えたのだろう。惟任殿は羽柴に、羽柴が倒せねば柴田に倒されると踏んだのだ。さらに惟任殿は決起の際、堺に逗留しておった東海三国の徳川三河守《とくがわみかわのかみ》を取り逃がしている。徳川も惟任殿に刃を向けるやもしれぬ」

三河、遠江《とおとうみ》、駿河《するが》を領する徳川家康《いえやす》は、織田信長が尾張一国を領する前から、信長の与力であるかのように従ってきた。先日、安土に招かれ、信長に歓待された。信長が討たれたとき、まだ堺にいたらしい。

その家康が信長の仇討《あだう》ちを名分とし、天下をうかがったとしても、なんら不思議ではない。

わずかに七日前、六月五日に光秀は安土を押さえた。その後、数日のあいだに近江を平定する。天下人への階《きざはし》をしっかりと登っているかのようにみえた。その光秀が今は追い込まれている。

「わしは長岡や筒井のように、今さら惟任殿を見捨てる気はない。もともと筑前守は好かぬ。勘兵衛の気づかいも無にしてしまった。おまけに長浜城に兵を入れた。筑前守もわしを許さぬであろう」

勘兵衛は苦く笑う主の顔を見る。

兜のまびさしから雨が滴っていた。

「合戦にて勝てばよいこと」

そう述べるしかなかった。

貞征と秀吉は、もともと、たがいに相容《あいい》れぬ立場だった。仲直りの起請文は、貞征にとって、受け入れようがなかったのかもしれない。

本能寺屋敷の一件を聞いたとき、貞征は長い争いに決着をつけるべく、光秀についた。秀吉の居城を奪った。

仮に今から秀吉に通じようとしても、今度は秀吉が拒むだろう。悪くすると、秀吉は貞征の裏切りを光秀に知らしめ、惟任方が割れたところに襲いかかってくる恐れがある。

阿閉勢は勝龍寺城から北西に進み、長岡天満宮に入った。

夕刻、雨の降るなか、貞征は勘兵衛らを引き連れ、円明寺川《えんみようじがわ》の畔《ほとり》に物見に出た。円明寺川は勝龍寺城の西を流れている。光秀は円明寺川の東の岸に陣を取り、そこで羽柴勢を待ち受けるよう、貞征に命じた。

勘兵衛は対岸の大山崎の町を指差して進言する。

「このようなところに留まるべきではございませぬ。大山崎は桂川、宇治川、木津川が淀川《よどがわ》一本に合わさり、また北から張り出す山々が河原を狭める切所《せっしょ》でござる」

大山崎は山城と摂津の国境にある町だ。西国から京へ、京から西国へ、人、物、銭が盛んに往来する要所に当たり、栄えている。また軍略の上での切所でもあり、住人は堀を巡らせ、黒渋塗りの板塀で囲み、町を守っている。

「我ら一手でも黒塀のうちに入り、大山崎を押さえねばなりませぬ。大山崎を砦とし、敵を防がねばなりませぬ」

その程度のことを信長が重んじた光秀が気づかぬはずはない。不思議の念を抱いている。

「惟任殿は」

貞征は憤りを抑えるような顔つきで答える。腹を立てている相手は勘兵衛ではなく、光秀のようだ。

「大山崎には禁制を与えてしまった。大山崎に兵を入れてはならぬ、と仰せじゃ」

「そのようなことは些事《さじ》ではございますまいか。これは惟任殿の天下がなるかならぬか、という一戦。勝ったのちに住人に詫《わ》びを入れれば済むこと」

「わしもそう思う。しかし、日向守殿は頑《かたく》なじゃ。ひとたび与えた禁制を旬日も経たぬうちに覆すのは、天下人のなすところではない、と仰せある」

すでに貞征も光秀に進言したのだろう。

黙るほかない。

「日向守殿の戦立てはこうじゃ」

貞征は軍配で円明寺川の向こう岸を示しながら説く。

光秀は勝龍寺城を出て、犬川を渡り、恵解山《いげのやま》に本陣を置く。阿閉勢ら先手は円明寺川に沿って軍勢を配する。

大山崎の東は桂川が何度も溢《あふ》れた野だ。沼やぬかるみが多い。ここ数日の雨で、一面、深田のようになっている。足場が悪く、大山崎から押し出す羽柴勢は進むにも難渋するだろう。

「筑前守の馬印、金の瓢簞《ひようたん》が町を出るまで円明寺川で防ぐ。出てきたならば、いっきに川を渡って寄せる」

足場の悪さに苦しむ羽柴勢をなんとか押し返す。野に広がった羽柴勢にとって、退《の》き口《くち》は大山崎の町の東門しかない。狭い場所に大軍が退けば、押し合い、踏み合い、乱れるだろう。

「そこで筑前守を討て、と仰せじゃ」

「惟任殿の戦立てはもっともと思われまするが、この雨では鉄砲が使えませぬ。鉄砲が使えぬのに、待つ戦は危のうござる。進んでくる敵に鉄砲を浴びせてこその待ちの戦。やはり我らだけでも大山崎に入り、敵の勢いを殺し、筑前守の馬印が大山崎に進んでくるのを見定めてから、ここに戻るべきでは」

勘兵衛は粘る。

「おぬしの申すことは正しい。されど、これは軍令じゃ」

貞征は話を打ち切った。

翌十三日の夜明け、阿閉勢は円明寺川の岸に進んだ。

しかし、まだ大山崎に羽柴勢が入った様子はない。

「これはどうしたことだ」

勘兵衛は不審に思った。

使番が先手へ駆けてきた。

「恵解山の本陣からの知らせによれば、羽柴筑前守は富田から北東の大山崎へ向かわず、真東へ向かい、淀川を渡る様子、とのこと」

「どういうことだ」

「三七殿、丹羽五郎左衛門の軍勢が大坂を発った模様。これを麾下にくわえるつもりでは、と。惟任殿が仰せとのよし」

「筑前め」

吐き捨てた。

――筑前守は日向守よりも、遥かに上手《うわて》じゃ。

秀吉は軍勢の数を増やす。さらに信長の三男、三七信孝を奉じることで、この一戦が信長の仇討ちたることを、天下に知らしめるつもりだろう。

――羽柴勢は三万近くになるのではないか。

大義名分が明らかなほうが、士気も奮う。

昼過ぎ、大山崎の町に羽柴方の旗が翻った。高槻の高山勢だという。

申刻《さる》（一六時）、高山勢が大山崎東門から討って出た。すぐさま高山勢に並びかけるように、山手から茨木の中川勢が、久留子《くるす》紋の旗を靡《なび》かせ、襲いかかってくる。両勢はすぐ近くに城をかまえているだけあって、深田のなかの乾いた小径《こみち》を知悉《ちしつ》していた。

高山勢のあとには、伊丹の池田勢が続く。

切れた堤から流れ込む奔流のごとき羽柴方に攻め寄せられ、もはや秀吉の金の瓢箪の馬印を待つどころではなくなった。

阿閉勢の南隣、円明寺川沿いに陣を布いた惟任方の軍勢がただちに崩れる。

高山勢が川を渡り始めた。

「意気地のない奴らめ」

勘兵衛は歯嚙《はが》みした。

怖気《おじけ》づいた味方は、敵よりも始末が悪い。背後に目をやれば先陣が崩れたのを見て、後陣も旗を乱している。

——戦場の真ん中に取り残される。

背筋を冷たいものが走った。

正面から鉄砲を放つ音が聞こえた。幸いにもまばらだ。雨のなか、中川勢も火縄、薬を湿らせてしまったのだろう。

「敵の鉄砲など霧雨同然」

勘兵衛は味方を煽《あお》った。

気勢を上げて応ずる者もいれば、そうでない者もいる。

ふたたび爆鳴が轟く。勘兵衛には当たらぬといえども、数人が討ち倒された。

——手をこまねいていれば、囲まれ、みな殺しにされる。

鳥肌が立ち、兜の下の髪まで逆立つ。

「使番はおられるか」

「ここじゃ」

本来、将ではない勘兵衛に使番を呼びつける権能などない。今はそうも言っていられない。

「殿にお伝え頂きたい」

使番は神妙な面持ちで勘兵衛のことばを聞く。周囲は敵の喚《わめ》き声と味方のうめき声で満ちている。

「お手回りの人数をまとめ、退いて後図を期されるべし、と」

使番ののど仏が上下する。

「このままでは、この山崎の野で阿閉は滅びる。殿が退く暇は、この勘兵衛が稼ぐ」

鑓の柄を両手で握り、力を込める。

「聞こえたならば、ゆけ」

「おう」

使番はふり返り、駆け出した。

南側の此岸《しがん》に高山勢の黒旗が翻る。瞬時のためらいも許されない。

勘兵衛は円明寺川の岸に進み、対岸の久留子紋の旗を鑓先で示す。

鉄砲玉が飛びきたって、飛び去る。当たらぬ、と信じ込んでいるから、勘兵衛は平生の通りに動ける。

「川を渡り、中川勢に突き入る」

背後の仲間たちが驚くであろうことは承知の上だ。

「望まぬ者は殿をお守りして退け。屍《しかばね》をこの野に晒《さら》す覚悟のある者だけついてこい」

ひとり、またひとりと死を思い定めた者が勘兵衛の左右に歩み出る。

――頼もしき朋輩なり。

力を得た。

「中川瀬兵衛の首を取るぞ。続きたまえ」

勘兵衛は円明寺川に飛び込む。

水かさは腰ほどだ。水の重さにあえぎながらも、なんとか押し渡る。背後でも、次々と水しぶきが上がる。

亀ほどの速さでしか歩めない勘兵衛らに中川勢は矢玉を浴びせてこなかった。

我が目を疑ったのだろう。

円明寺川西の岸になんとか這い上がる。足腰が悲鳴を上げていた。同時に水の重さから解き放たれた喜悦に震えているようにも感じる。

鑓をかまえ、驚きか、怯えか、目を大きく見開いている敵の武者を次々と討った。のどへのひと突きが面白いように入り、みな、一撃で倒れた。

「我が名は渡辺勘兵衛。阿閉淡路守が家来にて、冥土の土産に中川瀬兵衛殿の御首を携えんと欲するなり」

声が上ずり、抑えられない。おめくように名乗った。

心の昂りに身を任せ、勘兵衛は荒れ狂う。

目の前に立ちはだかる敵を押しのけるには、もはや突きでは間に合わない。鑓を力いっぱい左右にふり回し、当たる敵をなぎ倒して進む。

中川勢を討ち払いながら歩めば、ぬかるみにはまり込むこともない。むしろ、襲ってくる勘兵衛を避《さ》けようとした士卒が、深田に膝まで浸《つ》かっている。動けなくなった敵は放っておいて、敵陣にひたすら分け入る。

空から眺めれば、西から東へ流れる激流のなかを、ひと握りの武者がさかのぼっているように映るに違いない。

「死にたくない者は道を空けよ。ともに旅立たんとする者だけ残れ」

絶叫すれば、目の前が手薄になる。勘兵衛はそこに飛び込み、破っていく。

戦慣れした武者であれば、死に物狂いの敵の前には立たない。脇へのき、敵の疲れを見極めて、押し包んで討って取る。

つい先ほどまで、勘兵衛もそう考える武者だった。死を覚悟して敵中に入るのは、これが初めてだ。今までは手柄を求めて、戦にのぞんでいた。今は違う。敗戦必至の戦場で、主を逃がし、意地を見せんがために戦っている。

「主の馬前で敵に背を向ける奴がおるか。斬るぞ」

苛立《いらだ》ちのなかにも、飄々《ひょうひょう》とした軽みを感じる声が降ってきた。

勘兵衛は伏せ気味だった面を上げる。
六、七間先に黒母衣を背負った武者が馬を立てている。
――見つけたぞ。この声、黒母衣。間違いない。

中川瀬兵衛はいつも黒母衣を着けて戦場に出る。

自身の鶴の丸の母衣が失われているのに、このとき、ようやく気づいた。かまってなどいられない。

「瀬兵衛殿、お覚悟」

力を体にいき渡らせ、残り六、七間を泳ぎ渡るべく、ふたたび敵の海に躍り込む。

しかし、ここにおいて、敵の守りは急に固く、厚くなった。大将の危難を見て、あちこちから精兵が駆けつけたのだろう。

敵も鋭い突きを繰り出してくる。なんとか、勘兵衛の猛進を止めるつもりだ。

勘兵衛は鑓をかまえ直す。

中川家の精兵たちも鑓の穂先を勘兵衛に向け、さらに人の壁を厚くする。

「うおおお」

勘兵衛の絶叫が戦場に轟く。

勢いをつけ、塊となった中川勢に向かう。突き出された鑓をかわすと、相手の膝に足をかけ、その肩に飛び乗った。

鑓一本を携え、中川勢の頭の上に腹這いになり、まさに泳ぐように進む。

「敵はどこだ」

「わしの頭の上に」

「あいだを空けろ。引きずりおろせ」

あわてて駆けつけたため、武者たちは固まり過ぎていた。

勘兵衛は兜の前立てを摑み、鑓のけら首を手がかりとして進む。引き落とさんと突き出された手を払いながら、たちまち六、七間を渡り、瀬兵衛の馬前に飛び降りる。

「おもろい奴やな」

全く恐れの色を見せず、瀬兵衛は馬上でけたけたと笑う。

「お覚悟」

勘兵衛は両足で地を踏みしめるや否や、瀬兵衛の首を目がけ、渾身の突きを放った。

瀬兵衛はわずかに左に上体を傾けて、かわす。

――ちっ、見切られたか。

勘兵衛が手繰るのよりも早く、瀬兵衛は右手で鑓のけら首をつかみ、軽くひねった。

両手が鑓の柄に弾かれたかのように、勘兵衛は鑓を奪われる。次の一瞬、胴を強く、激しく突かれ、耐えきれず、後ろに転がった。

石突の側ではなく、穂の側でのひと突きだったならば、鎧などなんの役にも立たず、貫かれていただろう。

瀬兵衛は、勘兵衛に鑓を放ってよこす。

あわてて鑓を拾う。

「わしは一勢の大将たる身。勝ち戦において、汝《なんじ》のような下郎とは鑓を合わせぬ」

瀬兵衛はごう然と吐き捨てる。瀬兵衛の鑓は鑓持ちに捧げ持たれたままだ。

円明寺川を渡ってから初めて、勘兵衛は二、三歩退き、ふり返った。背後には、もうひとりの味方も続いていない。頭や肩を踏みつけられた武者たちが、ふり向いている。忘れていたはずの死への恐れがにわかに胸に蘇《よみがえ》る。

――もはや、これまで。

足が前へ出ない。

次の一瞬から、生き物としての勘兵衛が生を求めた。

馬上の瀬兵衛を正面に見て、右手に跳んだ。退路を開こうとした。

中川勢の士卒は出遅れた。勘兵衛が逃げ出したことに気づいた者から追いすがる。

勘兵衛は鑓をふり回し、敵を払いのけ、円明寺川沿いを北へ逃れる。

「放っておけ。どうせ、もう戻ってはこぬ。先ほど、背を向けた者、兜を泥つき草鞋《わらじ》で踏みつけられた者もおるだろう。恥をかかされおって。今さらやっきになって追うなど見苦しい。川を渡って恵解山の惟任本陣を突くぞ」

瀬兵衛の声を背中で聞き、今度は死に物狂いで逃げる。

あちこちに倒れ伏す阿閉の仲間を跳び越えて駆ける。まだ息をしている者もいるだろう。

——許せ。許してくれ。
助けるゆとりは全くない。
酉刻を待たず、惟任方の軍勢は四散し、敗走する。阿閉勢も例外ではあり得なかった。
かくして勘兵衛は落ち武者となった。

天下人の葬礼

勘兵衛、身をやつす

十月十一日、粟田口《あわたぐち》から、ひとりの若者が京に入った。

柿色の麻帷子を着て、藍《あい》染めの股引《ももひき》に草鞋ばき、もう一枚、帷子を肩に打ちかけ、短い脇差を帯に差す。髷《まげ》を細く結った頭に編《あ》み笠《がさ》を被る。供も連れず、ひとり歩む。

身をやつした渡辺勘兵衛だ。

通いなれた道をゆくがごとく、辺りを見回すこともなく、足を止めることもなく、ゆったりと歩む。野伏せりに斬られた左すねの傷は幸い浅かった。膿《う》みもせず、すでに癒えている。勘兵衛の足取りは軽い。

――近江から京を見物にきた百姓。

そう言えば、それで通るはずだ。

実際に京の町には、いつもより多くの見物人が流れ込んでいる。まもなく、羽柴秀吉により織田信長の葬儀が執り行われることになっていた。天下一の出頭人が出す、天下人の葬式は畿内各地の人々を京に引き寄せている。

勘兵衛は、望んだ通りに見物人の波に溶け込んでいた。織田家でも名の知られた武辺者が小路をゆくことに気づく者はいない。勘兵衛はもともと、その武辺に似合わぬ穏和な顔立ちをしている。

――いつ以来であろうか。

近江で生まれ、近江で育った勘兵衛にとって、京は通いなれた、なじみある町だ。ここ半年ほどの変転の日々のなかで足が遠のいている。そして今、京は主の仇《かたき》である秀吉が掌中に収めている。

山崎合戦のあと、惟任光秀は勝龍寺城に逃げ込んだ。羽柴勢がすぐさま勝龍寺城を囲む様子を見せたので、夜陰に紛れ、逃れ出た。近江坂本城を目指したらしい。勘兵衛が野伏せりと戦った河原の近くで、野伏せりに討たれた。

阿閉貞征とその嫡子は捕えられ、磔《はりつけ》にされた。その亡骸《なきがら》は、やはり捕えられ、磔に架けられた光秀の家老斎藤内蔵助《さいとうくらのすけ》、光秀の亡骸とともに粟田口に晒されたという。

阿閉勢は山崎の一戦で砕け散った。山本山城に籠城できるほどの人数すら還《かえ》らなかった。阿閉家の男子はひとり残らず斬られたらしい。

――晒されたのち、どこに埋められているのであろうか。

気にはなったものの、探すこともできない。たずねて回れば、ひと目につく。貞征の亡骸が光秀とともに晒され、一族の男子がみな斬られた、ということは、阿閉家が謀反の一味として扱われた、ということでもある。阿閉に縁ある者と見なされるのは危うい。

生き延びるのに精一杯だった。

ゆくあてのない勘兵衛は、近江と美濃の国境にそびえる伊吹山《いぶきやま》に逃げ込んだ。伊吹山は修験道の霊場だ。秀吉の手もおよぶまい、と考えた。

――まさか、あのようになっているとはな。

毎日眺めていた伊吹山に踏み込んで、勘兵衛は何度も驚かされることになった。麓から山腹に至る霊場のあちこちに、戦乱で人里を追われた者たちが、隠れ暮らしていたのだ。そこでひっそり暮らし、そこで果てる分には追わぬ、と信長らもどうやら目こぼししていたらしい。

勘兵衛も小屋を建て、阿閉旧臣を見かけてもたがいに知らぬ顔をして過ごした。

名指しで追われている大将が山に入ろうとすると、どこからともなく荒々しい山伏どもが集まり、追い返している、と聞いた。落ち武者狩りに手を出した者も山を去らねばならない、と噂されていた。

――ずいぶん、わびしい浄土であった。

頂辺りは蓮上《れんじょう》と呼ばれている。行者以外は立ち入れぬ霊場だ。中腹から麓にかけて、多くの寺社があった。

堂衆の差配に従い、堂衆を手伝い、寺の雑役をこなせばかろうじて食えた。どの寺も堂衆は少ない。集まる人手を勘定に入れてあったのだろう。

近江も美濃も長い戦乱のなかにある。両国の国境にそびえる伊吹山に人が集まった。牢人あり、逃散《ちょうさん》してきた百姓あり、素性を推し量ることすらできぬ有象無象もまた多い。

仕事が終われば、庭に大釜が出された。堂衆が米と塩を与える。谷川から水を汲《く》み、それを煮て粥《かゆ》にするのは、集まった女どもの仕事だ。力仕事に身を労する男たちの女房が多かっただろう。煮えれば、どこからかやってきた子供もくわわり、水気の多い粥をする。米と塩だけ受け取って帰る者もいた。寺はいくらか米と塩を出し、大釜を貸せば済む。安上がりな施しだ。三日に一度はどこかの寺で雑役と施しがあった。

ひと月ほど経ち、山の様子を摑むと、勘兵衛は寺での働きから他の稼ぎへ転じる。寺社詣でにきた人々の案内、荷運び、荷物番、ときに当人を背負って山を登り降りすることで銭が手に入った。体が衰えぬよう、痩せ細った老婆から肥えた商家の主人まで、客を選ばず背負った。

参詣人がいなければ、街道に出て、馬借の荷の積み下ろし、荷運び、里から人手を求める百姓があらわれれば、田仕事でも稼げた。わざわざ山を登って、勘兵衛らに物を売りにくる商人もいた。

里の百姓や、かつての家来に食わせて貰う牢人もいた。勘兵衛は誰にも合力を頼まなかった。

――厄介になりたくない。

そう思っていた。

また、そこから勘兵衛の首を秀吉に差し出して、褒美に与《あずか》ろう、と考える者に居場所を嗅ぎつけられる恐れもあった。阿閉家中にそのひとあり、といわれた勘兵衛だ。

――信長公の葬式を見物したのち、儂はまた山に帰るのであろうか。

世を捨て、伊吹山に住み、伊吹山で果てるには、勘兵衛は若過ぎた。

信長の葬儀の噂を聞き、ひと目見たい、と山を下った。山に帰るかどうか、まだ決めていない。帰りたくない、という気分がある。

警固衆の誰何

「そこの若造」

「止まれ。そこを動くな」

「我らは羽柴小一郎《こいちろう》様の手の者じゃ。洛中静謐《せいひつ》のため、人改めをいたしておる」

手に六尺（一尺は約三〇・三センチメートル）ほどの棒を携えた三人組の足軽が、勘兵衛のほうへ歩んでくる。

足軽が使う長柄鑓《ながえやり》は長さが三間もある。開けた戦場ならまだしも、こういった京の小路でふり回すには長すぎる。それを棒に持ち替えたのだろう。真新しい。樫《かし》でできているようだ。

「名はなんと申す」

「在所を言え」

「宿はどこじゃ」

勘兵衛は肩の力を抜き、ここでは思案することなく、用意してあった答えを返す。

「近江は西阿閉の勘兵衛と申す者でござる」

用あって京へ遣わしたとき、小者たちが泊まっていた宿の名を告げた。これからそこへ向かうつもりだ。

西阿閉は山本山城の近くにある在所で、かつて勘兵衛の所領も西阿閉にあった。怪しいと思われれば、細かく問われる恐れもある。まったくの嘘を言うより、実のあることを述べるべきだ。村々の乙名《おとな》百姓には、勘兵衛という名の者はいくらでもいる。

「そうか」

「京にはいかなる用で参った」

「それは問うまでもないな。安土様のご葬儀を見物に参ったのであろう」

亡き信長は安土様と呼ばれているらしい。

　この三人組が、旅人らしき者に次々に声をかけているのは、目に入っていた。腹巻を着け、股引をはき、脚絆《きゃはん》を巻いている。陣笠は背に負っていた。山崎合戦のあとに出くわした野伏せりどもとくらべれば、いくぶん小ざっぱりとしている。

「へえ、前代未聞のご盛儀になる、と聞き」

　勘兵衛は編み笠を脱いだ。用心した。

　羽柴勢のなかには、戦場で、兜を被った勘兵衛の姿を見ている足軽も少なくない。何も被っていないほうが、よいような気がする。

　勘兵衛は目も鼻も小さく、口ばかりは少し大きい。およそ他人に威や猛々《たけだけ》しさを感じさせる顔をしていない。

「これは、ぜひ拝見せねばと思い立ちまして」

　阿閉家の血を引く男たちは根絶やしにされた。勘兵衛も捕えられればどうなるか知れたものではない。

　――切り抜けねば。

　冷や汗が噴き出さぬよう、祈った。

「そうよ。古今無双のご盛儀よ」

「お前のように見物目当てで京にくる者が数え切れんのだ」

「ゆえに我らも大忙し、というわけじゃ」

三人とも、勘兵衛になんの疑いも抱いていないように思われた。

――早う、別の旅人のところへいけ。

三人のうち、つねに最後にしゃべっていた、中背の足軽がまじまじと勘兵衛を眺め、肩に手をかける。

「おぬし、ずいぶんとがっしりとした体つきをしておるな」

「力仕事には重宝がられます」

これも嘘ではない。馬鹿力と、それを生み出す堅牢な足腰が勘兵衛の武勇のもといだ。

「なるほど、力がありそうだ」

他のふたりも、改めて、しげしげと勘兵衛の体を眺める。

――力自慢など、余計なことを。

足軽たちの関心を引いてしまったことを後悔した。

「わしらのように足軽働きをせぬか」

それまで最初に口を開いていた背の高い足軽がそう言う。

「もちろん、お前の力がどんなに強かろうと、古株であるわしらのほうがえらいのだぞ」

　胸を張る。

「おん大将は天下取りの真っ最中じゃ。まだまだ戦は起きる。稼ぎ場はいくらでもある」

「それに、おん大将は気前がよくあられる。わしは他所《よそ》でもご奉公したが、どこの軍勢も戦場では飢える。分捕りしても飢饉《ききん》同然。されど、羽柴のお家では食い物に困らぬ」

「戦はひもじいもの、ということをよくご存じなのだろう」

　問われもせぬのに、足軽たちはよくしゃべった。

　足軽が大将をどのように見ているかなど、考えたこともなかった。興が湧いた。

　勘兵衛は侍だった。兵糧は侍から先に割り当てられる。戦場で、ひもじいと思うことはあっても、飢えることはなかった。勘兵衛がひもじさを感じているとき、足軽たちはすでに飢えていたのかもしれない。

「そんなに他の大将方とは違うものですか」

「違う、違う。大違いじゃ」

「我らのおん大将は、我らに食わせて下さるだけではない。兵糧使いと申し上げてもよい。達者なお方じゃ」

兵糧使い、などということばは聞いたこともない。

「因幡鳥取の城に吉川式部《きっかわしきぶ》殿が籠《こも》ったときのことじゃ」

中背の足軽が説く。

昨年、毛利を支える吉川一門の将、吉川式部少輔《しょうゆう》が鳥取城に籠城した。羽柴勢がこれを囲んだ。

「おん大将は戦の前に、若狭《わかさ》から船で商人を送り込み、高値で米を買い漁《あさ》らせたそうじゃ。それにより、城方はいざ籠城となっても兵糧が手に入らなんだらしい。七月から城を囲み、十月には落ちた。しかしながら、隣国伯耆のお味方、羽衣石《うえし》城の南条殿までも飢えに苦しんだと聞く」

鳥肌が立った。

――秀吉、恐るべし。

三人は愉快そうに笑っている。羽柴勢のなかではよく知られた話なのだろう。兵糧は軍陣の大事だ。秀吉は兵糧についての考え方が他将と異なっているに違いない。異なるぶん、秀でているように思える。

「おん大将は我らと同じように雑兵上がりと聞く。励めば、侍に取り立ててくださるかもしれぬ」

背の低い足軽が、ふと笑うのをやめ、力のある目つきで呟く。

「いずれ、北国の熊も退治なさる」

柴田勝家のことだ。

勘兵衛の胸が高く鳴った。

秀吉が光秀を討ったあと、織田家の権柄《けんぺい》を巡り、秀吉と勝家は競い合っている。

この度の葬儀についても、秀吉が勝家を凌《しの》ごうとする意図は透けて見える。

——いずれ、織田家の権柄を、天下を賭けた一戦におよぶだろう。

武人として、どちら方に属すにせよ、その戦場に立ちたいと思う。

「どうする。足軽になる気があるなら、口をきいてやるぞ」

「まずは、故郷に帰ったのち、親にも相談してからにいたしたいと存じます」

勘兵衛は深く頭《こうべ》を垂れた。昂る心を気取られるのを恐れた。

「まあ、それが順序よな」

「洛中で野宿はならぬぞ。夜歩きは停止《ちようじ》じゃ」

「夜回りの警固衆は、我らほど穏やかではない。捕えられれば、ただでは済まぬ。

北国からの間者では、と怪しまれれば、斬られる。ゆめゆめ忘れるな」

勘兵衛から離れていった。乗り切った。

もはや足軽らが用心しているのは、阿閉の残党などではなかった。柴田方の間者だ。

信長の葬列を見送る

十月十五日、午刻《うま》（一二時）過ぎ、そのときはやってきた。

信長の葬儀は、この日の辰刻《たつ》（八時）ごろから、紫野《むらさきの》の大徳寺《だいとくじ》で執り行われていた。東西八町、南北にも六町はあろうか、広大な大徳寺は警固の軍勢で取り固められた。塀のうちに庶人が立ち入れようはずもない。

勘兵衛は参道沿いの人垣にまぎれ、山内での儀式が果てるのを待つ。

――まるで京の住人が、みな紫野に集まったかのようじゃ。

噂によれば、警固の兵の大将は、秀吉の弟、羽柴小一郎秀長《ひでなが》で、その率いる人数は三万に上るという。三万の兵が少なく見えるほどの見物人が詰めかけた。

――伊吹山においても噂が耳に入るほどの評判だからな。おおかた、筑前守が派手に噂を流させたに決まっておる。

信長の葬儀は、天下人の座を目指す秀吉にとって、またとない好機だ。立派に取り仕切ることにより、織田家の同輩、まだ織田家に服していない各地の諸大名、そして誰より、京の庶人、公家衆、さらには畏れ多くも主上にまで、信長のあとを継ぐのが己であることを誇示できる。

「お経が止んだな」

頭巾を被った見物人が呟く。

そういえば、山門から離れたここでも、林中で聞く蟬時雨《せみしぐれ》のごとくにぎやかに聞こえていた読経の声が止んでいる。

秀吉は八宗に声をかけ、長老、高僧らを根こそぎ集めた。

この葬儀を最も見せつけたい相手は、北国の柴田勝家だろう。去る九月十一日、勝家の妻であるお市《いち》ご料人が施主となり、京は花園《はなぞの》の妙心寺《みょうしんじ》で信長の百箇日《ひゃっかにち》供養が行われた。お市ご料人は信長の妹で、かつて浅井長政に嫁いでいた。

秀吉も負けじと、信長四男で自身の養子でもある於次《おつぎ》を施主として、大徳寺で百箇日供養を行った。翌十二日のことだ。

さらに葬儀で突き放すつもりだろう。羽柴勢三万で固められた京に、勝家が乗り込んでこられるはずもない。

「出た。きたきた」

見物人たちが歓声に似た声を上げる。

勘兵衛も山門に目をやった。

葬列が山門を潜ってくる。烏帽子《えぼし》に藤色の布衣《ほい》という姿で、先駆が進む。先駆の数がまず多い。二列となり、ゆっくりと歩むので、いつまでも行列が途切れることがない。

先駆に続き、水色、萌黄《もえぎ》、浅黄《あさぎ》、黄、鮮やかな衣に、様々な被り物、これまた様々な色の袈裟をかけた僧たちが、衣の色ごとに分かれて進む。

見物人たちは口々にしゃべり、叫び、呟く。まるで戦場のような騒がしさだ。

警固の兵たちは、行列を乱しそうになった者を人垣に押し戻すだけで、静粛は求めない。求めようもないのだろう。

ふたたび烏帽子、藤色の布衣が続いた。

先駆が山門を潜ってから半刻《はんとき》ほども経ったろうか。行列が少し途切れた。見物人も押し黙った。静かななかにも昂りが感じられる。

まだあどけない男児が位牌を掲げて、歩を進める。

――長丸君《ちょうまるぎみ》ではあるまいか。

そう推量した。信長の八男だ。

位牌を持つとなれば、信長の子に違いない。信長には男子が多い。勘兵衛も、みな顔を知っているわけではない。

位牌の男児に続き、秀吉が姿をあらわした。見物人たちが歓声に沸く。

秀吉もまた、烏帽子に藤色の布衣だ。白鞘、白柄《しらつか》の合口《あいくち》にこしらえた太刀を抱き、一歩一歩、地を踏みしめるように歩む。眼差しは強いものの、何かを睨むわけでもなく、ただ前だけを見ている。

——変わった。

押し黙ったまま、勘兵衛は驚嘆していた。

秀吉と最後に会ったのは、四月の冠山城の陣だ。山崎合戦では敵味方に分かれており、勘兵衛は秀吉の馬印さえ見ることなく、逃げた。

全身にみなぎっていた精気、ほとばしるような才気はなりを潜めている。それに代わり、今の秀吉には重みが備わっていた。秀吉が足を踏み出すごとに、地が揺れるように感じる。

——庶人も感じているはずだ。

浮かれて道に飛び出しそうになる見物人は、もういない。みな口々に秀吉を褒めそやしながらも、見えない壁に遮られているかのように、その場を動かない。たいていの男よりは背が低い秀吉が大きく見える。

——これはひょっとするな。

世に、秀吉は足軽上がりとも、小者上がりともいわれている。いずれにせよ、才覚と働きぶりと信長の恩寵《おんちょう》でのし上がってきた。

しかし、さすがに、その立身もこの辺りまでではないか、と勘兵衛は思っていた。理由はない。心のどこかで、秀吉のような成り上がり者が天下人になれるはずはない、と思い込んでいた。

目の前の、秀吉の身を包む威厳は勘兵衛の思い込みを打ち払い、心を揺さぶるに充分なものだ。いつの間にやら、立派な八の字髭までたくわえている。

秀吉に続いたのは、瓔珞《ようらく》、擬宝珠《ぎぼし》で飾りつけられ、金、銀、黒で彩られた八面の覆いをのせた轅輿《ながえごし》だ。覆いのなかに信長の棺《ひつぎ》が納められているのだろう。

——安土城の天主のような。

勘兵衛はそう感じながら仰いだ。信長の栄華が凝《こ》ったような安土城の天主は、山崎合戦のあと、焼け落ち、地上から消えた。

「安土様、安土様」

「南無阿弥陀仏《なむあみだぶつ》、南無阿弥陀仏」

「ああ、右府《うふ》様が逝かれる」

「南無妙法蓮華経《なむみようほうれんげきよう》」

思い思いのことばを口にし、京の庶人が信長を見送る。この葬列に随身していない公家衆もどこかで眺めているに違いない。

信長の体は、すでに本能寺屋敷で燃え尽き、灰となっている。棺には香木をもって仏を彫り、納めたと聞く。歓声とざわめきは轅輿とともに遠のいていく。

「やはり、お顔は似ておられる」

「たしかに、おん面影があるわ」

白皙《はくせき》に切れ長の目、織田一族の血脈をあらわすような整った相貌の若者が轅輿のあとに従う。この葬儀の喪主、於次だろう。

於次はそよ風のように去った。

紫や緋《ひ》の衣の僧たちが続き、そのあとに藤色の布衣の二列が延々と連なる。

蓮台野《れんだいの》にしつらえられた火屋まで、真っ直ぐ歩けば三百間ほどだ。轅輿は大徳寺の周囲を大きく右回りし、人垣のあいだを千五百間進んで火屋の幔幕の向こうに消えた。

見送ったのち、勘兵衛は乾いた涙で、頬が突っ張るのを感じた。気づかぬうちに感涙していたようだ。

秀吉に仕官を願う

「淡路守様はご運が悪かったのだ。山で寂しく果てるよりも、討ち死にするまで、侍として生きたい」

勘兵衛は低く呟く。

「旦那様、何かおっしゃいましたか」

京で雇ったばかりの小者が背中に声をかけてくる。

「何も言うてはおらぬ」

そっけなく答えると、勇を鼓して一歩踏み出した。

目の前には、六月に、そこで苦杯を喫した大山崎へ向かう道が延びている。勘兵衛はふり返らず、歩む。

信長の葬儀を見届けたあと、いったん、伊吹山に引き揚げた。住んでいた小屋を打ち壊し、わずかな荷物を背負い、隠してあった装束、鑓、刀脇差を携え、山を降りた。

今日の勘兵衛は侍のなりに戻っている。黒萌黄《くろもえぎ》の小袖、褐色の羽織袴を着け、大小をたばさんだ。鑓と荷物は小者に持たせた。荷物のなかには、羽織袴と同じ色の肩衣も入っている。

——首尾よく話が進めば、今日のうちに秀吉と対面することも、あるやもしれぬ。

信長の棺を見送ったとき、深い諦念のような思いを抱いた。

尾張に興った信長は、勘兵衛がこの世のすべてであるかのように考えていた畿内近国を席捲《せっけん》し、さらに外へ、勘兵衛が足を踏み入れたことのなかった国々に兵を進めた。天下の半ばを手に入れ、すべてを制すかに見えた信長ですら、とつぜん、無常の風にさらわれることがあり得るのだ。

——こうして逃げ隠れし、己をくらまして生きるのはなんのためだ。

秀吉に降参することに決めた。許されるならば、羽柴家に仕官して、侍としての生涯を全うしたいと思う。このまま隠れて生き延びるとしても、伊吹山での暮らしは流刑の配所における日々と変わらない。

——いつまでも続けられるものではない。続くとすれば、それがつらい。

妻にも、もう一度会いたい。できることならば、ふたたびともに暮らしたい。あとふた月ほどで年が改まる。天正十一(一五八三)年になったとしても、勘兵衛は二十二歳。命を賭けることなく、仮に五十歳まで生きるとすれば、生涯はまだ半分以上残っているのだ。

羽柴勢の足軽がもらした、

——いずれ、北国の熊も退治なさる。

ということばも、勘兵衛を突き動かす。

山崎合戦は天下の行方を決める大戦だった。

——我が武辺をあらわすことができたとは思われぬ。未熟じゃった。悔いに悔いてもなお、余りがある。

侍として、いつか天下分け目の合戦にのぞむ日を熱望していた。ところが、その日はまったく予期せぬ形でやってきた。勘兵衛はほとんど何もできなかった。

——不覚というほかない。天下分け目の一戦など、一生に一度すら巡り合い難いというのに。

秀吉と柴田勝家が戦うならば、それはふたたび天下人の座を賭した戦いとなる。一生に一度出会うことすら難しい戦に、一年も待たずにまたのぞめるかもしれない。

――これが天の与えるところでなくしてなんであろうか。

いつの間にか、勘兵衛の歩みは小走りになっている。

「旦那様」

鑓に荷物も持たされている小者が、懸命に追ってくる。

山崎合戦の日、今にも泣き出しそうな梅雨の雲が垂れ込めていた空は、すでに天高い秋の空に変わっている。その下に広がる山崎の野も、まったく違う場所のように見えた。

「あれが宝寺城《たからでら》か」

勘兵衛は指差した。

「……はっ。さよう、で、ございます」

二里ばかりも走った。小者は息も絶え絶えといった様子だ。

勘兵衛が示したのは、大山崎の町を北から見おろす尾根の峰だ。

そこに山崎合戦の日にはなかった城がある。まだ普請は終わっていないように見える。秀吉が合戦後に新たに取り立てた城だ。

惟任光秀滅亡から半月ほどのち、尾張清須《きよす》で開かれた談合において、秀吉は惟任分国であった丹波、さらに山城、河内《かわち》を得た。近江長浜城と近辺の所領は、勝家に譲った。

「ここに目をつけるとはな」

勘兵衛はあごに手をやって唸《うな》る。

京の町がある山城を手にしたことは秀吉にとって大きい。力がものを言う乱世とはいえ、力だけで取り鎮めることはできない。力を荘厳し、天下人自身は刀を抜かずして、天下の諸大名が従うように仕向けていかねばならない。

鎌倉右大将家、足利将軍家と、武家の棟梁《とうりよう》たちの力を荘厳してきたのが、京の主上と公家衆だった。諸大名がのどから手が出るほど欲しがっている官職、位階を与えることができるのも、主上と公家衆のみだ。

——大山崎から内裏まで、四里余ほどか。

大山崎を見おろす山に城を築くことで、勝家を始めとする秀吉に従わぬ者どもから、京を守ることができる。もうひとつの居城たる播磨姫路城は西に偏している。

また、京に城や豪壮な屋敷を築けば、

——猿めは、主家たる織田家を脇へ押しやり、みずから天下人の座を欲している。

と指弾されるだろう。

四里余というほどよい遠さにより、これに反駁《はんばく》する余地ができる。もっとも、その指弾は間違っていない。

織田家の内輪もめを様子見している東海の徳川、関東の北条《ほうじょう》といった大大名への目配りにも便利だ。

「筑前守の威厳はゆえなきものではない」

信長の葬儀の行列に見た秀吉の姿を思い出す。

そこからは脚をゆるめ、城の様子を眺めながら近づいた。

大山崎の町を城下と見立て、城は築かれていた。大山崎は堀と黒塀に囲まれた町なので、大きな出丸のようにも見える。南を流れる水量豊かな川が堀の役割を果たす。

秀吉が手をくわえたのは、天王山《てんのうざん》とも呼ばれる山だ。山崎合戦の際には、ここから摂津茨木の中川勢が阿閉勢を襲った。山の麓から中腹にある寺までを囲い込み、東に大手門を開く。おそらく西の摂津側にも門は設けてあるだろう。頂辺りにも木々を払い、曲輪を作っているのが分かる。そこには石垣も積んでいるようだ。

――天守を建てる気か。

頂の曲輪は詰めの丸のようだ。山下を取られれば、そこに籠って後詰めを待つ。

大手門が近づく。勘兵衛は装束の乱れを直し、咳払いをしてから、門番に近づいた。

「何用で、城内のいずこに向かわれるのか。ここでおたずねすることになっており申す」

門番のひとりが進み出て、声をかけてくる。

門番は足軽だ。京へ信長の葬儀を見物にいったときとは異なり、今はひと目見れば侍と分かるなりをしている。雇ったばかりの小者も役に立っているだろう。

門番の問いかけも慇懃《いんぎん》だ。

勘兵衛は威儀を正し、腹から声を出す。

「これにあるは、渡辺勘兵衛尉《かんべえのじょう》、諱は了《さとる》と名のりおる者にてそうろう。近江阿閉の家来でござったが、阿閉淡路守は謀反人惟任日向守に味方して滅亡。それがしは牢人となり申した。幸い、羽柴筑前守様のご面識にあずかり申したこともあり、筑前守様はそれがしをご存じのはず。ここにおいて降参し、お召し抱え頂きたく参上いたした。宜《よろ》しくお取り次ぎ願いたし」

うつむくことなく、胸を張って口上を述べた。

ふつう、仕官を望む者は伝手《つて》を頼り、そのむねを相手の家中の者に告げる。取り次いで貰い、相手から応諾の返事があったのち、取次とともに登城するものだ。

勘兵衛のように、相手の城の前に立ち、高々と望みを叫ぶ例は稀《まれ》だろう。

「しばし、これにてお待ちあれ。取次にふさわしき者を呼んで参りまする」

門番は目を白黒させ、門内に駆け込んだ。

小半刻《こはんとき》ほども待たされた。勘兵衛は身じろぎひとつすることなく、門前に立ち続ける。

勘兵衛が、己は許されるだろう、と思うに至ったのにはわけがある。惟任方についた者たちが、次々と赦免されているのだ。そのまま、秀吉に召し抱えられたという名前もずいぶん聞いている。

惟任の一族は、降参したとて許されぬ、と悟っていたのだろう。みな、討ち死にするか、自害を選んだ。惟任一族のほかに族滅されたのは、阿閉家だけだ。

——もともと淡路守様と筑前守のあいだにはいさかいがあった。阿閉家に対する厳しい処遇はそのせいであろう。

そうとしか考えられない。阿閉貞征は信長弑殺《しいさつ》には関わっておらず、他の近江衆と同じく、信長の死後に光秀についただけだ。しかも、勘兵衛は貞征と秀吉の仲直りのため、骨を折ったこともあるのだ。

仮に貞征が関わっていたとしても、家老ならまだしも、勘兵衛程度の平侍までが咎《とが》めをうけたという例は聞いたこともない。

「お待たせいたし申した。こちらへお進みあれ」

戻ってきた門番にうながされ、勘兵衛は城内へ歩んだ。

「筑前守に告げたところ、この者どもが遣わされ申した。筑前守の小姓衆でございます」

門内で勘兵衛を待っていたのは、三人の若者だった。

――嫌だな。

そう感じはしたものの、ここは従うほかない。

「では、お任せいたす」

門番は小姓三人に頭を下げ、門へ戻っていった。

この者どもには見覚えがある。備中冠山城の陣で秀吉に対面したとき、秀吉の背後に並んでいた連中だ。そのうちふたりはひどく人相が悪い。

「加藤虎之介殿、おひさしゅうござる。その節は」

勘兵衛はふり返り、後ろについたひとりに声をかけた。

「ご無沙汰いたしております る」

虎之介がすました顔で会釈する。三人のうち、虎之介だけがまともな人相だ。わけ知り顔というのだろうか、他のふたりより大人っぽく見える。

冠山城での一件について、詫びる気はない。手柄争いなどよくあることだ。おたがいに相手を怨《うら》んだり、根に持ったりすべきではない。それに虎之介も述べていたように、秀吉にとっては、子飼いの者が自身の馬前で上げた功だ。すでに充分報いているだろう。

ことばを継ごうとしたとき、前方に気配を感じた。

正面を向き直るのと、先に立った人相の悪いふたりのうちのひとりが頭突きをしてくるのは同時だった。相手の背が低いぶん、鼻筋にしたたかに食らう。目の前に火花が散った。

「福島市松《ふくしまいちまつ》じゃ」

相手の名のりを聞きながら、勘兵衛は尻もちをつく。

「加藤孫六《まごろく》じゃ」

市松と並んで先に立っていたもうひとりに、草鞋裏で横顔を蹴られた。横ざまに土の上に蹴り倒され、冠山城攻めのあとで新調した羽織を汚された。腹が立った。ただし、横目で盗み見れば、三人とも刀を抜いていない。しばらく様子をうかがうことにした。

「よくも、ぬけぬけとこのお城に参れたものよ。阿閉は謀反人の惟任に与《くみ》し、磔にされた悪逆の者。そのほうとて、去る六月十三日、阿閉一党にくわわり、当方にたてついたことは知れておる」

市松は威勢よく悪罵を投げつけてくる。虎之介とくらべれば背は低い。五尺ばかりだろう。ずんぐりした体つきだ。丸い、利かん気の強そうな顔をしている。頭突きを入れられ、顔を近くで見られた。目鼻立ちは童くさい。なんのつもりか、はね上がった鼻髭を墨で顔に描いている。

「筑前守様は、憎らしいやつじゃ、充分痛い目にあわせてから、これへ引き立てよ、と仰せじゃ」

孫六は中肉中背で、薄髭を生やした顔はどこかぼんやりしたような感がある。よく見れば、さほど人相は悪くない。

しかし、目を狙って放ってきた膝蹴りはたちが悪い。勘兵衛がわずかにうつむいてかわしたため、眉骨が鳴った。今度は仰向けに倒される。頭の芯が痺《しび》れるほどの痛みだ。

市松、孫六に後ろ手に縛られ、何度も土下座するように、地に顔を打ちつけられる。

虎之介は手を出してこない。ふたりがやり過ぎぬように、見張っているのかもしれない。そのさめた態度が癪《しやく》にさわる。

散々に打たれ、蹴られ、殴られ、転がされ、気が遠のきかけたころ、まだ普請が進む城中を引き立てられ、一角に建つ陣屋に引きずり込まれ、引きすえられた。

押しつけられた地が頬に冷たく感じる。土間だろう。

「仰せのごとく、いくらか痛めつけてから、引き立て申しました」

市松の声だ。

顔を押しつける手がなくなり、勘兵衛は座り直す。土間に面した板敷に、ふたり座っている。

こちらを向いて筆を執り、文机《ふづくえ》の帳面に何か書きつけているのは、秀吉の小姓石田佐吉《いしださきち》だ。佐吉もまた北近江の生まれで、牢人の子だ。父は浅井家の旧臣だったらしい。同郷の誼《よしみ》で顔と名くらいは知っている。脇には帳面が何冊も積んである。

土間に背を向け、胡坐《あぐら》をかいた小さな人影を見間違うことはない。秀吉だ。

「……あっ。かっ」

勘兵衛は秀吉に声をかけようと口を開く。ひりつくほどにのどは渇き、何度も地べたに押しつけられたせいで、口のなかは埃《ほこり》まみれだ。ことばにならない。

「うるさい。お声がかかるまで黙っておれ」

市松に頬を叩かれた。格別に痛みは感じない。腰から上はどこもかしこも痛んでいる。

山鳩色の小袖に包まれた、小さな秀吉の背は、それでもまだ動かない。

「作内には山崎合戦の功で丹波の城を与えたばかりじゃ。この度の加増は見送ろう」

秀吉はここで政務を執っているようだ。

そのことばを聞き、佐吉が帳面に筆を走らせる。

ふたりとも、勘兵衛が引きすえられていることなど、気づいてもいないかのようだ。

帳面を見詰める佐吉の切れ長の目、細く通った鼻筋、尖《とが》った鼻先が、いちいち明敏さをあらわし、誇るかのように感じられる。勘兵衛は佐吉を憎たらしく思った。

――どうせ、この小僧もこやつらの仲間じゃ。

うすぼんやりした孫六の横顔を睨む。

「それで元手はいかほど残っておるか」

「四千六百五十二石に三斗と四升でございます」

「それは山崎合戦で加増にあずかっておらぬ給人《きゆうにん》どもに配れ。誰にどれだけ配るか、名目をどうするかは、浅野弥兵衛《あさのやへえ》にはかれ。どのみち、香典返しのようなものだ。弥兵衛に任せる」

「はっ」

香典返しのようなもの、というからには、先日の信長の葬儀に勤仕した家来への褒美だろう。

「帳面つけはこれで終わりだな」

「はい。では、それがしはこれにて」

「いや、少し待て」

帳面を抱えて下がろうとする佐吉を引き留めた。

秀吉は、ぐるり、とこちらを向く。信長の葬儀で生やしていた立派な八の字髭はなくなっていた。

——剃ったのか。

遠くてよく分からないものの、貧相な鼻髭が残っているように見える。

——作り髭か。

気づいた。もともと秀吉は髭がさほど生えぬほうなのだろう。できる限りの威を張ろうと、作り髭をつけていたに違いない。秀吉の威厳に打たれた己の間抜けさに呆《あき》れる。おそらく冠山城攻めの陣で見た、艶のある鼻髭も作り髭だったに違いない。

つまらない見栄を張る秀吉を見ても、勘兵衛は秀吉に幻滅などしない。それは一種の茶目っけのように感じた。

秀吉ならば、ひょっとすると、という勘がはずれるとは思えない。

「ずいぶんと手加減なくやったな」

秀吉は勘兵衛の顔を見て高笑いした。

丹田に力を込め、鼻から出ていく息、入ってくる息を数え、怒りが湧くのを抑える。

「大小を取り上げてから、縄を解いてやれ。もう乱暴してはならんぞ」

秀吉の命を受け、市松が勘兵衛の刀、脇差を奪う。背後にかがんでいましめを解くのは虎之介だ。

小者は、勘兵衛が乱暴されているのを見て、鑓、荷物を放り出して逃げてしまった。三日前、日銭で雇ったばかりの小者だ。忠義は期待できないし、そこまでの恩義も施していない。

両腕は自由になったものの、腰から上の節々がきしむように痛む。勘兵衛は膝の前に手をついた。

秀吉はその貧相な面相に不釣り合いなほど大きな目で、勘兵衛の姿を眺めている。眼差しは、茶器の値踏みでもしているかのように、抜け目なく冷たい。

勘兵衛もまた、秀吉の目を見返す。

「佐吉。この男をどう見る。わしに怨《うら》みを抱いていようか」

佐吉は尖った鼻先を勘兵衛のほうに向ける。

「市松らを睨む目は怒りに満ち、豺狼《さいろう》のごとし。されど、殿に向ける目は」

佐吉は一度、ことばを切り、目を閉じた。開くとともに佐吉の唇からことばが流れ出す。

「品定めをするがごとし。これは贋物《にせもの》か、本物か、と。どうやら本物と判じたようでございます。殿を害し奉ろうという者ではないように思われまする」

勘兵衛は背筋に冷たいものが走るのを感じた。胸中を言い当てられた。また、秀吉を旧主の仇とつけ狙っているのではないか、とも疑われていたようだ。

「なるほど」

秀吉は腕組みを解き、両膝に手を置き、身を乗り出す。

「怨みは抱いておらぬとして、この男、生かすが得か、阿閉の一味として磔にいたすが得か」

佐吉はあわてたように口を開く。佐吉の声と陣屋に入ってきた誰かの声が和す。

「生かして使わねば、大きなご損でござる」

勘兵衛は顔だけを動かして、もうひとりの声の主を探す。膝蹴りを入れられたまぶたが腫れ始め、目が半開きになりつつある。

茶染めの小袖と黒の袴を身に着けた男が、陣屋の板敷に上がり、土間のほうを向き、胡坐をかく。見るからに柔和な顔つきで勘兵衛を見おろす。

「先駆けの勘兵衛と申せば、信長公も愛《め》でた武辺の仁。これからを考えれば、武辺者は何人いても多すぎるということはございませぬ」

茶染め小袖の男のことばを秀吉は黙って聞いている。

「摂津吹田城を皮切りに、同国有岡城、さらには備中冠山城でも一番乗り。先日の大山崎の一戦では、中川瀬兵衛殿のご馬前まで突き入ったと聞き申す。敵城には一番乗り、敵陣へは、ふり返りもせず、一騎駆け。ついたふたつ名が先駆けの勘兵衛。その名に偽りがないことは、兄者もその目でおたしかめになったでございましょう」

「しかし、どうもな。小一」

秀吉が話しかける。

――兄者、小一。羽柴小一郎か。

京で勘兵衛を誰何《すいか》した足軽たちの主、信長の葬儀を警固した大将、秀吉の弟だ。顔は似ていない。諱は秀長。

篤実で長者の風があると聞く。兄をよく支え、中国征伐では但馬を平定した。今もそのまま、但馬一国を預かっているはずだ。

「わしはどうも気に入らぬ。目つきだな。佐吉の言うがごとく、品定めをするような目じゃ。備中では大きな口を叩いたくせに、阿閉ひとりを説き伏せることもできぬ。全く鑓しか能がないくせに、ひとの心をのぞき込んでくるような眼差しじゃ。召し使う気にならぬ」

散々な悪口だった。秀吉の口から発されると、不思議と腹は立たない。

「兄者のお手元で召し使われずともよいではございませぬか」

秀長はとりなすように微笑《ほほえ》んだ。

意外なことばだったらしく、秀吉は秀長の顔を見る。

「では、小一が連れていくか」

微笑んだまま、秀長は分厚い手をふった。

「いや、もっと武辺者をつけておきたい方がござろうが。ほれ、初陣を飾られ、おん父君の仇も立派に討たれたお方が。これからは方々の戦場に出て頂かねばなりませぬ。兄者の陣代をお務めになることもござろう。いささか、旗本が手薄であられる」

「あっ」

秀吉がすっとんきょうな声を発する。何かを失念していたようだ。勘兵衛のほうへ向き直り、威儀を正して申し渡す。

「赦免とする」

そのあと、市松、虎之介、孫六に目を向け、あごで追い払った。市松は勘兵衛の手が届かぬところに大小を置き、去った。

急に打ち解けた様子の秀吉が、悪びれることなく述べる。

「ここのところ、少し忙しくてな。気がくさくさしておった。なぶったのは、ただの気晴らしじゃ。根に持つな」

――生涯忘れるものか。

勘兵衛は心の奥底で毒づく。

「丹波亀山《かめやま》におる我が跡継ぎ。於次にじかに近習として仕えよ」

「承ってござる」

勘兵衛も威儀を正し、拳を土間について答えた。

於次。京での信長の葬儀の際、勘兵衛らの前をそよ風のように通り過ぎた若者だ。

「俸禄《ほうろく》については、以前の約束を守ってやる」

人差し指を立てる。

「百人扶持《ぶち》とする」

そう言い放って、秀吉は席を立った。勘兵衛の返事を待たず、歩み去る。

秀吉は備中冠山城の陣で、勘兵衛が阿閉貞征に義理を立て、貞征と手打ちをするように願ったことを根に持っていたようだ。勘兵衛はようやくそのことに気づいた。

――殺す気は最初からなかったのだ。

佐吉が帳面を抱え、秀吉のあとを追う。

「同じ百なら、石より扶持のほうが頂戴する米は多いのですよ」

去り際に告げる。

――知っておるわい。

目に怒りを込め、遠ざかる佐吉の背を睨む。

一石と一人扶持《ぶち》はほぼ同じ量の米を指す。石取りは土地を与えられ、その土地で取れた米を得分とする。扶持米《ふちまい》取りは主の蔵米を頂戴する。

ただし、土地を与えられた場合は、その土地で取れた米をすべて己の物とすることはできない。百姓の取り分は除かれる。秀吉の分国では年貢は二公一民の定めだと聞く。百石取りの侍が得られる米は六十七石弱ということになる。いっぽう、扶持米取りは額面通りに米を受け取る。

――佐吉のやつ。舐めおって。

しかし、石取りは所領に住む百姓を使役することができる。土地に名物があれば、それを献上させることもできる。三十三石余の米をおぎなう得があった。

何より、石取りと扶持米取りは侍としての格の違いを意味した。石取りは給人と呼ばれ、馬に乗って参陣する。阿閉家における勘兵衛は百石取りの給人だった。扶持米取りは徒歩で参陣する。徒士《かち》と呼ばれた。

声を発さずに憤る勘兵衛を温顔の秀長が眺めている。

新たな主にまみえる

「これにございまするは、殿様のおはからいで新たに召し抱えましたる……」

「渡辺勘兵衛でございます。諱は了と申しまする。二十一になります」

取次の浅野日向《ひゅうが》のことばを遮り、勘兵衛は名のった。

秀吉との対面から二日。

石田佐吉から秀吉の書状と佐吉の添え状を受け取るや、勘兵衛はすぐに宝寺城を発ち、山陰道《さんいんどう》を西へ進んで丹波亀山に至った。佐吉の添え状の宛所《あてどころ》である浅野日向に、預かった書状、さらに自身の筆になる軍功の覚書を渡し、城下に宿を取る。

翌日、こうして亀山城の屋形に召し出された。

「聞いている。書状も書付も読んだ。勘兵衛、面を上げよ」

於次こと羽柴秀勝《ひでかつ》も、日向を通さず、じかに声をかけてくる。

勘兵衛は顔を上げる。半ばで止め、貴人のかんばせを正視することを避ける礼を執った。信長のような人物は天下にふたりといないだろう。

「それでは顔が見えぬではないか。しっかり、こちらに顔を向けよ」

やや甲高く、鋭いひと声が脳天を打つ。勘兵衛はその声に信長の血を感じた。

あわてて跳ね起きる。

「羽柴丹波守である」

ふたたび聞こえてきたのは、若々しい、そよ風のような声だ。耳に心地よく響く。

秀勝にはどこか信長の面影がある。しかし、信長のような恐ろしさは感じられない。わずかに微笑みを浮かべていた。薫風が秀勝のほうから吹いてくるようだ。

十五歳になると聞いている。秀吉らはまだ、於次などと呼ぶものの、初陣にのぞむにあたり元服し、諱を秀勝とした、と佐吉が教えてくれた。

信長の葬儀の前に丹波守に任ぜられ、従五位下《じゅごいのげ》に叙されている。すぐに正四位《しょうしいの》上《じょう》に昇叙《しょうじょ》し、侍従を兼ねた。

浅藍《あさあい》の羽織を着て、ゆったりと脚を組む姿は官位に似合わず、年ごろ相応に見える。

秀吉は筑前守を名のっているものの、位階を賜ったという話は聞かない。阿閉貞征の淡路守と同じく、そう称しているだけかもしれない。秀勝のは、主上から賜った本物だ。

天正五年に右大臣に昇り、死ぬまで正二位《しょうにい》の位階を持ち続けた信長の葬儀をおこなうにあたり、喪主たる秀勝が無位無官というわけにはいかなかった。秀吉が公家たちを通じ、主上に申し入れたのだろう。

勘兵衛の面をひと目見て、秀勝は秀でた眉と眉のあいだにしわを作る。

「市松らに乱暴を働かれたとは聞いておったが、そこまでとは」

唖然《あぜん》としている。

「ご心配、もったいなく存じまする」

勘兵衛は頭を下げた。

殴り、蹴られて二日経ち、勘兵衛の顔はひどい有様だ。左目の周りは青あざになり、まぶたは垂れ下がっている。すり傷も多く、勘兵衛自身も数えていない。

顔そのものが腫れて、ひと回り大きくなったかのようだ。腫れは熱を帯びている。

「それがしは、この手のことに慣れておりまする。見た目は無様でございますが、こうなってしまえば、かえって痛みは引くものでございます」

いくらか強がりは混じっている。

秀勝の身辺にはべる小姓どもも、みな、化け物に出くわしたかのような顔つきだ。

「よく忍んでくれた」

秀勝のことばは意外だった。

「勘兵衛のごとき侍が面体《めんてい》を傷つけられ、忍辱《にんにく》の心あらずば、市松らがそのままでおられるはずもない」

まるで秀勝もどこか痛むかのように、顔をしかめて語りかけてくる。

「されど、そなたは耐えてくれた。そなたが手をあげていたならば、喧嘩となったであろう。そうなれば、ここにそなたがいることもなかったはずだ」

秀勝の優しさは心にしみた。ただし、いくぶん困惑もしている。

――このような考えを持つひととは会ったことがない。

主たる者として、気づかいが過ぎるのではないか、大げさではないか、とも思う。

信長は言うにおよばず、貞征もこのようではなかった。秀吉にしても、秀長にしても同じことだろう。

「それは、すでに忠義である」

秀勝は澄んだ口ぶりで、そう言い切る。己の言うことになんの疑問も持っていないに違いない。

困惑は驚きに変わる。殴られ、蹴られたのは、秀勝に仕えることが決まる前だ。勘兵衛にしても仕官を願う立場だから忍んだまでだ。痛みに耐えているとき、秀勝につけられることになるなど、露ほども考えていなかった。

「世間では、父上を指して大気者《たいき》などという。たしかに、それはその通りじゃが、稀に臍《へそ》を曲げるとなかなかに厄介でな」

父とは信長のことではなく、秀吉のことだ。

――この若君、ものはたしかに見えておるな。

秀吉は度量が大きく、寛恕《かんじょ》の心があり、気前のよさは飛び抜けていると評判だ。その秀吉が臍を曲げるとなるとなかなかに面倒なのは、先日、身をもって思い知った。

取次の浅野日向は、勘兵衛と秀勝がじかに話をしてしまっているので、手持ち無沙汰のようだ。右手でゆっくり袴を擦《さす》っている。秀吉の家老格で、浅野という名字を持つ者がいる。毒にも薬にもならなそうな顔をした日向はその縁者なのだろう。

「父上がなさったことの詫びというわけでもないが」

そう前置きして、秀勝は座り直す。

「騎乗を許す」

あっと声を漏らしそうになった。

「書付を読んで胸が高鳴った。勘兵衛のような武勇の士を我が家来に迎えられようとは。冠山城での武功は、わしもあの場にいた。みなが語っていた。武辺者を迎えても、徒士として使っておってはかいがあるまい」

「ありがたき仰せと存じまする」

「武功のひとつひとつに証人の名まで挙げてあった。これも武辺の心得か」

秀勝の顔にふたたび微笑みが戻ったように思う。勘兵衛はそのことが嬉しかった。

「手前は戦場において、その一戦を決する、一番鑓、一番乗り、鑓合わせの功を心がけておりまする。されど、そのような功を立てるには、まさに敵の鑓下を潜らねばなり申さぬもの。首を取っているゆとりはありませぬ。肩を並べた者どもに我が功の証人となって貰い、手前もまた余人の証人となりまする。武士は相身たがい、と聞きおよびまする」

秀勝は整った顔で何度もうなずく。

「少々お待ちくださいませ」

日向が物柔らかな、毒にも薬にもならなそうな態度で口を挟む。

「勘兵衛に騎乗を許せば、百人扶持の内証はともかく、他家の者からは石取りの侍と見られまする。勘兵衛は当家に参ったばかりで、なんの功を上げたわけでもございませぬ。功なき者に、そのようなお取り立ては過分かと」

不快だが、日向の言い分は間違っていない。穏当なところだ。

「日向、そなたもこの書付を読んだであろう。先駆けの勘兵衛のふたつ名を知らぬわけでもあるまい」

秀勝は機嫌を損ねた様子もなく、日向を押し返す。

「もちろん、書付はすみからすみまで、一字一句ももらさず読み申しました。先駆けの勘兵衛の評判も存じております。されど、そもそも馬上侍は歴々衆とも申しまして、本来ならば代々その家に仕えて参った筋目正しき者の役目にて」

「我が家に代々仕えて参った者などおらぬ」

みなまで言わせず、日向のことばを遮る。

「父上とて、織田家に代々仕えておったわけではない。当家において、筋目など問うのは無益なこと」

余計なことをしゃべったと思ったのか、日向は口をつぐんだ。秀勝のことばを神妙な面持ちで聞いている。

秀吉を筆頭として、織田家の出頭人の出自など怪しいものだ。信長も尾張織田一族のなかでは庶流に属する。

織田家において、筋目はさほど重く見られなかった。力量こそが問われた。羽柴家ではなおさらにその趣《おもむき》が強い。

「勘兵衛が他家から石取り侍に見られても、歴々衆と見られても、なんの不都合もない。いささか前払いのきらいはあるが、武功の者を然《しか》るべく遇さぬほうが当家の恥。我が恥じゃ」

秀勝がそこまで述べるのを聞き、日向も差し出口は止めにしたようだ。

「ただし、然るべき手柄を立てて見せるまでは、身上は百人扶持とする。当家の懐は痛むまい。日向、いかがか」

「若君のご賢慮に感服仕りました」

毒にも薬にもならなそうな顔つきに戻り、頭を下げる。

「決まりじゃ」

秀勝は嬉しそうに勘兵衛に声をかけてくる。

勘兵衛もまた、笑みがこぼれるのを禁じ得ない。

「頼りになる男がきてくれたようじゃ。みな、見習え」

小姓たちに呼びかけた。小姓たちも憧れの眼差しで勘兵衛を見ているように思える。

「領知の宛行《あてがい》と誰を家来となすべきかの差配は、父上がなさっておられるゆえ、我が一存では、知行取りにはしてやれぬ。されど、勘兵衛が勘兵衛の馬に乗ることくらいは、わしが決めたとて、父上も異見を仰せられまい」

「馬上の士として頂けたからには、知行は鑓先で取りまする」

扶持取りの身上であったとしても、秀吉の跡継ぎたる秀勝が騎乗を認めたのならば、軍陣においては秀吉の給人たちに遠慮することはない。

――隠れなき武功を上げて、給人になってやろうわい。

固く決意した。

秀勝は変わらぬ微笑みを湛《たた》えたまま、勘兵衛を眺めている。

「侍にあわれみをおかけになる若君のお心映えこそ、まことに頼もしく存じます る。そのような方のおんためにこそ、命は捨てるべきもの」

両拳を床につけ、勘兵衛は平伏した。

心から秀勝を主と仰ぐ気になっている。

──我が若君を天下人となし奉らん。

そうも決意した。

阿閉貞征にも忠義を尽くしたつもりだが、その先に天下はなかった。

──このお方は違う。

信長四男にして、秀吉の跡継ぎたる秀勝の行く末には、まだおぼろげながら天下人の座が見えている。

そのためには、まず秀吉に天下を取らせねばならない。

「わしの直臣はこの小姓らを含め、あまりおらぬ。日向には家老の務めを担って貰っておるが、父上が貸してくれた者じゃ」

秀勝は正直に打ち明ける。日向に当てこすりを言っているわけでもないようだ。

あくまで薫風のごとき、そよ風のごとき、物言い、物腰だった。日向もまたなんとも思わぬのか、相変わらず、毒にも薬にもならぬような顔で宙を眺めている。


「いずれ、父上がお許しになれば、そなたのような者を数多く召し抱えたい。それを待たずとも、これからは然るべき者を父上に推挙し、わしにつけて頂く所存じゃ」

「まことにご立派なお心がけかと存じまする。ぜひ、そうなされませ」

内心、舌を巻いていた。十五歳にして、みずからの家中を作り上げたい、という考えに至る人物は稀有《けう》だ。

――信長公のお血筋、くわえて織田家のなかで駆け上がり、今や天下人への階に足をかけた筑前守の後ろ姿をよく眺めておられたからであろう。

昨年から、今年の三月まで、秀勝は長浜城の留守居を務めていた。もちろん、秀吉が貸した家来どもがいる。放っておいても、留守居くらいは家来たちが諸事怠りなくこなしただろう。しかし、秀吉がわざわざ名を挙げて、秀勝を城代としたのは、この早熟さ、聡明《そうめい》さがあってのことだとも考えられる。

――筑前守が手元に呼び寄せておいてくれてよかった。

だろう。

秀勝が長浜城に留まっていたならば、勘兵衛は秀勝に弓引くことになっていた

「そなたには、みずから武功を上げるだけではなく、この小姓どもも、そなたと肩を並べるような武者に育てて欲しい。ようやく、そういうことを頼める家来がきてくれた。しかも、我が直臣じゃ。心から嬉しく思う」

「もったいなきおことば」

居並ぶ小姓たちの顔を見渡す。

小姓たちは、年長の者でも十七、八歳ほどに見える。秀勝と歳が近い。いずれ、秀勝の近習となり、大役を任され、備頭《そなえがしら》、さらには家老ともなるであろう若者、あるいは童たちだ。

「喜八郎《きはちろう》、これへ出《い》でよ」

最も秀勝の近くに座っていた大柄な若者が、膝を進めて、勘兵衛のほうを向き直る。

秀勝と同じく白皙ながら、秀勝にくらべれば目も鼻も口も大ぶりで、はっきりとした顔立ちだ。

「これなる喜八郎はな」

秀勝は、いたずらを企《たくら》む子供のような笑みを浮かべた。

「近江小谷の浅井備前守殿の忘れ形見よ」

「なんと」

誰でも驚くだろう。

浅井備前守長政は、勘兵衛の実父、養父、さらには阿閉貞征の旧主だ。信長の妹婿であり、最後は敵だった。大軍を率いて、つどつど北近江に攻め込んできた信長と激しく、粘り強く戦い、ときに勝ちを得たものの、ついに敗れた。

長政がみずから命を絶ってから九年になる。今もその勇将ぶりは、北近江の人心に鮮やかに刻み込まれている。

勘兵衛は長政そのひとに会ったことがない。それでも、いかに気高く、いかに頼もしく、いかに民、家来を慈しむ人物であったかを聞かされて育った。また豪胆であり、軍略の才に秀で、家来たちも長政のためならば命を惜しまなかった、と繰り返し説かれた。

信長の妹お市ご料人とのあいだに三人の娘をもうけたことも知っている。妾腹になる男子がいたものの、信長に殺された、という噂があった。

「まことか」

喜八郎に問うた。

「それがしは存じ申さず。ただ、病にたおれた母が、いまわの際にそういい遺《のこ》し申したまで」

困ったように眉尻を下げる。なかなか愛嬌《あいきょう》のある顔をしている。

「歳はいくつになる」

「十三になり申す」

勘兵衛はまた驚かされた。十七、八歳くらいと見当をつけていたのが喜八郎だ。堂々たる体軀を持っている。立ち上がれば背は勘兵衛よりも高いのではないか。

——ありうるな。

養父から、主君浅井長政は人並み外れて大柄なひと、と聞いている。身の丈は六尺余り、肩幅も二尺あったという。

勘兵衛がいくつか問いを重ね、喜八郎は憶えているかぎりを語った。秀勝は興味深げに様子を見守っている。

喜八郎は北近江浅井郡の在所で、母と母方の親族に育てられた。

ところが親族たち、さらには母がはやり病にかかってしまう。親族はほとんど死に絶え、母にも最期のときが迫った。

――明るい顔をしておるが。不憫《ふびん》な。

つらい来し方を語っていても、声にも顔つきにも湿り気がない。勘兵衛はますます喜八郎の体に流れる長政の血を感じた。長政は最期のときまで朗らかで、悠揚迫らざる様子だったと聞く。

「備前守殿にはすでに男子がおられ、かつ、お市ご料人様への憚《はばか》りもあり申した。ご料人様はそれがしを城に置いてもよい、と仰せになったものの、母はそれがしを連れて在所にまかりのいたとのこと」

「ふむ」

喜八郎の母は城仕えの侍女か何かだったのだろう。

お市ご料人が許しても、長政が喜八郎の母を引き留めなかった、というところに真実味がある。

――貴人というのは、どこか身内に薄情なところがある。

勘兵衛はそう思っている。身内への薄情さは、民や家来への慈しみを損なうものではない。親を殺した名君も、子を廃した賢主もいる。

「母は、みずからが世を去ったのちは筑前守様を頼れ、と申しました。筑前守様ならば、この身に流れる血にふさわしく取り立ててくださるだろう、と。もし疑いがかかるならば、岐阜《ぎふ》の三位中将様のもとにおられるお市ご料人様、その娘御にお目にかかれ、とも。必ず、証を立ててくださるに違いない、と」

三位中将様とは信長とともに死んだ信忠のことだ。お市ご料人と三人の娘は、小谷落城の直前、城を出て織田家に移る。のちに岐阜城の信忠に預けられた。

「お市ご料人様と娘御が証を立ててくださる、とはどういうことだ」

勘兵衛の心に引っかかるのは、そこだけだ。話を聞いてみるに、喜八郎が小谷城を出たのは赤子のおりだ。それよりは、城に上がったこともなければ、喜八郎の母がお市ご料人と音信したこともないようだ。

「それは、お目にかかれば分かる、としか」

ここで秀勝が初めて口を挟んだ。

「喜八郎が父上のもとを訪れ、わしの小姓となったのは去年のことじゃ。父上は喜八郎の身の上については何も仰せられなんだ。ただ、そなたの小姓にふさわしく、歳もちょうどよい、と」

秀勝の小姓にふさわしい、とあれば、秀吉も半ば認めたようなものだ。秀吉は長く浅井攻めを任され、浅井家滅亡後、その跡式を与えられた。浅井旧臣も多く召し抱えている。

さまざまな伝手から、浅井家で起きたことは秀吉の耳に入っていたはずだ。だからこそ、喜八郎の母も、秀吉を頼れ、と言ったのだろう。

――十に八、九は間違いない。

喜八郎をお市ご料人とその娘たちに引き合わせれば、もっとはっきりするだろう。今はそれが一番難しい。お市ご料人は柴田勝家に再嫁した。喜八郎とお市ご料人、異腹の姉妹たちは敵味方に分かれてしまった。

「年が明ければ、喜八郎を戦場に伴うつもりだ」

秀勝が言い切る。

十四歳での初陣ということになる。勘兵衛は十六歳で初めて戦場の土を踏んだ。いささか早いようにも思える。ただし、主たる秀勝が今年、十五歳で初陣を飾った。さらに体格だけなら喜八郎は、すでに秀勝にも勘兵衛にも勝っている。

「武辺の先達《せんだつ》として、喜八郎を導いてやって欲しい。手柄はいずれ好機に巡り合ったときでよい。まずは討ち死にいたさぬように」

秀勝は勘兵衛に頭を下げる。

早く初陣を飾らせようとしながらも、討ち死にはさせないで欲しい、とも述べる。

請け合って、平伏する。

「必ずや」

──双方とも、このお方の優しさじゃ。

小姓であるからには、軍陣においても秀勝の側《そば》にはべらせておけばよい。

──儂が味方を勝たせる。勝ち戦の大将に危難はおよばぬ。

強く期すところだ。

借財し、証文を書く

十一月に入ると、秀勝は秀吉に呼ばれ、浅野日向ら家中の主だった者、浅井喜八郎ら小姓衆を引き連れ、宝寺城へ向かった。

勘兵衛は亀山城の留守居衆にくわえられる。

ふだんの勘兵衛ならば、留守居などという役目を好まない。主といっしょにいたほうが世間を広く、世の流れはありありと観望できる。いざというとき、すぐ役に立つこともある。

――ありがたし。

今だけは留守居の身がありがたかった。屋敷の造作、奉公人の雇い入れ、良馬の購入など、勘兵衛は己の暮らしを整えることに忙殺されている。

――何せ、着のみ着のままのようなものだったからな。

伊吹山の小屋から真っ直ぐ宝寺城へ赴き、そのまま亀山にやってきた。着ていた物を除けば、鎧と小さな包みだけが勘兵衛の有する物すべてだった。

「恒産なきものに恒心なし、と申す。住処なくして忠義は続かず、であろう。この度は亀山に留まり、屋敷をかまえ、暮らしが立つようにせよ」

早熟で、学もある秀勝は、いつも通りの口ぶりで述べた。

「屋敷地の割り当てについては日向から聞け。屋敷を建てようにも、衣服、武具、馬を求めようにも、たくわえなどあるまい。勘兵衛が要るというだけ貸しつけよ、と蔵奉行に申しておいた」

まるで分別盛りの者であるかのごとく、秀勝の気づかいは行き届いている。

「勘兵衛の力を要するときはすぐに呼ぶ。暇がいつまでもあると思うな。すぐさま取りかかれ」

そう引き締めることも忘れなかった。

――これが十五歳か。我が主ながら末恐ろし。さりながら、重ね重ねありがたし。

厚く礼を言上すると、勘兵衛は小躍りするようにして、宿へ帰った。

蔵奉行の態度は秀勝のことばから予期していたものとは違っていた。

「要るだけ貸しつけよ、との仰せはたしかに承っておる」

渋る口ぶりだ。

「貸しつけはいたす。されど、何にいくら要るのか、書付を取った上で貸せ、いつまでに耳を揃えて返すか、証文を取れと、ご家老からも申しつけられておる」

秀勝との対面には、家老たる日向も同席していた。

そのとき、日向は口を開かなかった。屋敷地を割り当てて貰うために訪ねた際にも、何も告げられていない。

――日向殿は案外、狸《たぬき》なのかもしれんな。

百人扶持分を前借りしただけでは、屋敷を建て、衣服、武具、馬を求めようとしても、到底足りるものではない。

――武功を催促されておる。

百人扶持を超えた分を返すには、みずから約束した期日までに、返せるだけの加増を望むに足る手柄を上げなければならない。

——毒にも薬にもならなそうな顔をして、なかなかに練れたご家老じゃ。

主君を一度は諌《いさ》めるものの、主君が己の意を貫こうとすれば引く。しかし、要となる者に手を回して、いき過ぎは制する。

凡庸を絵に描いたような日向の顔が脳裏に浮かぶ。不思議と腹は立たず、妙におかしかった。

宿に戻って、書付、証文をしたため、出直す。

蔵奉行は書付、証文を改めると文箱《ふばこ》にしまい、今度は貸してくれた。

返済の日付は一年後とした。早く手柄を上げねばならぬ理由がひとつ増えた。

屋敷地には、まず仮屋を建てさせ、宿を引き払う。仮屋ではあるものの、山本山城下から山城山崎へ出陣して以来、勘兵衛は五か月ぶりに雨の漏らぬ家を手に入れた。

清須談合の詳細を知る

秀勝らが宝寺城へ向かって数日、勘兵衛には奇妙に思われる噂が流れてきた。秀吉のもとに北国の柴田勝家からの使者が訪れた、という。しかも、宝寺城では、盛んに使者に対する饗応《きようおう》がおこなわれており、秀勝もその席に連なっている、というのだ。

――今さら、なんの化かし合いか。

戦の前には、敵味方の謀《はかりごと》が嚙み合って、あたかも芝居が演じられているかのようなひと幕となることがある。

――筑前守様と柴田修理殿のあいだで和議が取り交わされるらしい。

という噂もあった。

勘兵衛は鼻で笑って聞き流す。和議も何も、秀吉と勝家は、まだ刃を交えていない。

――これから戦うのだ。

こういった噂が流れるのは、おおかた戦の直前だ。勘兵衛はそのことを知っている。

乱世にあっても、人の本性は戦を好まない。戦の臭《にお》いが濃く立ち込めると、戦を避けたいという願いが噂となって流れるのだ。

――だが、避けられぬ戦もある。

そこにこそ、勘兵衛が生きる道もある。

屋敷地を拝領しにいった際、日向から惟任光秀滅亡後の天下の形勢について、講釈を聞いていた。

「山に籠っておったのでは、清須の談合についても、詳しくは知らぬであろう。知っておらねば若君様、さらには筑前守様のもとでのご奉公はなし難い。まずは聞け」

「拝聴いたします」

日向という男は、存外、話し好きなのかもしれない。歳はまだ三十を少し超えたくらいだろう。

去る六月二十七日、勘兵衛が伊吹山の小屋ですくんでいたころ、羽柴秀吉、柴田勝家、丹羽長秀、池田紀伊守恒興《つねおき》改め勝入斎《しようにゆうさい》の四人が尾張清須城に集まった。織田家の跡継ぎを定め、家督の扱いをはかり、広大な分国の支配を議するためだ。

四人はみずからを

——織田家の宿老。

と称した。

信長は、宿老などという役目は置いていない。重大事のほとんどを直裁していた。

信長生前の立場からいえば、池田勝入斎などより、東国の経略に当たっていた滝川《たきがわ》左近将監《さこんのしょうげん》一益《かずます》のほうが宿老にふさわしかった。一益は、信長の死後、関東の雄北条家の軍勢に討たれ、敗走する。信濃回りで美濃へ逃れ、北伊勢《きたいせ》の領国に引き籠ってしまった。談合のおりには居場所すら定かではなかった。

勝入斎は山崎合戦に出陣しており、信長の乳母子《めのとご》でもある。秀吉の推挙に勝家も異を唱えなかった。

「筑前守様と柴田修理殿が、どう折り合い、どこを落としどころとするか。それを探るための談合じゃった」

日向はそう評する。

長秀、勝入斎は秀吉とともに山崎合戦にくわわっていた。羽柴方といってもよい。談合は最初から秀吉に有利だった。

織田家の跡継ぎは、信長の嫡孫であり、信忠の嫡男である三歳の三法師《さんぼうし》に決まる。異論は出なかった。

「三法師様のご後見をどなたが務められるか。その話になったとき、柴田殿が三七様を推した。これは意外であったな」

日向はまるでその目で見、その耳で聞いてきたかのように話す。

談合の場にいたのは、あくまで宿老四人のみだ。信長の次男三介信雄《さんすけのぶかつ》も三男三七信孝も招かれなかった。秀勝も大山崎に留め置かれ、日向も秀勝のかたわらにいた。宝寺城の普請は、まだ始まっていない。談合の中身は、終わってから秀吉に聞かされたらしい。

「柴田殿は我らとともに山崎合戦を戦った三七様を釣り上げて、筑前守様、丹羽五郎左衛門殿、池田勝入斎殿の仲を割ろうとしたのかもしれぬ」

三人は割れなかった。勝家の揺さぶりは予見していたところでもある。

三法師の後見は、信雄と信孝が並び立っておこなうと決まった。

「つまりは、織田の家督は定めなかった、というに等しい。四人とも、信長公亡きあと、天下人の器量なき者に下知されるのは、まっぴらだったのであろう」

日向は毒にも薬にもならなそうな顔をしているくせに、きわどいことをいう。

相手が新参の勘兵衛なので、気が楽なのだろう。家中には話を漏らす知己もいない。

「ご後見の両人様を宿老衆がお支えすることとなった。かといって、いちいちとあるごとにみなが集まれるはずもない。筑前守様が天下の万機を差配することに決まった、と言ってもよい」

日向の述べる通りだろう。

ただし、勝家が秀吉の天下を認めたのは、その場限りのつもりであるに違いない。四人のうち三人が相手方の談合の席ではなく、戦場で異議を申し立てる腹だ。

「分国はご後見のご両人と宿老衆、宿老衆が定めた者がお預かりすることになった。三法師様のご元服まで、じゃ」

三法師は尾張清須城から近江安土城に移る。三法師の傅役《もりやく》は堀久《ほりきゅう》太郎《たろう》秀政《ひでまさ》。秀政は信長の近習で、やはり秀吉とともに山崎合戦を戦った。近江佐和山城に入る。

信雄は伊勢、伊賀の所領に尾張をくわえ、信孝は美濃を領する。

勝家は、北国はそのままに、秀吉に強いて近江長浜城と北近江三郡を譲らせた。

「筑前守様もすべてを己の意のままにしては、かえって人心を離反させることになる、と考えられたのであろう。ここだけは修理殿が申される通りにした」

「なるほど」

勘兵衛が相槌《あいづち》を打ったのは、ここくらいだ。故郷のゆく末に関わる話柄だったこともある。

――すべてを己の意のままにしては、かえって人心を離反させることになる。

という考え方を面白く思いもした。

――宿老だけではなく、織田家中の者にとって、秀吉はまだ同輩じゃ。多くが、秀吉の先を買って、与力のごとく従っておる。それが秀吉の勢いとなっている。しかし、一方で織田家への忠心が失せたわけでもない。秀吉の専横が織田家を危うくしている、と指弾されれば、修理のもとに奔《はし》らずとも、様子見をする者が出てくる。

阿閉家にいたころ、勘兵衛はこの手の話を聞かされたことがない。鑓を執って戦場を走り回っていれば、それでよかった。

「丹羽殿は」

日向は勘兵衛の胸中になどかまわず続ける。

長秀は若狭一国に近江高島《たかしま》・志賀《しが》の二郡、光秀の居城だった坂本城を得る。池田勝入斎はもとからの摂津西半国に大坂のある同国欠郡《かけぐん》を加増された。

「さて、筑前守様は」

秀吉の分国は広大だ。

北近江三郡こそ勝家に譲ったものの、中国筋の播磨、但馬、因幡にくわえ、光秀分国だった丹波、山城、河内を取る。光秀の与力ながら、惟任方に荷担しなかった丹後の長岡幽斎、大和の筒井順慶はすでに秀吉の家来同然だった。光秀に与同する者どもの所領も合わせると、信長が一代で築いた分国の西半分が秀吉に属したことになる。

「これが清須の談合で決まったことじゃ、されど、ことはこの通りには進んでおらぬ。まず、三法師様が安土城にお入りになっておられぬ」

分国割りのほかは、あくまで、その場限りの取り決めになっている。

「三法師様は美濃岐阜の城に留められておる。三七様の仕業じゃ。筑前守様がたびたびお諫《いさ》めになっておられるが、聞く耳を持たぬご様子」

「三七様は修理殿についたのでございますな」

「話の先回りをするな」

さほど気分を害した様子もなく、日向はまた語り出す。

「三七様は仇討ちの惣大将をお務めになったのに、ご自身の分国でぐずぐずして何もなさらなかった三介様と並べられたのが、お気に召さぬらしい」

信孝とて、信長弑殺直後の動きは褒められたものではない。

丹羽長秀とともに摂津大坂、和泉堺近辺で四国征伐の軍勢を率いていた。秀吉よりも勝家よりも、京に近い場所にいた。ところが軍中にいた光秀の娘婿津田信澄を討ったため、諸将は疑心暗鬼に駆られ、相次いで軍勢を抜けた。結局、秀吉に招かれて惣大将になっただけだ。

——あるいは、筑前守は最初からこれを望んで三介殿を引き立てたのか。

何もしなかった信雄は、秀吉の力添えを多とした。羽柴方となり、勝家と誼を通ずる信孝と張り合っている。

もしこの先、両者が争ってとも倒れとなれば、そのときこそ、秀吉は織田家の権柄を誰にも遠慮なく握ることができる。

——名ばかりだとて、三法師様のご後見となるのは我が若君じゃ。

両者が倒れれば、現在存生している信長の子のなかで、秀勝が最も年長ということになる。

「修理殿は、滝川殿も引き込もうとしているらしい。つまり、清須の談合に不満を持つ者をまとめて、筑前守様に立ち向かってくる」

「望むところでござる」

勘兵衛はきっぱりと言い切った。

柴田勝家を倒さねば、秀吉に天下を取らせることはできない。

勘兵衛の忍び

天正十年も師走となった。

ついに勘兵衛が待ち望んでいたものがやってきた。

秀勝が亀山城詰めの家来たちに陣ぶれを発したのだ。すぐさま戦支度を整え、宝寺城へ発向する。

「筑前守殿と柴田修理がいかなる狂言を演じようと、結局は戦じゃ。これでよし」

勘兵衛は上機嫌で鹿毛馬を駆る。

白糸縅《おどし》の具足を着け、桃形《ももなり》の兜を被った。かつて、阿閉貞征から拝領した逸品だ。山本山の麓の屋敷に置いてあった。

山崎合戦のあと、勘兵衛は屋敷には立ち寄らずに伊吹山へ奔った。やがて山本山城、城下に羽柴方の軍勢が入ったので、その際に失われたとばかり思っていた。亀山で与えられた屋敷地に建てた仮屋に移ってすぐ、具足櫃《ぐそくびつ》を背負った客が訪れる。

山本山の屋敷で働いていた小者頭、壮吉《そうきち》だった。

――生きておったか。

懐かしい顔を見て、胸が詰まり、勘兵衛は絶句する。

離れていたのは、わずか五か月に過ぎない。その五か月は勘兵衛にとってつらい日々であり、壮吉にとっても同じだろうと思われた。

――鎧兜をお持ちいたしました。

おろした櫃の中身を見て、声をなくした。

――奥方様もご無事でございます。

そうもつけくわえた。

昨年、勘兵衛は主君阿閉貞征の勧めで妻女を迎えた。壮吉はその妻についてきた小者だった。すでに髪に白いものが混じる年ごろでありものに慣れ、穏和で、他の小者や下女にも慕われたので小者頭とした。

山崎合戦の敗報が入るや否や、壮吉は勘兵衛の妻、屋敷の者を引き連れて城下を立ちのいたという。その後、妻の求めで、羽柴の軍勢が山本山城に迫るなか、屋敷に戻り、具足櫃を背負って、みなを落とした己の郷里に向かった。

——大手柄じゃ。さすがは壮吉。

この初老の小者頭は、もともと忍びだったようだ。

もっとも、当人がそう述べたことはない。

ときおり、二、三日、壮吉が屋敷から姿を消すことがあった。他の小者、下女らは怪しんでもいなかったから、何か理由をつけ、己がいないあいだの指図を残してあったのだろう。いつの間にか戻って、各地の噂などを勘兵衛の耳に入れた。

もし、忍びであるならば、敵陣に潜り込んで様子を探ってくれるとありがたい、と思い、戦場の供に誘ったことがある。

——十も若ければ、お供いたしますが、今はとてもとても。

と断られた。

虫のいい頼みだと思っていたので、勘兵衛も二度は誘わなかった。

壮吉は勘兵衛の褒めことばにゆるゆると首をふり、ぽつりと呟く。

——こっちの鎧のほうが、縁起がよさそうだと申しましたのに。

勘兵衛にとっては、鎧兜も道具に過ぎなかった。体に合って、重くなければそれでよい。実際に鉄砲玉に当たったり、近くから鑓で突かれれば、それほど役に立つ物ではない。そう思うに至る例を多く、目にしてきた。

拝領した具足、兜はあまりに優美だった。戦場で汚すのが嫌で、これを着けたことはなかった。そして、敗戦の憂き目にあった。

――いつなんどき、死に装束となるやもしれませんで、立派な物を着けていきなされ。

壮吉のことばは深く胸に刻まれた。堪え切れず落涙する。

初陣以来、山崎合戦に至るまで、勘兵衛はつねに勝つ側に身をおいてきた。それは勘兵衛の力でもなんでもなく、巡り合わせに過ぎない。

有岡城での戦で鉄砲玉に当たったとき、もし味方が負けて退いていれば、勘兵衛は助からなかっただろう。死に至るほどの傷ではなかったものの、気を失っているあいだに首を取られていたに違いない。勝ち戦に慣れ、己の運のよさに気づかず、戦場で死ぬ覚悟ができていなかった。

――かたじけなし。今日よりは、必ずそうする。

誓った。

——これは奥方様からでございます。

壮吉は小さく畳んだ書状を手渡してくれた。

壮吉はそのまま、ふたたび勘兵衛に仕え、かつての同輩たちを亀山に呼び寄せている。身辺がにぎやかになり、仮屋の周りにいくつか小屋が並んだ。

勘兵衛は拝領の具足をすぐ京に持っていった。兜に銀の鶴の丸の前立てをつけ、鎧の胴には銀泥で鶴の丸を描いて貰う。鶴の丸の母衣は山崎の戦場で失った。それでも、鶴の丸は勘兵衛が誇る誉《ほま》れの証だ。

「戦じゃ、戦じゃ」

行列のなかで童のようにはしゃぎ、叫ぶ。前後に並ぶ馬上の士が、勘兵衛の顔を見る。気にはならない。

鑓は一間半で養父の唯一の形見だ。刀、脇差は阿閉家のころから使っている無銘の品。凝《こ》りはない。鑓で突き伏せた敵の首を落とせれば、用は足りる。

壮吉を通じて、妻に書状を送った。迎えにいくまで亀山にきてはならぬ、と綴《つづ》った。徒士の妻にはもったいない女だ。大功を上げ、名実ともに馬上の侍となり、妻を迎えにいく日を思った。

武功をあげる機に恵まれず

「して、我らはどの敵と戦うのでございましょうか」

勘兵衛は馬を歩ませながら、秀勝に問うた。

萌黄縅の具足に身を固めた秀勝を擁し、勘兵衛らは近江へ向けて進発する。十二月九日のことだ。すでに先手は近江に向かっており、秀吉も自身の旗本を率いて、この日のうちに城を出るとのことだった。

陣ぶれがかかると、丹波亀山勢はすぐさま出陣した。ただ、宝寺城で秀勝の麾下に入ると言われただけで、討つべき敵を聞いていない。

「父上は、草津《くさつ》で討つべき敵を明かす、と仰せじゃ。近江草津までは明かせぬ」

秀勝はそう述べて、口元を引き締める。

「承り申した」

大事を軽々に明かさぬ、というのは、大将に欠くことのできない資質だ。勘兵衛は秀勝の口が堅いことに満足した。

亀山城から宝寺城までの道中では、羽柴方が攻めかかる敵について、同輩たちが三つの考えを語っていた。

まず、

——美濃に攻め入って、三七殿の手から三法師様を取り戻し、安土に移し奉るのではないか。

と語る者がいた。

——いやいや、やはり柴田修理と手切れをなさるのだろう。されど、もはや冬。あちらから攻めてくる恐れもないが、こちらから攻め入ることもできぬ。北国は春まで雪に閉ざされる。差し当たり、一度は譲った長浜城と北近江を取り戻されるのだろう。

したり顔でそう述べる者もいる。

秀吉は宝寺城を訪れた柴田勝家からの使者を歓待した。跡継ぎたる秀勝もその席に連なった。

勝家からの使者は、能登七尾《のとななお》城主前田又左衛門利家《まえだまたざえもんとしいえ》、越前大野《おおの》城主金森兵部卿法印《かなもりひょうぶきょうほういん》、不破彦三《ふわひこぞう》の三人だ。いずれも信長が勝家につけた与力だった。勝家の家来ではない。勝家の意を受けながらも、秀吉との仲を取り持つつもりだったろう。

歓待しつつも秀吉は、勝家と懇ろにし、戦わぬという起請文を書いて欲しい、という願いを聞き届けなかった。勝家からも起請文を取りつける、という三人をはぐらかし、そのまま帰してしまった。

——わしは後顧の憂いを断つために北伊勢の滝川左近将監を討つのではないか、と考える。

和する者は少ないながらも、そのような言説もある。

滝川一益は勝家と盛んに使者を往来させているようだ。しかし、秀吉とも手切れには至っていない。

「草津は、岐阜へ、桑名《くわな》へ、さらに長浜への岐路でございますからな」

水を向けてみたものの、秀勝はいつもの微笑みを浮かべただけで、口を開かない。

草津は東山道《とうさんどう》と東海道が重なる町だ。東山道を進めば美濃に入る。東海道を進めば伊勢に至る。また鳥居本《とりいもと》で東山道から北国街道に乗り替えて北へ向かえば、長浜に入る。

——南無伊吹大明神。よき敵とお引き合わせあれ。

勘兵衛としては、どこへ向かおうとも、武功の種を願うまでだ。

きた。神仏を軽んずるようでは、手柄に見放され、不覚を取る、と言い聞かせられて命を救い、今日まで生きながらえさせてくれた伊吹山の神に祈る。

九日の夕刻、羽柴方の軍勢は近江草津に至った。

——なんたる大軍か。

先に草津で待っていた先手、それに続いた秀勝勢、その背後にはまだ続々と軍勢が連なる。

「佐和山城を本陣とし、長浜城を取り戻す」

秀吉の下知が届いた戌刻（二〇時）ごろには草津の町からあふれ、町を十重二十重《とえはたえ》に囲むがごとき大軍が参集していた。

——四万、いや五万はいるか。

各軍勢の陣所で焚かれる篝火で、草津近辺は真昼のように明るい。

長浜城を目指すむねと同時に陣立ても伝えられる。

——面白からず。

秀勝勢は、秀吉の旗本勢の後ろを進むこととなった。翌十日は、先手として出陣していく他勢を見送るはめになった。

十一日、勘兵衛らは秀吉の背後を守り、佐和山城に入った。背後を守るとはいっても、さらに秀勝の背後を、そのまた後ろの将の背後を守る軍勢が陸続と途切れることがない。

「これでは、武功が望めませぬ」

「これが父上の戦なのじゃ。焦《じ》れずになんとか武功を上げる手立てを考えよ」

悲鳴とも愚痴ともつかぬことばを吐く勘兵衛を秀勝が慰める。

十四日、長浜城を眺めることもなく、長浜城を与えられていた勝家の養子、柴田伊賀守《いがのかみ》が降参した、との知らせを聞いた。

「味方が多過ぎて身動きも取れぬ、とは」

勘兵衛は激しく悲嘆する。

阿閉家の軍勢は、織田家にとって外様だった。信長は忠誠の証を示させる意味もあってか、先手にくわえることが多かった。武功を上げる機会はいくらでも転がっていた。

秀勝は、秀吉の跡継ぎであり、一門衆だ。秀吉の本陣近くに配される。武功を望もうにも、敵味方が鎧を合わせているのは遥か前方だ。

秀吉は動き続ける。

「岐阜に赴き、三法師様を本来のご居城たる安土城へ迎え奉る。妨げる者は誰であれ容赦せぬ」

すぐに次の軍令が下った。

弟秀長を佐和山城に残し、長浜城の請け取り、降参した伊賀守の身柄を京へ送ることを委ね、ただちに軍勢を転じる。

――今度こそ。

勘兵衛はそう胸に期したものの、美濃で目にした光景に落胆する。

信孝が三法師を掌中の玉として籠る岐阜城の西、大垣《おおがき》城の門扉はすぐさま開かれた。秀吉は事前に城主の氏家《うじいえ》左京亮《さきょうのすけ》を調略していたのだ。十六日、秀吉、秀勝は大垣城に入る。

岐阜城を囲んだのは、信孝に叛旗《はんき》を翻し、秀吉に従った西美濃衆だった。尾張から信雄も軍勢を率いて会同する。

二十日、信孝は降参した。三法師を秀吉に引き渡し、みずからの生母、娘、家老らが差し出す人質を送って寄越す。

秀吉は降参を容《い》れた。信孝が引き続き美濃を知行することを許し、人質を収めた。

羽柴勢は意気揚々と美濃から引き揚げ、三法師を擁して近江安土に向かう。二十三日、清須での取り決め通り、三法師を安土城に奉戴する。もはや秀吉の家来同然となった堀秀政に改めて傅役を命じた。

「まるで筑前守様は信長公のごとくでございますな」

日向が呑気に感嘆している。

「どの辺りが似ておるか」

秀勝は機嫌よく、興味深げに問う。

「京を押さえた信長公はしばしば敵に囲みを作られ申した。しかし、信長公は調略を用い、強い敵とは一時和睦し、敵の結びつきを弱め、ひとりひとり敵を滅ぼしていったのです」

秀勝・日向主従の語らいを聞きながら、勘兵衛は血が出るほど唇を嚙む。

信長を囲む敵との戦のなかで、勘兵衛は輝いた。

今のところ、勘兵衛には輝く機会さえない。

「こんにち、京を押さえた筑前守様を北の柴田、東の三七殿、南の滝川が手を結んで囲もうとするや否や、早くも柴田から北近江を切り取り、三七殿をくだしてしまわれ申した。柴田の領国はもう雪のなか、春まで動けますまい。滝川が一手で起《た》つかどうか」

「なるほど、そのようなところか」

秀勝がうなずく。

ただし、まだひとりとして滅んだ敵はいない。秀吉は囲みのなかを縦横に駆け回り、先手を打っただけだ。春になれば、勝家が動き出す。天下を賭けた戦いはそこからだ。

――多少、無理をしてでも前へ出る。このままでは埋もれてしまう。

秀吉の戦勝を喜べない。勘兵衛は決心した。

秀吉が信雄と手を結び、信孝をくだしたことで、信雄、信孝とも倒れの目は消えた。信雄のみが三法師の後見となる。信雄が織田の家督の座に座った。

――このままでは、若君の影が薄くなる。

秀吉がいつまで信雄を立てるつもりかは、分からない。

将来のことを考えれば、秀勝が織田の家督にふさわしい者と見なされ、かつ、秀吉から天下を譲られるのが望ましい。

――ここはひとつ、儂が大手柄を立てて、天下の耳目を若君に集めねばなるまい。

勘兵衛の思案は、結局そこにたどり着く。

——若君はひとの上に立つ者として、三介殿よりも三七殿よりも器量が上じゃ。くらべものにもならぬ。

弟のような秀勝に、忠義の心を抱くようになっている。

——どうやって前へ出るか。

勘兵衛は沈思する。

旧知の士と再会する

「於次様にうまく取り入ったようではないか。謀反人の党類め」

突然、悪罵を投げつけられた。

大山崎は離宮八幡宮《りきゆうはちまんぐう》の惣門前でのできごとだった。

天下が揺れ動いた天正十年も残すところ二日。

秀吉は三法師を安土城に移し、佐和山城の堀秀政に様々なことを引き継がせたあと、秀勝、秀長を伴って十二月二十八日に京に入る。京で武士、公家、町人を問わず、要人らに面会を許し、翌二十九日に宝寺城に引き取ることになっていた。

秀吉、秀勝、秀長および西国に所領を持つ与力衆の軍勢は、京を通らず、山科を経て、二十八日に宝寺城下の大山崎に入る。与力衆は大山崎に留まらず、領国に帰った。

秀勝、秀長の軍勢は秀吉とともに上洛した主をこの地で待つこととなった。

勘兵衛の正面には、憎たらしい福島市松、加藤孫六、とりすました様子が癪にさわる加藤虎之介ら六人の秀吉小姓衆がいる。

――相変わらず、がらの悪そうな連中じゃ。

秀吉も、京では多少容儀のよい小姓をはべらせているのか、市松らが大山崎にいる。石田佐吉はいない。

「若君様、あるいは丹波守様とお呼びせよ。もはや諸大夫《しょだいぶ》に列せられておられる」

勘兵衛は市松を睨みつけ、そう答えた。

五位の位階を賜ったひとを諸大夫と呼ぶことは、秀勝に仕えてから知った。

「いつまでも童名《わらわな》でお呼びいたすことは礼儀を欠く」

市松を正面にとらえ、一間の間合いを取る。二度も頭突きを食らう気はない。

大山崎には荏胡麻《えごま》油を扱う商人が多い。惣門の門前には油商人らの屋敷が建ち並んでいる。人通りも盛んだ。

「いい歳をして童名で呼ばれるのは、お前くらいのものだ。市松よ」

「又者めが、言わせておけば」

勘兵衛の煽りに、市松が応じる。今日は髭を描いていない。髭がないと、まったく大きな童のようだ。

勘兵衛と市松の様子を見て、近くにいた町人たちが遠ざかっていく。遠巻きに眺める者たちもいる。喧嘩が始まると勘づいたのだろう。

――よいときにいき合った。先日の借りも返さねばならぬ。

羽柴家に移ってきて日も経ち、この連中の歳も知った。

市松は勘兵衛より一歳年上、虎之介は同い年、孫六は一歳年下。石田佐吉は二歳年上だ。そうじて秀吉の小姓衆は勘兵衛と同じ年ごろといってよい。

ただし、勘兵衛は早くから一人前の武者として戦場に立ってきた。戦場でも秀吉の身辺にはべっている小姓らを大人扱いする気になれない。それだけに小面憎い。

「又者に小僧扱いされるのは頭にくるか。市松」

市松の顔は赤らんでいる。頭に血が上っているに違いない。

秀吉やその周辺の者は、まだ秀勝を於次と童名で呼ぶことが多い。秀勝はまだ十五歳だ。無理からぬところがある。秀勝本人も気にしていないようだ。

一方、市松はもう二十二歳、あと二日で二十三歳になる。童名で呼ばれるのを嫌がっているらしい。本人は市兵衛《いちべえ》などと名のっているようだ。その名で呼ぶ者を見たことがない。

「又者であっても、小僧は小僧扱いするのだ。市松よ」

勘兵衛は腰の大小を鞘ごと抜き、小者に預ける。小者には下がっているよう、目配せした。

家来に仕える者を主の立場から見て、又者という。蔑みのことばだ。

市松にすれば、己は秀吉の直臣であり、勘兵衛は秀吉の子息たる秀勝に仕えているから、又者と呼んでいるのだろう。秀勝は秀吉の嫡男であって家来ではない。また、秀吉にとって主だった信長から拝領した養子であり、その直臣を見くだすのは非礼だ。

「我慢することはないぞ。こちらも、このあいだのように手出しを控える気はない」

止める虎之介の手をふり払い、市松が向かってくる。

そもそも勘兵衛は年越しに向け、要り用の物を求めたいと、大山崎の町に入った。丹波亀山の仮屋で過ごす小者らにふる舞う正月の酒が欲しい。

——だが、少し喧嘩もいたしたい。

長浜の陣、美濃の陣では全く手柄を立てられなかった。その機会さえ摑めなかった。忸怩《じくじ》たる思いだ。むしゃくしゃしている。

「今日は髭を描いていないではないか。つけ髭は値が張る。お前の分際では手が出ぬか。だからといって、墨で顔に髭を描くうつけ者は見たことがない。お前のほかには」

市松の頭から湯気があがったように感じた。体を低くかまえ、勘兵衛の腰目がけて、突っ込んでくる。

その市松の頭を右手で押さえ、左手で肩口を摑み、地面に引き倒す。勘兵衛は市松より背が高い。腕も長い。

——なんたる馬鹿力か。

勘兵衛も生まれ持った腕力が自慢だ。武勇の元手でもある。その勘兵衛をしても、いくらか押し込まれた。

前のめりに倒れた市松の腹を蹴る。

二発目を食らわそうと、足を引こうとしたとき、市松が蹴った脚にすがりついてきた。そのまま、勘兵衛も地に押し倒される。

——馬乗りになられてはならぬ。

戦場で敵に馬乗りになられれば、首が危うい。膝立ちの市松に抱きつき、地に転がし、自身も転がりのいて立ち上がる。顔をいくらか擦りむいた。

立とうとする市松の脳天にしたたかに拳を叩き込む。拳が割れんばかりに痛んだ。

——石頭め。

市松は怯まず、勘兵衛のみぞおちに頭から突っ込んでくる。息が止まる思いがした。

一歩退き、左手で市松の頬を張った。市松は顔を背けず受けて、瞬《まばた》きすらせず、また身をかがめる。短い手足に頼らず、体ごと、頭から突っ込むのが市松の喧嘩のやり方らしい。

勘兵衛は痛む右手を喉輪とし、市松を止める。市松は喉輪を外そうともせず、前へ前へ、と押してくる。

「大山崎惣中での喧嘩は固く禁じられておる。知らぬはずもなかろうが」

勘兵衛と市松らを遠巻きにしている人の輪から、大男が飛び出してきた。

その大音声と、男があまりに大きいのに驚いて、勘兵衛は思わず、あとずさりした。市松も同じようにあとずさりする。

虎之介が、市松に加勢しようとする小姓を制しているのが、わずかに見えた。

「一部始終見ておったぞ」

黒羽織、黒小袖、黒袴、刀、脇差の柄も鞘も黒。黒ずくめの大男は、勘兵衛と市松のあいだに割って入る。両腕を広げ、ふたりを引き離す。右の掌《てのひら》から左の掌まで、はかれば七尺はあるのではないか。

見上げた顔には憶えがある。

「与吉《よきち》殿」

勘兵衛の呟きなど聞こえないかのごとく、黒ずくめの男はまた大声を張り上げる。

「小姓ども」

市松ら小姓衆も、男が誰であるか知っているようだ。右の眉尻、左の頬に刀傷が盛り上がっている。一度目にしたら、そうそう忘れる面相ではない。

「なぜ、勘兵衛を又者などというか。若君様ご近習と慇懃に呼ぶべし。勘兵衛に、ではなく、若君に対し奉り、無礼なり」

勘兵衛のげんこつにも張り手にも怯まなかった市松も、たじろいでいる。

「勘兵衛」

見知っていなければ、震えをもよおしそうな鬼の形相が勘兵衛のほうを向く。

「なぜ、喧嘩を売る。若き衆とはいえ、この者らは家中においては先達ぞ。小僧扱いはならぬ」

また鬼面が市松らのほうを向く。

「去《い》ね」

市松は一度、勘兵衛を睨んだあと、虎之介にうながされて、その場を離れた。

勘兵衛は羽織、袴についた土を払い、小姓どもが去るのを待つ。

「ひさしぶりではないか。勘兵衛。大きゅうなった。いや、大きゅうなった」

黒ずくめの大男は、にわかに肩の力を抜き、勘兵衛をふり返る。

顔つきも和らいだのだろうが、もともと凄《すご》みのある面相をしている。あまり変わらない。

「与吉殿、おひさしゅうござる」

喧嘩の仲裁に入って貰った礼はいわず、挨拶だけをした。

——手強《てごわ》い相手ではあったが、あのまま続けていれば、必ず儂が勝った。

そんな気分がある。

「今は与右衛門《よえもん》と名のっておる。藤堂《とうどう》与右衛門。羽柴小一郎様にお仕えしている。勘兵衛が若君のご近習となったことは聞いておった。そのうちに会うだろうと思っておったが、まさか喧嘩しているところに出くわすとはな」

大男は、その体に似合いの響きのよい笑い声を発する。

——与吉から与右衛門。市松から市兵衛といい、名のりにこだわらぬ者もいるものよ。

諱は高虎《たかとら》。この諱も父の虎高《とらたか》をひっくり返しただけだ。

高虎にとって、名などほんとうにどうでもよいのかもしれない。

「まあ、そなたも存ずる通り、わしの口から喧嘩などするな、とは言えぬが。せめて場所を選べ。往来はまずい。喧嘩を禁じておらぬ大名家などない」

高虎はもともと浅井家に仕えていた北近江の士だ。初陣で手柄を上げたという。

そののち、出奔したらしい。おそらく、喧嘩がもとだろう。

勘兵衛が身を寄せたのと同じころ、山本山城にきて阿閉家に仕えた。

勘兵衛十二歳のときのことだから、六歳年長の高虎は十八歳だったはずだ。

——世のなかには、こんな大男がいるのか。

すでに背丈は六尺を超えており、七尺近いのではないかとすら思った。気の荒い若者でもあった。高虎は阿閉家でも刃傷沙汰《にんじょうざた》を起こし、退転する。阿閉貞征は激怒し、行方を探させたものの、同じく織田家の被官で、近江高島郡を領した磯野《いその》家に、逃げ込むように仕官していた。

貞征は他家に家来の引き渡しを求めて、揉めごとになるのを避け、諦めた。秀吉との仲が険悪になっていた。織田家の麾下に敵を増やしたくなかったのだろう。

「与右衛門殿が小一郎様にお仕えとは。少しも存じませんでした」

「ふん。磯野殿のところにも、そう長くはいなかったのだ。いろいろあって六年ほど前に小一郎様に拾って頂いた」

高虎は気が荒く、物おじせず、勘兵衛と同じように手柄にうるさい。主人や上に立つ者にとっては扱いづらいこともあるだろう。

その一方で武辺もあり、頭も切れ、己が知らぬことは得心するまで学ぼうとする。勘兵衛のように年若い者、目下の者の面倒見もいい。

「小一郎様とは馬が合ったのでござるな」

高虎は何度も首を縦にふる。

「あの方ほど家来を思いやる主とは、これまで出会わなんだ」

貞征のことを思い出し、言い返したくなったものの、勘兵衛は堪える。

「決して目立とうとはなさらないが、大きな仕事ができる方じゃ。先々を驚くほど見通しておられる。家来の言をよく用い、よく報いられる。筑前守様のご立身も、小一郎様おられてのこと。わしは、ようやく一生を賭けてお仕えすべき方と巡り合った」

語り口が熱を帯びる。

先日会ったばかりの秀長を思い浮かべる。

——たしかに篤実そうなお方じゃが。

高虎が述べるほどの傑物なのかどうかは分からない。

——されど、与右衛門殿にここまで語らせるからには、大したお方なのじゃろう。

今後、注意深く見ておこう、と考えた。

「若君も行く末、楽しみな方じゃ。小一郎様のご薫陶も受けておられる。言わずと知れたお血筋でもある。勘兵衛も骨身惜しまずお仕えすれば、応分のお取り立てに与《あずか》れるであろう」

「骨身を惜しんだりはいたしませぬ」

「うん、うん。よい心がけだ」

高く買われている秀長や秀勝はよいとして、家来からこうも遠慮なく値踏みされては、主も形なしだろう。

「おっ」

高虎は何か思い出した様子だ。厳《いか》めしい顔を近づけてくる。

大山崎の町衆は物慣れしていた。勘兵衛と市松の喧嘩の際には、避けて通ったり、見物したりする者もいた。もはや、何ごともなかったかのように、平生の往来に戻っている。高虎のような大男すら、珍しがる町衆はいないようだ。

「おぬしは運がよい。もっと早く降参してきたならば、おぬしも磔だったかもしれぬ」

「どういうことでござるか」

高虎は声をさらに潜める。

「阿閉父子が磔にされたのは、筑前守様の早合点のせいじゃ」

勘兵衛は立ち聞きしている者がいないか、目を動かす。

勘兵衛の小者は刀、脇差を抱いたまま、少し離れたところにいる。高虎の小者も近寄らないようにしているようだ。町衆は、この侍ふたりに割く暇などない、とでも言うかのように忙《せわ》しなくいき交う。

　高虎はかまわず続ける。

「筑前守様は、わしやおぬしのように侍の出ではない。庶人のご出自じゃ。庶人と申すは、妻子、縁族への情愛が濃く、細やかじゃ。侍にとって妻子、縁族を人質に出すのは当たり前のこと。人質を出しておきながら裏切って、人質を見捨てることも、一族が敵味方に分かれて殺し合うことも、珍しくはない。我らには庶人の情愛の深さなど、到底思いもおよばぬ」

　ささやき声で諄々《じゅんじゅん》と語る。これも秀長の薫育を受けた証なのかもしれない。

　阿閉家にいたころの高虎は、つねに大声で、ことばは短かった。

「山崎の合戦を終えてしばらく経つまで、長浜の様子が分からなかった。長浜に残っておった筑前守様ご内室、ご母堂の消息が明らかではなかった。筑前守様は苛立っておられた。長浜城が阿閉の手に落ちたことのみ伝わっていた。己と仲が悪い阿閉淡路守が長浜を奪ったからには、淡路守が殺したに違いないと思い込んだ。そこへ阿閉父子が生け捕りになったという知らせがきた」

　勘兵衛は大きく目を見開く。

「ご内室、ご母堂が阿閉に害されたと決めつけておられた筑前守様は、召し寄せて、詰問することもなく、すぐさま阿閉父子を磔にせよ、とお命じになった。ご内室、ご母堂どころか、ご両人につけてあった侍女、家来まで無事で美濃におると知ったのは、ずっと後のことだ。もちろん、すぐに宝寺城に引き取った」

「なんということか」

呟き、瞑目《めいもく》する。

秀吉の妻や母の行方ならば、阿閉父子よりも、勘兵衛のほうがよく知っていた。長浜城から無事退去させるよう、貞征に進言したのは勘兵衛だ。立ち去ったことを物見にたしかめさせてから、長浜城に入った。

さらに伊吹山にいたとき、山の住人が美濃落ちの手引きをしたという噂も聞いている。北近江における一向一揆《いっこういっき》の要となり、闕所にされた称名寺《しようみようじ》の僧らが手を貸したようだ。いずれ寺の再興を願い出るべく、秀吉に恩を売っておきたかったのだろう。

「小姓どもがおぬしに食ってかかるのも、その一件と無縁ではない」

勘兵衛はふたたび目を見開かされる。

「どういうことでござるか」

高虎は勘兵衛の耳元から顔を離し、腕を組む。見おろすように語った。

「筑前守様は小姓どもを侍として育てようと考えておられる。小姓どものなかには侍の子もおれば、侍の子かどうか、出自の知れぬ者もおる。しかし、みな一様に筑前守様のみに忠義を尽くす侍に」

秀吉が庶人の子だということは誰でも知っている。

父親が何者なのか、たしかなことは誰も知らない。信長も知らなかっただろうし、あえて問う者もいなかった。ただし、みな、どことなく秀吉の出自を蔑んでいた。

秀吉もあるときは、父は織田家の足軽だと言い、百姓だとも言い、ときには、己はさる公家の、果ては主上の落とし胤《だね》だ、とすら吹聴していた。

――秀吉自身も知らぬのではないか。

勘兵衛はそう思うに至っている。証はない。

「小姓どもが、ご自身のように肉親の情厚く育つのを願ってはおられぬ。ご内室、ご母堂を害されたと思ったがゆえ、阿閉父子を磔にしたとは言えぬ。おぬしも知っていようが、惟任日向守と惟任の家老の他で磔にされたのは阿閉父子だけだ。与同した連中の多くは改易で済ました。阿閉父子は悪人であり、日向守の謀反にも荷担していた、と説かざるを得なくなったのだ」

奥歯に痛みを感じるほど、歯を食いしばっていた。

阿閉貞征が磔にされ、その亡骸が晒されていると知ったとき、勘兵衛は悩んだ。せめて手を合わせに行くべきではないか、という呵責《かしゃく》の念が湧いた。それでも伊吹山に留まったのは、手を合わせるだけでは我慢できなくなるのを恐れたからだ。主の変わり果てた姿を目にすれば、後先を考えずに奪い取り、弔おうとするに違いない。それが忠義だ。武士ならば、そうなすべきだと貞征に教えられて育った。

「耐えねばならぬぞ。もはやおぬしは若君のご近習だ。筑前守様に怨みを抱くようであれば、それが謀反にほかならぬ。今、こうして阿閉父子が磔にされたわけを聞けたのは、神仏のご加護あってのこと。先のことを考えよ。過ぎたことに縛られて身を亡ぼすは、神仏に唾するのと同じく罰当たり」

高虎には、勘兵衛の胸のうちが手に取るように読み取れるらしい。

「しかし、先のことなどと言っても、このままでは武功を上げる機会もござらぬ。それがしは鑓をふるうしか能がござらぬ。若君にお尽くしするにも」

今日の喧嘩はその鬱屈がもとだ。

勘兵衛も乱世を生きる男だ。過ぎたことを蒸し返さず、なんとか折り合いをつけることはできる。市松のごとき乱暴者は、どこの家中にもいる。

「功を焦るな。長浜の陣、美濃の陣のごときは枝葉を刈るだけの戦。筑前守様の軍略がうまく運び、功を上げるほどの鎚合わせすら起きなんだ。いずれ、筑前守様は枝葉ではなく幹に鉞《まさかり》を打ち込む。そのときこそが手柄の上げどきぞ」

「柴田修理でござるか」

高虎は満足そうに、片頬だけで笑う。

「分かっておるではないか」

勘兵衛の顔を鷲《わし》づかみにできそうなほど大きな手で、勘兵衛の左肩を叩く。

「その戦でどうやって鎚合わせの場に出るか。それはみずから工夫せよ」

そう言い放つと、高虎は踵《きびす》を返し、大股で歩み去る。一歩が大きいからか、たちまちにして人混みのなかに消えた。

小者が近づいてきて、刀、脇差を差し出す。それを受け取り、帯に差す。

――なるほど、侍というのは肉親への情が薄いのかもしれぬ。儂もそうじゃ。刀、脇差を帯び終えても、勘兵衛はその場に立ち尽くしたままだ。

――どうしておるやら。

空を見上げる。

妻には一日も早く会いたい。胸も焦がれんばかりだ。

そう思う一方で、迎えにいくまで亀山の屋敷にはくるな、と書き送った。

――もし、信長公が惟任に討たれず、あるいは討たれたとしても淡路守様が日向守に荷担せず、荷担したとしても山崎合戦に勝っていれば。

寒空の下で秀吉の小姓と喧嘩などせず、山本山の屋敷で、妻と年越しの支度をしていたかもしれない。

山崎合戦の後、戦場からそのまま伊吹山に逃れた勘兵衛は、妻が生きているのかどうかすら、たしかめようとはしなかった。勘兵衛は探さなかった。

妻は貞征の娘だ。貞征は手柄を上げ続けた勘兵衛に鶴の丸の母衣だけを贈ったのではなかった。娘婿としたのだ。

――阿閉の姫だ。誰かが匿《かくま》う。生きているはずだ。

そう考えていた。

壮吉の働きで妻は無事だ。

――迎えるべきときは、まだきていない。

腹を決め直した。まずは武功だ。

しばし、目を瞑《つぶ》って妻を思う。やや目尻の上がった猫のような目、そこに黒く輝く瞳、笑うと刻まれる猫の髭のような頬の三本のしわ。目を開ければ、そこに妻がいてもおかしくないほど、ありありと思い浮かべることができる。

――侍とは面倒なものよ。

ここまで思っていながら、それでも迎えにいこうとしない己に呆れた。

「いこう」

小者に声をかける。

妻のいない屋敷に女をあげる気にはならず、下女はおいていない。妻を迎えるまでは、ここや亀山の屋敷にいる小者たちのみがともに暮らす仲間だ。

懐は寂しいものの、正月にはせめて酒の一杯なりとも飲ませてやりたい。

武功を求めて

勘兵衛、矢田山の陣にて一騎駆けをする

「儂も入れてくれ。座るぞ」

渡辺勘兵衛はそう言い放つと、車座になる足軽たちの返事を待たず、腰をおろした。

かざした掌《てのひら》に焚火《たきび》の暖かさがしみ入るようだ。

天正十一（一五八三）年二月十一日、勘兵衛は北伊勢にいる。

年が改まり、まず勘兵衛は羽柴秀勝に従って、近江安土に赴いた。三法師の後見、名代たる織田信雄に秀吉を始めとする羽柴方諸将が年頭の礼をおこなった。

秀勝を

——いずれは天下人になし奉らん。

と密《ひそ》かに期す勘兵衛にとって愉快なことではなかった。

それでも、今は羽柴方がひとつにまとまり、北国の柴田勝家、秀吉に押さえられ雌伏を余儀なくされている美濃の織田信孝、勝家に通じているという噂のある北伊勢の滝川一益を討ち破らねばならない。我慢は容易だった。

どうやら、このころから秀吉は北伊勢に調略の手を入れていたらしい。のちに、勘兵衛もそう気づく。

一益は秀吉の謀に乗せられる。挙兵し、羽柴方についた伊勢亀山城、同国峯《みね》城を奪った。

——柴田修理が雪に封じ込まれているうちに、滝川左近将監を討ち平らげるつもりか。数を活かしていっきに取りひしぐつもりだな。

秀吉はただちに陣ぶれを発し、二月十日には六万を超える大軍を率い、近江から国境の山並みを越えて伊勢に討ち入る。秀吉、羽柴秀長、秀吉の甥三好孫七郎《みよしまごしちろう》秀次《ひでつぐ》がそれぞれ一軍を率いた。

秀吉は秀次と勢を合わせ、員弁川《いなべがわ》に沿って桑名城、一益が籠った長島《ながしま》城へ向かう。秀長は東海道を進み、峯城、亀山城へ攻め進んだ。

「先手はここでよいのだな」

勘兵衛は焚火に当たりながら、肩を並べる足軽に問うた。

「左様でございます。あそこにおるのが見張りでございます」

ときとして、野陣は敵より寒さに悩まされる。

「お侍さまのお顔を見憶えませぬが、いずれのご家中の方でございますか」

焚火を挟んで向かいに座る足軽がたずねてきた。

「儂は於次様の家来で渡辺勘兵衛と申す。おぬしらも存じておろうが、於次様のご陣はいつも羽柴の殿様のご本陣の隣じゃ。殿様はおん跡継ぎを大事に思《おぼ》し召してのことであろうが、ご陣におっては手柄が立てられぬ。それでここへ参った」

声をかけてきた足軽は、先駆けの勘兵衛の異名を知らないらしい。ただうなずいた。歳は四十ほどに見える。火を囲む五、六人の足軽たちの小頭なのかもしれない。

「於次様のご陣とは遠くからおいでじゃ」

足軽たちが笑う。勘兵衛も笑った。

侍が相手だった場合、

――羽柴丹波守様がうちにて、渡辺勘兵衛。

と名のる。

足軽たちに、羽柴丹波守様、は通じない。慣れ親しんだ、於次様、ならば通じる。

一益は桑名城まで出てきていた。その背後には、揖斐川《いびがわ》を隔てて長島城がある。秀吉はこれを見下ろす矢田山《やだやま》に陣を取った。

勘兵衛と足軽たちがいるのは、矢田山の麓だ。ここには、秀吉子飼いの中村孫《なかむらまご》平次一氏《へいじかずうじ》が先手の陣を置いている。

「お志を同じくする方々が三、四人おられますな」

別の足軽が見張りのほうを指差した。

眺めてみれば、たしかに旗指物を背負い、鑓を持った武者が柵際を歩き回っている。勘兵衛と同じように手柄を求めて自陣を抜けてきた侍だろう。勝手に持ち場を抜け、先手に潜り込むことは軍令で禁じられている。それでも、こういう武者はあとを絶たない。

勘兵衛は秀勝に断りを入れてからきた。

「では儂も、ここで怠けておらず、見張りに立つとするか」

旗指物をつけた竿《さお》を杖のようにして立ち上がる。

足軽たちの笑い声に送られて、先手の陣の際へ進む。歩きながら竿を背中の受筒に差し込んだ。指物は二間余の白い切り裂きだ。

鶴の丸の母衣を作り直そうか、とも考えた。ただし、母衣は動き難い。勘兵衛はふたたび武功を上げて認められなければならぬ身だ。指物は簡便にした。

——手柄だ。手柄を上げねばならぬ。

藤堂高虎とは、顔を合わせれば立ち話をする仲になった。聞けば、高虎は知行三千三百石を賜っているという。

——羽柴には夢がある。

そう思った。

三千三百石といえば物頭、場合によっては備頭の知行だ。昔なじみでなくば、百人扶持の勘兵衛ごときと親しくことばを交わす身分ではない。たしかに高虎は大勢の供廻りを引き連れていることもある。供の者たちは、高虎と話す勘兵衛に怪訝《けげん》な目を向けていた。

勘兵衛はさらに奮励することをみずからに誓った。

「あんたは先駆けの勘兵衛。渡辺勘兵衛殿だ。違うか」

武功漁りの武者のひとりが近づいて、声をかけてくる。

「仰せの通り」

「やっぱり。信長公ご存生のころから、何度もあんたの戦ぶりを見かけたんだ。あんた、まったく無茶苦茶なおひとだよ」

どこで手に入れたのか、皺革包みの珍しい胴を着け、頭形《ずなり》の兜を被った武者はにやにやと笑っている。指物は紅の吹き流し。

「おっと、申し遅れた。手前は赤尾新介《あかおしんすけ》と申す者。三好孫七郎様にお仕えしておる」

「赤尾」

勘兵衛は新介と名のる武者の名字に興味を持った。

浅井家の筆頭家老を務めていたのが赤尾家だ。

「まあ、名字はなんだ、どうでもよい」

小谷城の本丸近く、赤尾曲輪と呼ばれる一角に屋敷をかまえていた名家でもある。

この男は浅井家滅亡後、その名字を勝手に名のっているだけなのかもしれない。いずれにせよ、近江者なのはたしかだろう。

「当たらずのかんべえ様って言えば、雑兵でも知っている」

「そうだろうか」

勘兵衛は焚火を囲む足軽たちをふり返った。

「いやいや、渡辺勘兵衛だの先駆けの勘兵衛だのって名のりは雑兵どもには通じない。かんべえって名の侍は多いからな」

にやけている。あるいは、生来、こういう顔なのかもしれない。

歳のころは勘兵衛と変わらないように思える。

「当たらずのかんべえ様にあやかって、己も鉄砲玉に当たらず生き抜きたいと、そりゃあ大変な人気だ」

「それで当たらずか」

勘兵衛も小さく笑った。

「あんたについていけば、わしも手柄を上げられそうな気がするんだ。あんたのほうを見とくから、鑓を入れるときは、合図をしてくれ、必ずあとに続く」

「心得た」

勘兵衛の返事を聞き、新介は嬉しそうに柵際に戻っていった。

勘兵衛も柵へ向けて歩む。

先手の陣の柵から、二十五、六町隔てて桑名城の櫓《やぐら》が見て取れる。桑名城まではやや下りの勾配だ。葦原《あしはら》が続いていた。

柵に取りつき、葦原を見渡す。

かすかに北風が吹く、寒さに体が震える。葦は南へなびく。そのなかにひと筋、葦が風になびかぬ場所があるのを見て取った。柵から二、三町先、すぐ近くといってよい。

勘兵衛は柵から離れ、土居うちに降りた。土居越しに同じ場所を凝視する。

――敵か。

風が止むと何ごともなかったかのように、葦はふたたび立ち直る。やはり、そこに葦が動かぬところがひと筋ある。筋の長さは五、六十間ほど、わずかに近づいてきているように感じる。

勘兵衛は声も出さず、眺め続ける。耳を澄ます。ここで周囲の者に知らせ、万が一、敵ではなかったとすれば不覚だ。

一町ほどまで近づいた筋から、数本の煙が立ち昇った。

「敵だ。鉄砲がくるぞ。見張りは土居の陰に隠れよ」

腹の底から声を出す。

見間違いではない。煙は鉄砲の火縄だ。陣をかまえたばかりの羽柴勢にひと当てすべく、滝川の人数が忍び寄ったのだ。

「敵」

「敵がきたぞ」

「鉄砲を避けよ」

見張りの足軽たちも叫んで、知らせを申し送りながら土居のうちへ飛び込む。

陣の端まで伝わらぬうちに鉄砲玉が飛んでくる。葦のなかから放ってくるので、敵の姿がとらえ難い。数も分からない。

中村勢の陣中はたちまち蜂の巣をついたような騒ぎとなった。

――敵の狙いはこれだ。

桑名城、長島城を見おろす高台には、三万ほどの羽柴勢が集まっている。誰しも、滝川勢は城ですくんでいると考えていた。そこをひと突きして機鋒《きほう》を挫《くじ》くつもりだろう。

滝川一益は戦上手だという評判がある。

「鉄砲の支度ができた者から、ここへこい。敵が潜んでいる場所の見当はついておる。大した人数ではないぞ」

勘兵衛は背後で騒ぐ足軽たちに声をかける。

土居に沿って見渡せば、武功狙いの抜け駆け武者どもが土居に身を預けて、鑓を入れる機をうかがっている。

新介はすぐ近くで、大きく目を見開き、勘兵衛の姿を見詰めている。

左手で押さえるような仕草をして、新介に、

——まだだ。

と伝える。

三人、四人と駆けてきた鉄砲足軽たちを並ばせ、勘兵衛は背後から狙いを教える。

「陣から一町ほど先、煙が上がっているのが見えるだろう。あの葦に隠れて放ってきている。小人数じゃ。脅しにきただけよ。当たらずともよいから放て。押さえ込め」

中村勢の鉄砲が火を噴き始めた。

先ほどまでより、はっきり敵の姿が見えてきている。倒れた葦の狭間から、陣笠を被った敵の足軽の姿が見える。

「四、五百。鉄砲と鑓の者がおる。後ろに続く人数はおらぬ。追っ払ってしまえ」

勘兵衛は指図している。中村勢の侍に悪い、などとは思わなかった。

――戦場では、下知できる者が頭となる。指図できる者が指図せねば、味方が死ぬ。

勘兵衛が学んできた戦場の理《ことわり》だ。

「放て放て。鉛玉を食らわせてやれ」

中村家の物頭も下知しているのだろうが、勘兵衛の近くにいる十人ほどは勘兵衛に従っている。

しばらく放ち続けると、敵が退き出した。

城に籠っている人数は、桑名城、長島城合わせて、せいぜい三千ほどだろう。送られてきた者どもも、ひと当てしたならば、留まって戦う利はない。羽柴勢そのものが動き出す前に退くことは、最初から決めてあったのだろう。

――首を上げねばならぬ。

勘兵衛が望む手柄は、敵味方が競り合う場での鑓合わせだ。しかし、数では遥かに羽柴勢が勝る。この戦場では鑓合わせとはならないに違いない。

得られる武功は戦場により異なる。今はこだわってなどいられない。

「鉄砲、止めい。間合いの外に出た。無駄玉を放つな」

勘兵衛は土居に登った。

新介も勘兵衛に続く。同類の武者たちも登っている。

「追い討ちするぞ。儂に続け」

高々と声を発し、頭上に差し上げた左手を大きくふりおろす。土居の外に飛び降りる。空堀沿いに土橋まで駆け、土橋を渡って葦原に分け入った。

——逃がすものか。

逃げていくのは手柄だ。勘兵衛は夢中で追う。

敵が鉄砲を放っていた場所を通り過ぎた。硝煙はだいぶ薄れている。葦が邪魔をして、敵の姿はまだ見えない。勘兵衛は閃《ひらめ》きのままに駆ける。木立ち、壊れ家、身を隠すものがあれば、飛び込み、敵が鉄砲を放ってこないのをたしかめて、また進む。玉など当たらぬとはいえ、危険をおかすべきときまでは、身を慎むべきだ。

——神仏のご加護におごる者は、たちまちにして見放される。

養父も阿閉家の先達たちも、口を揃えて訓戒していた。胸元に下げた鉄砲玉が神仏なのかどうか、勘兵衛には分からない。身にしみ込んだ教えには従う。

目の前が開けた。小川が流れている。陣を出て、初めて敵の姿を捉えた。

敵の鉄砲足軽が筒を差し上げ、小川を渡る。鑓の者がその背後を守っている。

――今だ。

遮るものがなく、身動きしづらい川のなかに敵がいる。追い討ちに備えているのは鑓だ。鉄砲玉を浴びせかければ、大きな痛手となるだろう。いっきに間合いを詰め、首を上げる好機だ。

「放て」

勘兵衛は伏せながら叫ぶ。

爆鳴は轟かない。

勘兵衛は腹ばいのままふり返った。そこには、ひとりの鉄砲足軽もいなかった。少し離れた物陰から、新介たち、抜け駆け武者どもが目ばかり見せている。

思わず舌打ちする。敵陣に突っ込むとき、背後にひと気を感じないのはよくあることだ。それでも、阿閉家の鉄砲足軽たちは二、三十間後ろに続いていた。阿閉家の鉄砲頭も、勘兵衛が鑓を執ったときが戦機であることを知っていたからだ。

――あそこは中村家の陣で、阿閉の陣ではないのだったな。

陣の柵から、もう八町は離れている。陣のなかでこそ、勘兵衛の指図に従った足軽たちも、鉄砲頭の下知なくして陣を出るのはためらったようだ。勘兵衛は他勢の持ち場で戦い、鉄砲頭の顔も知らない。
小川に目をやると、敵もみな、いきなりの大声にふり返っている。
川を渡り終えた敵の鉄砲足軽が、慌てて玉薬《たまぐすり》を込め始めた。
勘兵衛は逃げ帰る。抜け駆け武者どもも勘兵衛に続いた。
「兜首。手柄が逃げていく」
落胆した。
そのとき、敵が放ち始めた。
「やられたっ」
新介の声だ。
勘兵衛は舌打ちして、踵を返す。
左右を抜け駆け武者たちが、我先に、と駆けていく。
「赤尾殿、起き上がるな。そのまま伏せておられよ。身を起こすと玉を食らう」
敵は次々と放ってくる。
――あいにく、儂には当たらんのだ。
新介のもとへ走る。
幸い、鎧の者は引き返してこない。そのまま、川を渡っている。数に勝る羽柴勢が、よもや四、五人で追ってきたとは思っていないのだろう。

「どこをやられた」

うつぶせのままの新介の脇に片膝をつき、問う。

飛び去る玉はひゅうひゅうと、足元に突き刺さる玉がぱちぱちと音を立てる。

「脚、脚、痛い」

右の人差し指で脚を指し示す。

見れば右のふくらはぎから血が流れている。

「見せろ」

勘兵衛は血に染まった袴を指で裂き、帯から引き抜いた手拭いで血をふき取る。

「さては、死なせずのかんべえ様もあんただな」

答えず、勘兵衛は手当てを続ける。

血をぬぐい取ってみれば、玉は体に残っていない。幸いにして、ふくらはぎの内側をかすめて抜けている。二寸（一寸は約三センチメートル）ほどの長さで肉がえぐり取られているだけだ。

「赤尾殿、傷は浅い。それに血が赤黒い。助かるぞ」

勘兵衛は敵側に背を向け、新介の体に覆いかぶさるようにしている。

――こうすれば、赤尾殿にも玉は当たらぬ。

血がしたたる手拭いを捨て、もう一本、帯から抜き取る。

――敵中に突き入る際には、多めに手拭いを帯からさげていけ。

これも阿閉家の先達に教わった。

戦場での手当ての秘伝だ。傷にふれるときは、つねに新しい手拭いを使うと、あとで膿み難くなるらしい。

竹筒の水で血と汚れを洗い流し、新しい手拭いで傷を覆い、縛った。一町、鉄砲の間合いの外へ、新介を抱き上げて逃れる。新介はふたり分の鎧をかき抱く。

鉄砲の間合いから逃れると、新介を背負った。

「あんた、何度か、こうやって誰かれかまわず、手負いを助けたことがあるだろう」

答えない。

勘兵衛が目指す武功は一番乗り、鎧合わせだ。首取りはそれ以下だと思っている。そのため、敵陣からの帰りは手ぶらか、首を取ったとしてもひとつというときが多い。

手傷を負った味方を見つけると、手当てし、陣に連れ帰ることがよくある。

——死なずに済む者を見捨てるのは辛《つら》い。

　どの戦場でも、救える者より、多くの者を見捨てている。手負いの者を連れ帰るのは、連れ帰れなかった者への供養、あがないのつもりだ。

山崎合戦を思い出せば、胸を突き刺さすような痛みを覚える。勘兵衛は同輩をみな、見捨てて逃げざるを得なかった。

「死なせずのかんべぇ様って噂になっている。手負いに手当てをして、陣まで連れ帰り、そのまま姿をくらましちまう」

武功を目指すからには、見捨てる命のほうがどうしても多くなる。

ひとを救ったとて誇る気にはなれない。

「じゃあ、なんで、かんべぇ様って名前が知られているのか、不思議だけどな」

勘兵衛も不思議に思う。名のったことはない。

——誰か、見知った者に見られていたのか。

味方の陣が近づいた。

「当たらずのかんべぇ様と死なせずのかんべぇ様は同じひとか、別かって話を肴《さかな》に酒を飲む奴らもいる」

「少しは黙っておれ。話すと血のめぐりがよくなりすぎて、余計に血が流れる」

背中の新介を叱る。

「黙ってなんかいられないんだよ」

新介は急に憑《つ》かれたかのようにしゃべっていた口をつぐむ。

すぐ涙声をもらす。

「こんなに痛けりゃ、このまま死んじまうんじゃないかって。黙るのが怖いんだ」

「このくらいで死ぬ奴はおらぬ」

勘兵衛は励ますように背中の新介を揺さぶる。

「痛い、痛い。請け合うか。死なないって請け合うか」

まだ涙声だ。

「渡辺勘兵衛が天地神明に誓って請け合う。おぬしは死なぬ」

そう大声を発すると、ようやくおとなしくなった。

中村勢の柵まで戻ると、先に逃げた抜け駆け武者も、中村勢の侍、足軽も、みな心配そうに勘兵衛と新介を待っていた。

柵の内側に入ったとたん、急に元気を取り戻した新介がそり返って、叫ぶ。

「みなの者。それがしは解き得ぬ謎を解き明かしたぞ。当たらずのかんべえ様と死なせずのかんべえ様は、同なるか、異なるか」

神妙な物言いでおどけている。

先ほどまでの死を恐れていた新介とは別人のようだ。

取り巻く者のなかには、もう笑い出している顔がある。

「当たらず死なせずのかんべえ様、渡辺勘兵衛尉殿のご帰還じゃ」

新介の声に、みなが沸き立った。

小競り合いが終わり、手負いの者がひとり、もうひとりの武者に背負われて帰ったただけにもかかわらず、大勝利を得たかのように歓喜の輪ができた。

気恥ずかしさもあり、嬉しさもある。伸び上がって、まだ何か叫ぼうとする新介を背からふり落とし、歩みを進める。

新介を取り巻き、今度は笑いの輪ができた。

「わっしょい、わっしょい」

「痛い。優しくしろ」

「わっしょい、わっしょい」

「痛いと言うておろうが」

足軽たちは胴上げするかのように新介を担ぎ上げ、神輿《みこし》のように、囃《はや》しながら運んでいった。新介の幸運を祝い、あやかろうとするかのように。

「わっしょい」

勘兵衛も笑って囃した。

柵から離れて、休んでいた勘兵衛に使番が声をかけてくる。

「殿が謁を与えると仰せじゃ。ついて参れ」

使番は厳かに述べて、勘兵衛に背を向けて歩き出す。

勘兵衛はあわてて追った。

――これはどうも勘違いをされておるかな。

冷や汗をかく。逃げ出すわけにもいかないだろう。殿、というからには、使番、あるいは使番を遣わした中村一氏も、勘兵衛のことを中村家の士だと思っているに違いない。

敵の首ひとつでも持ち帰っていれば、気は楽だ。堂々と手柄を披露し、陣に紛れ込んだわけも述べられる。困ったことに手ぶらだ。なんとも気まずい。本来、ここにいることは、軍令違えなのだ。

「ここで待て。そなたの番がきたら、なかからお声がかかるだろう」

使番はそう言い残して去った。

中村勢が陣をおいた場所は、かつて城として使われていたらしい。土地の者は古城と呼んでいるようだ。羽柴方が掘らずとも、一町ほどの長さで、三方に空堀、土居が廻《めぐ》らせてあった。

堀のなかは矢田山の頂に向けて、やや登りになっている。勾配の途中に勾配を平らに削った曲輪があった。一氏はそこに幔幕を張って座所としている。

「幕のうちに入れ」

声がかかり、勘兵衛は意を決して、一氏の前へ出た。跪《ひざまず》き、右の拳を地につけ、左手は膝に置く。

「名を申せ」

正面には、鎧の上に柿色の綿入れを着込んだ武将がいる。中村一氏その人だ。歳は四十ほどか。秀吉と同郷、尾張中村の生まれと聞く。微賤のころの秀吉に仕え、秀吉の戦にはことごとく従っているらしい。

鼻の大きい、面長の顔は戦場で浴びた日で浅黒く焼けている。猛々しさはあまり感じられず、どこかのんびりした人柄であるように思われた。容儀を気にせず、綿入れを着る姿は、場数を踏んだ武将ならではのものだ。

——いたし方ない。

この期におよんでは、正直になるほかない。

「羽柴丹波守様がうちにて、渡辺勘兵衛と申す者にそうろう」

拳を握り締めて名のる。

矢玉が飛ばぬところへ帰ってくると、とたんに旗指物の重さを感じる。なにせ、受筒に差し込んである分を除いても、勘兵衛の上に、もうひとり勘兵衛をのせたより竿は長いのだ。

「その方もか」

床几に腰を下ろし、草摺《くさずり》に手を置いた一氏は、驚きも怒りもしていないようだ。

「先ほど鉄砲が鳴ったときに、柵際の様子を見てみれば、放胆にも四、五人の武者が柵を越えて敵を追っていくではないか」

一氏は感嘆しきりという様子で語る。

「あっぱれ、我が家にも大した豪の者がおると喜んだ。ところが、他の味方が続かぬ。あわれ、せっかくの勇士を死なす気か、押し出せ、と命じた。押し出そうとしたときには、みな戻ってきてしまった。無理もない。わずか五人ばかりで四、五百の敵を追ったのだからな」

――見られていたか。

勘兵衛は嬉しくも感じ、恥ずかしくもある。

打って出るには勇気がいる。それを大将が見ていてくれたとあれば、光栄なことだ。しかし、なんの手柄も上げず、味方が続いていないことに遅れて気づき、引き返す姿を見られたのは恥ずかしい。

一氏は、じっと勘兵衛を見詰める。

「ともかく心猛《たけ》き武者どもをいたわらねばと呼んでみれば、みな、その心がけある者にして、我が家来はおらなんだ」

苦笑いを浮かべた。歴戦の武将ながら、珍しいことに、棘《とげ》、灰汁《あく》のない好人物のようだ。

その心がけ、とは、軍令を違えても武功を上げよう、という心がけだろう。惣大将は軍令が守られ、軍勢が乱れぬことを望む。いっぽうで、戦を動かし、味方に勝利をもたらすのは、その心がけある者であることもまた事実だ。

「若君のご家来か。それはいたし方なし」

左右に座る年輩の家来たちの顔を眺める。

早くから秀吉に仕え、身を起こしたということは、ひとにかしずかれるような生まれではなかったということだ。代々の家来を持たず、武将として戦場に立つために、苦労して家来を取り立てているはずだ。

「ああ、そのほうが我が家来だったらなあ」

あからさまに嘆いて見せる。同格の武将の家来であればまだしも、秀勝の家来たる勘兵衛に引き抜きはかけられない。

勘兵衛は一氏に好意を抱いた。

――こうまでひとのよい武将も珍しい。

一氏も勘兵衛の思いを感じ取ったのかもしれない。

「その顔を憶えたぞ、勘兵衛。今後、我が陣に紛れて武功を狙うことを許す」

「ありがたく存じまする」

このひと言をかけてもらえただけで、今日の働きは骨折り損ではなかった。

陣を去るとき、

「とんだぬか喜びよ」

周囲にかける一氏の声が聞こえていた。

伊勢桑名、長島での戦は、この中村勢と桑名の城方の小競り合いのみで終わった。

亀山城で敵に背を見せる

秀吉は二月十三日、軍勢を西へ転じる。三好秀次の軍勢はこの地に残す。

「なぜ、父上はろくに城を攻めもせず、軍を移すと思うや」

秀勝は分からないことがあれば、すぐに近くにいる家来に問う。それが習い性となるように、自身をしつけているかのようだ。

このとき、勘兵衛より秀勝の近くにいたのは日向だ。

「筑前守様お側の者は、桑名城、長島城を攻めるために矢田山に登ったのではない、と申しておりました。矢田山に登って、滝川左近将監にお顔を見せ、引き続き、城に籠らせておくおつもりであったと拝察いたします」

「城に押し込めておけば、それでよい、とな」

「左様で」

秀勝は萌黄縅の具足を着け、鍬形《くわがた》を前立てとした古風な兜を被り、凛々《りり》しい。

「また、こうも聞きおよびまする。長島城は揖斐川、木曽川《きそがわ》という大河に守られた堅城にてござる。かつては亡き信長公が籠城した一揆勢を攻めて根切りにするも、味方にも数多《あまた》手負い討ち死にを出し、ご一門衆でも討ち死にする方がいたほど」

日向は、みな受け売りだ、という口調で述べる。

――この男は存外食えない奴だ。筑前守の側近というが、誰から聞いたものやら。

勘兵衛は耳をそばだてながら思う。

「かつ、当時、攻め手の付城だった桑名城も今は城方のもの」

日向はそこでことばを切り、勘兵衛に話をふる。

「勘兵衛はその目で見て参ったのだろう」

勘兵衛は歩みを進め、秀勝、日向に並ぶ。

「葦原に囲まれ、城に近づくにも隠れる場所が少のうございます。あれでは、桑名城は落とすにも手間がかかり、桑名城を落とさず揖斐の大河を渡ることはでき申さぬ」

秀勝の顔に微笑みが浮かぶ。

先日の中村勢の持ち場での一件は、すでに伝えてある。

「また、お側の者はこうも申しました。筑前守様が両城を睨めば、左近将監はとうぶん出てくるまい。味方はこの矢田山近辺のみで三万、伊勢一国のうちには六万。敵は両城に二、三千、滝川の分国すべてを合わせても一万には遠くおよばぬ。最初から、筑前守様は滝川をここに押し込めた上で、まず亀山城、峯城を奪うご算段であったのではないか、と」

秀勝は大きくうなずき、引いてこられた馬に跨《またが》った。

「よく分かった。日向、勘兵衛、ゆこう」

「はっ」

勘兵衛もまた己の馬に乗る。

勘兵衛だけではなく、他の近臣たちも、秀勝のこういうところを好もしく感じている。

――大将には、武勇も小知恵もいらぬ。家来をよく頼みにして、命を惜しまず鑓働きをさせ、知恵を絞らせ、最もよき策を用いればよい。

ことばにはしないが、誰もがそう考えていた。

秀勝も言われずとも、家来たちの胸中をよく汲んでいるように思える。

――若君は区々たる知恵を超えた大知略を備えつつある。

主を囲む秀勝家来たちは、明るい将来を感じていた。

秀吉は滝川儀太夫《ぎだゆう》が籠る峯城を攻めていた秀長と軍勢を合わせる。自身は東海道を峯城の南西に進み、亀山城を攻めるかまえを見せた。

もともと、秀吉が軍を発したのは、己の調略に応じた峯城、亀山城を滝川一益が攻め取ったからだ。峯城、亀山城は織田信雄の分国である伊賀の近くにあった。攻め取ることで信雄を脅かしたからでもある。

このふたつの城を奪い返してしまえば、桑名城、長島城に籠る一益は恐れるに足らない。

十六日、秀吉勢の亀山城攻めが始まった。

「いっきに迫れ。揉みに揉んで、跡形もなくしてしまえ。かの地を奪えば、城などいくらでも建て直せる」

秀吉はそう号令した。

ほら貝、陣太鼓が響くなか、秀吉勢の人数は城に押し寄せる。

――備中冠山で見たとはいえ、相変わらず、この軍勢の城攻めは凄《すさ》まじい。

高台の上にある亀山城を目がけ、竹束を掲げて大軍が詰めかける。空堀のなかに植えられた逆茂木《さかもぎ》、乱杭《らんぐい》を引き抜き、城下へなだれ込む。城際に竹束を押し立て、つぶらで固め、討って出る城衆を防ぐために柵を植える。

——今度こそは。

勘兵衛もまた鎧を携え、指物を背負い、先手の陣に向かう。

「おい、当たらず死なせずの勘兵衛様じゃぞ」

「どれどれ。お顔を拝見したいものよ」

矢田山でのできごとで、勘兵衛の名は足軽たちにも、いっそう響き渡った。兜の前立て、胴に描いた鶴の丸に気づき、勘兵衛の姿をひと目見ようと集まる者も多い。

「みな、ご苦労、ご苦労」

照れくさくはあるものの、悪い気はしない。

亀山城は、鈴鹿川《すずかがわ》が地を削ってできた平地を望む、高台を使って築かれている。羽柴勢は平地をいっきに攻め取った。高台に対しては、得意の城攻め普請で迫ろうというかまえだ。

「手を止めてくれるな。続けてくれ」

勘兵衛は、そうも声をかけながら、柵際へ向かう。

城攻め普請となれば、普請道具を手にした足軽や陣夫の独壇場だった。大いに土煙を上げ、いったん作ったつぶらを潰す。深い空堀を掘り直し、堤のような土居を築き、敵が城の外へ向けて植えてあった逆茂木、乱杭を城へ向けて植え直す。

――盛んなものだ。

勘兵衛も、足軽、陣夫たちの堂に入った働きに感心する。だが感心してばかりはいられない。

「おい、そこの抜け駆け武者。いや、手柄盗人《てがらぬすっと》」

急に土居の上から叱りつけられた。

見上げれば、足軽や陣夫を差配する杖突き役の侍が、竹杖の先をこちらに向けている。

「まだ、お前らの出番ではない。とっととねぐらへ帰れ」

ひどい言われようだ。

割り当てられた持ち場を下知通りに普請して、軍令に従って手柄を上げんとする侍にとって、勘兵衛らはたしかに手柄を盗まんとする者だ。

「この城は、まだ生煮えじゃ。うかつに近づくと死ぬぞ」

そう告げて、杖突きは土居の上を歩み去った。

――生煮え。

そのことばに、勘兵衛は戦慄《せんりつ》する。

煮え切ったとき、その城は落ちるのだ。播磨三木城のように、因幡鳥取城のように。

それを待つ勘兵衛ではない。待ってしまえば、武功は遠のく。

勘兵衛が選んだのは、台地から続く小さな谷筋だ。

この城の守りの要は、高台の上にいる敵からは眺望が利き、攻め手からは敵の様子が見えにくい点にある。

――ここからならば、くぼみが続くゆえ、真上の敵以外からは見つかりづらかろう。

ときは薄暮だ。谷のなかは陰になってきた。真上の敵からも谷筋を登ってくる者は見えにくいはずだ。

土居に上がった。

「勘兵衛様、いかれるので」

雑兵たちが囃すように声をかけてくる。もう杖突きの姿は見えない。

「おうよ。見ておれ」

そう発すると、逆茂木のあいだを縫って、土居を駆け降りる。柵を乗り越え、空堀に設けられた細い土橋を渡る。

——あの曲輪に押し入ってやる。

高台から下る勾配のなかほどにある柵を見上げる。

押し入ってしまえば、羽柴勢も見殺しにはできないはずだ。曲輪ひとつを奪えるくらいの人数は差し向けるだろう。

勘兵衛は敵から見とがめられぬよう、くの字、くの字に谷の壁に取りつきながら、急な坂を登っていく。

——油断しておるのか。

曲輪のなかから、身を乗り出して谷筋をのぞき込む敵がいれば危ういと思っていた。

その場合は谷の山肌に身を寄せ、見つからないことを祈りながらやり過ごすほかない。ところが、そういった動きをする者はいないようだ。

じりじりと曲輪の柵に迫り、ついに柵の柱木をつかんだ。

そのとき、曲輪のなかから、どっと笑い声が上がる。

——なんだ。

奇妙に感じたのと、身をせり上げるべく、体の重みを預けた柱木が、柵ごと勘兵衛のほうに倒れてくるのは同時だった。

柵に仕かけてあったのか、激しく鈴が鳴っている。

「敵だ」

「引っかかりおった馬鹿な奴め」

「偽柵を摑んだ敵がいるぞ」

——偽だと。

勘兵衛は根元から倒れてきた柵といっしょに、谷底へ落ちた。

谷底もまた勾配のきつい坂になっているので、強く体を打ちつけたのち、そのまま谷底を滑り降りる。

「どこだ。どこへ落ちた」

「鉄砲を食らわせてやれ」

まだ握り締めていた柵を放す。脇腹に触れた切り株にしがみつく。

ずっと下まで滑っていった柵に向けて、鉄砲が放たれた。

——はめられた。

柵に手を伸ばしたとき、勘兵衛がつかんだ柵の奥に、まだ柵があるのが見えた。

柵を二重、三重に作りつけておき、一番外側の柵はごく浅く、形ばかりに植えてあったに違いない。ぶら下がれば抜けて、鈴が鳴る仕かけとなっていたのだろう。

勘兵衛のように武功にはやる者や、夜闇に乗じて忍び込まんとする敵を防ぐための罠《わな》だ。

「討ち取ったか」

「分からぬ。暗くて見えぬ」

安堵した。

左腕を切り株に回し、右脇に鎧をかき抱く姿は敵からは見えていないようだ。

「よし。見えぬときはあれだ」

「念を入れて潰しておこう」

嫌な予感がした。

敵はすぐ、両腕でようやく抱えられるほどの丸太を柵際にかかげた。

もはや、息をひそめていても仕方ない。逃げるにしかずだ。

「そーれっ」

勘兵衛が切り株を突き放し、谷底の下り坂を駆け出すと同時に、丸太が谷底に落ちた響きが草鞋裏に伝わる。

――あんな物に押し潰されては、虫けら同然。

重い轟きを上げながら、丸太が転がり、追ってくる。

「おったぞ。鉄砲、放て」

くの字に走って矢玉をさけるゆとりはない。

――当たらぬ。

そう信じて、真一文字に味方の陣へ駆けるばかりだ。

ぐわらぐわら、と気味の悪い音を上げながら丸太が転がり、しつこく追ってくる。

――ふり返らずとも分かる。ふり返ってはならぬ。

蹴つまずいても、追いつかれる。

生まれてこの方、今ほど懸命に駆けた憶えがないように思った。

羽柴方の空堀が目に入る。土橋を探してはいられない。

「南無三」

堀際で踏み切って、力の限り飛び跳ねた。

浮き上がった宙で、なおも跳ね上がった丸太がすぐ後ろに迫ってくる。勘兵衛の背中にふれる、二、三寸ほど手前で、丸太がその重みに引かれ、空堀に落ちゆくのを感じた。

丸太は掘り返したばかりの柔らかい堀底に落ち、鈍く重い音と盛大な土煙が上がる。

一瞬ののち、勘兵衛の体は宙づりになったかのように止まった。土居に植えてあった逆茂木に引っかかったのだ。

「生煮えじゃと申したであろうが」

頭の上から、先ほどの杖突きの怒声が降ってくる。

返すことばは、ない。

「何も、ひと月待てとは申しておらぬ。二、三日待てば、あの曲輪の真下まで仕寄は進む。我らにはできるのだ。丸太など抱えて柵際に近寄らば、鉄砲玉を浴びせてやれる」

どうやら、始めから見られていたようだ。

襟と両袖に逆茂木の枝が絡みついている。身動きが取れない。間抜けな格好のまま、杖突きの普請への矜持《きょうじ》に妙に感心していた。穴を掘ってでも隠れたい気分もある。

「まことに、噂に違《たが》わず、気忙しきご仁かな。渡辺勘兵衛殿」

顔が火を噴き出さんばかりに赤くなるのを感じる。

「勘兵衛殿をお助け申し上げろ」

杖突きは陣夫たちに命じ、ふたたび立ち去った。

できることならば、このまま放り出されたとしても、しばし、みなに立ち去って欲しかった。

陣夫五、六人がかりで、勘兵衛は逆茂木の林から助け出された。

「驚きやした」

陣夫のひとりが声をかけてくる。

「何がだ」

珍しく、勘兵衛は不機嫌に吐き捨てた。

陣夫は勘兵衛の気分などおかまいなしに感嘆している。

「本当に当たらねえんですね。鉄砲玉」

「それだけが取り柄だ」

鎧を担ぎ直し、いくらか胸を張る。

杖突きが述べた通り、二日もすると羽柴勢の仕寄はさらに城へ迫り、敵を締め上げる。寄せ手の士卒は、仕寄から城方に鉄砲玉を浴びせ、火矢を放ち、投げ松明を使って城内の建物を焼き払った。

秀吉本陣の正面は小川を挟み、断崖となっている。秀吉はここに玄のう、たがね、つるはしを持った金掘り人足三百人を投じた。

「次から次へと、よく知恵が湧くものだ」

勘兵衛は鐺に寄りかかって感嘆する。

ここから掘り進んで、門やら櫓やらを土台から崩すつもりだろう。仮に上手《うま》くいかなくとも、城衆は玄のうでたがねを叩く音を聞く。秀吉がやろうとしていることに気づくはずだ。

「足元が気になって仕方があるまい」

勘兵衛も寄せ手の先頭に立ち、何度も城に乗り込んだ。

しかし、城方は激しく抗《あらが》い、後詰めが続かず、城は落ちない。落とせねば、真っ先に塀を越えようと一番乗りとは賞されない。

――それでも、この勢いで寄せ続ければ、亀山城も長くは持つまい。北国の雪がとけるまでに、柴田修理は味方を失う。

北国の雪がとけ始めるのは早くて三月の終わり、四月に入るころだという。亀山城が持ち堪《こた》えるとしても、十日かそこらであるに違いない。亀山城が落ちれば、峯城も長くは持たない。

秀吉は背後を気にすることなく、勝家と雌雄を決するだろう。

忍びを動かす

勘兵衛の見通しは外れた。

亀山城は十日経ってもまだ落ちず、羽柴勢は手詰まり気味だ。

「筑前守様は城攻めの達人と聞きおよびまする。達人ともなると、ずいぶんと悠長な攻め方をなさるものでございますな」

勘兵衛は秀吉の本陣の隣に設けられた秀勝の陣にいる。

たまたま居合わせた浅野日向をつかまえて皮肉を言う。

秀吉は金掘り人足を急かしているらしい。勘兵衛にとっては迂遠《うえん》な策だ。全軍を投じて惣乗りをかけるほうがいい。秀吉は、まだ惣乗りを命じたことはない。

「政略あっての戦じゃ。筑前守様もいろいろお考えなのであろう」

日向は、陣中でも変わらず、毒にも薬にもならなそうな顔をしている。

毎日、飽きも見せず、城周りの普請場に出す人足の数は揃っているか、兵糧はどのくらい減り、どのくらい残り、いつ、次の荷駄が何石の兵糧を運んでくるか、などをたしかめていた。

手負いや病を得た者がいる、と聞けば、老功の者に見せ、陣中で休ませれば治りそうかどうか問うた。難しいとなれば、領国に送り返す手配をした。送り返した者が十人を超えたならば、新たな人数を呼び寄せるよう命じていた。

「今日は三介様がお出《い》でになる。話にはつき合ってやれぬぞ」

素っ気なく言い放ち、日向はその場を離れた。

秀勝の供として、織田信雄の軍勢を迎えるべく、秀吉の陣に向かうのだろう。

羽柴勢が亀山城に攻めかかってから、十二日が経っていた。城将佐治新介《さじしんすけ》の奮闘、城衆の勇戦が光る。

――政略か。

地べたに唾を吐きたい気分だ。

考えてみるに、秀吉が惣乗りをかけぬわけは三つある。

まず、危うきにある亀山城の様子を柴田勝家に知らせ、焦らすことだ。滝川一益は、一日も早く、秀吉の分国に攻め入って、北伊勢にかかる羽柴勢の重しを取りのけてくれるよう、勝家に催促しているはずだ。

ふたつ目には、天下に勝家の無力を喧伝《けんでん》すること。いくら催促されようと、北国の雪がゆるむまで、勝家には身動きもとれようはずがない。勝家にとって大切な味方である一益すら、救うことができない。これ以上、勝家に与しようという者は出てこないに違いない。

三つ目は、人死にが多く出る城乗りを信雄に押しつけ、手勢が損ずることを防ぎ、信雄の武名を高める意図もあるだろう。そもそも信雄は競い合う兄弟である信孝とくらべ、武辺も機略も劣っていると見られていた。

秀吉は山崎合戦にのぞみ、信孝を誘ったが、信雄は誘わなかった。戦う気があるかどうか、疑われたという噂もある。

この度の北伊勢での戦でも、分国を脅かされたのは信雄であって秀吉ではない。しかしながら信雄は安土にあって三法師を後見する役目もあり、一益との戦は、まず秀吉に任せた。羽柴勢が北伊勢に攻め入ってから半月、ようやくみずから兵を率いて、北伊勢に至った。

この日、二月二十八日。早くとも、柴田勢はあと二十日ほど身動きが取れぬはずだ。

夕刻、秀吉の本陣では信雄に対する饗応《きようおう》の宴《うたげ》が開かれた。

——ご着陣めでたし、ということか。

勘兵衛は鼻で笑う。

士卒にも酒のふる舞いがあった。押さえつけられ、空堀、土居、柵、物見櫓に封じられた城衆に、突囲の気配はない。防ぐのがやっとだろう。遅かれ早かれ降参してくるに違いないという気分が、陣中にただよっている。

手持無沙汰だ。勘兵衛は鐺も指物も小者に預け、陣内を歩き回る。

あちこちで配られた酒を瓢《ひさご》、あるいは椀に満たし、足軽や小者たちが腰を下ろしている。

勘兵衛は酒が飲めない。ごく親しい者にしか、それを明かしていない。酒席、酒宴では、持参した竹筒からかわらけに注いだ物のみを飲んで過ごす。水だ。どういう理屈か知らぬが、酒に強い輩は飲まぬ者、飲めぬ者を嘲《あざけ》るむきがあると思っている。その嘲りを避けるためだ。

「備中高松の陣から山崎の合戦まではきつかった。あれにくらべれば楽な戦じゃな」

「おぬしはあれが奉公の始めだったから知らぬのであろうが、おん大将は長陣となれば、時々、こういったおふる舞いをなさるのだぞ」

「そうなのか。ならば、もっと早くからご奉公仕ればよかった」

酒が口を軽くしている。足軽たちの話し声が聞こえる。

勘兵衛は盛り上がっている者たちを見つけると、酔ったふりをして声をかけ、輪に入っていく。ひと口、酒を飲めば、それだけで頭が痛くなるものの、楽しげにしている雑兵たちに混ざると、自身も酔ったような気分になれる。

「三七殿もお慎みになられ、こうして滝川も押し込められた。残る敵は北国の熊だけか」

「その熊の尻に噛みつくよう、おん大将は越後の長尾を急き立てておられるというぞ」

「では四面に味方なしの熊は降参してくるほかないではないか」

足軽、小者の噂話というのは馬鹿にはできない。秀吉が越後の長尾景勝《かげかつ》に誼を通じ、柴田勝家との戦で、秀吉に呼応するよう呼びかけたのは本当のことだ。そのような大事を足軽にふれるはずもないが、こうしてすでに足軽たちは知っている。

足軽たちは矢玉を潜り、城の塀をよじ登り、体を張って、命を賭けて奉公している。命を賭けているだけあって、天下の動向には敏《さと》い。一度、二度敗れるくらいならばよいが、いよいよ主家が滅びるとなれば、敵にも味方にも捕まらず逃げねばならない。それがこの乱世を生き、妻子を養う足軽の渡世というものだ。

騒ぎにくたびれ、勘兵衛は立木に背を預けて、ひとり座り込む。顔を上げれば、亀山城が見える。篝火が盛んに焚かれている。

――あそこが本丸かな。

もはや敵が握っているのは、本丸を含め、二、三の曲輪だけだ。落とせてはいないとはいえ、城は半ば、羽柴勢の手のうちにある。

懐から干し柿を取り出し、ちぎって口に入れる。甘い。

長陣ともなれば、商人が陣中に入り込み、様々な物を売る。小者を遣わして、干し柿を買ってこさせた。

――コンフェイトの甘さには遠くおよばぬがな。

コンフェイトはもう尽きてしまった。京ですら売っているのを見たことがない。南蛮人が多く訪れるという和泉の堺にでもいけば、売っているかもしれない。もっとも、売っていたにしても、勘兵衛が気軽に手を出せる値段ではあるまい。

――酒を飲まぬ者もいる。今後のふる舞いでは甘い物も配るべし、と言上しようか。

甘い物好きの勘兵衛にとっては、干し柿、かち栗、麦こがしのほうが、酒などより、よほどありがたい。

干し柿の甘みのせいか、ふと妻のことを思う。

妻は甘い物好きな上に、酒もたしなんだ。祝いごとの席などでは、水ばかり飲んでいる勘兵衛の隣で、楽しそうに杯を重ねていた。

——飲めるほうが得なのか。

少しだけうらやましくもある。

「まことか」

「聞きかじりだと言うておろうが」

潜めた声が聞こえてくる。

酒というのは、よくよく唇を滑らかにするものらしい。

「その聞きかじりをもう一度聞かせてくれ」

「おぬしの酒はからみ酒だのう。いいか、他の者には言うなよ」

噂というのは、こうして広まっていくようだ。

「北国衆は、滝川が攻め滅ぼされては天下をひっくり返すことはできぬ、と。出陣の支度を整え、椽ノ木峠の雪をかいておるらしい」

「まことか」

「だから、聞きかじりだと重ね重ね言うておろうが」

勘兵衛は音を立てぬように立ち上がる。己の陣屋に引き揚げた。

――あり得ることか。

いい加減な噂に過ぎぬ、と分かっていても、胸が騒ぐ。

羽柴勢は北伊勢に深入りしている。人数と勢いで滝川勢を圧倒しているものの、まだ滝川方の城をひとつも奪っていない。万が一、噂のように、柴田勢が近江に攻め入ってくるならば、秀吉と羽柴勢は北へ向かうことになる。

すでに攻めかかっている亀山城、峯城を落とせぬまま放り出せば、秀吉は北伊勢で負けたと天下に喧伝されるだろう。両城に人数を置き残さねばならない。また、秀吉がいないとなれば、一益が城を出て、両城を攻めている軍勢の背後を脅かす恐れが出てくる。長島城、桑名城にも押さえの人数を残すことになるはずだ。

――近江へ連れていける人数は、北伊勢に連れてきた人数の半分。三万ほどになるのではないか。

勘兵衛は陣屋にたどり着くと、健脚の小者を選び、呼んだ。

「夜が明けしだい、草津に走って欲しい」

「かしこまりました」

「町の東の外れにある、甚太郎《じんたろう》なる者が営む宿屋を探してくれ。そこに壮吉が泊まっている」

「壮吉のおやじが」

陣中に壮吉からの書状が届いた。

丹波亀山での屋敷の仕事が落ち着いたので、草津に出てきたという。

――忍びを務める気になったか。

こんなことは初めてだ。

「うむ。屋敷で使う品を求めにきたようだ」

「京ではなく、わざわざ草津へ」

この小者も古参で、勘兵衛に仕えてきた者だ。壮吉が忍びであったらしいことは知らない。

「まあ、年輩の者の自儘《じまま》は大目に見ようではないか」

勘兵衛は嘘をつくのが下手だ。

もともと、勘兵衛の妻は阿閉貞征の娘であり、主筋に当たる。勘兵衛が妻にも、妻が連れてきた小者たちにも慇懃に接することは、渡辺家に仕える者はみな、知っている。

「して、なんと伝えましょうや。文《ふみ》でございますか。壮吉のおやじは字が読めるんでしょうか」

壮吉の書状は、勘兵衛など到底およばないような達筆で綴られていた。

壮吉はそのような能すら、同輩たちには隠しているのだろう。

――忍びらしい。

思わず、笑みがこぼれてしまう。

「これを渡してくれればいい。壮吉は、それで分かるはずだ」

ひねり紙で包んだ玉を小者の掌にのせる。

「これを」

「そうだ。これを届けてくれさえすればいい。荷物にもならぬだろう」

「承知いたしました」

「あとは、そうだな」

「壮吉、よろしく頼んだ」

勘兵衛は目の前に壮吉がいるかのごとく、深々と頭を垂れる。

頭を上げる。

「と、だけ」

小者は下がった。

明日に備え、さっそく寝ることにしたようだ。

紙に包んだのは、かつて信長から下賜された銀だ。兜の前立てなどにいくらか使ってしまったものの、まだほとんどが残っている。

かつて、壮吉にも見せたことがある。壮吉はそれが銀であることをひと目で見抜いた。銀が貴重な物だということも知っていた。

山本山の屋敷を立ちのく際、壮吉は鎧兜だけではなく、革袋に詰まった銀も持ち出していた。

勘兵衛は壮吉から返された銀の粒を数えてみた。ひとつとして減ってはいなかった。

その壮吉にひとつを与える。

――あとは壮吉が、壮吉自身で探るべきことを考えてくれればいい。

寝転んだ。すぐに寝入ってしまいそうだ。

己のような武辺一点張りの男が忍びなど使いこなせるはずがない、と思っている。

――務めの重さは伝わるだろう。あとは壮吉に預けるべし。

目を閉じると、勘兵衛は眠りに落ちた。

三月三日は吉報と凶報が相次いで舞い込む日となった。

亀山城の城将佐治新介が開城を受け入れた。

前日、羽柴勢は一益が新介に送った密使を捕えた。密使は、

——新介と亀山の城衆の忠義は見事で、言い尽くせないほどだ。さりながら、亀山城に後詰めを送る算段は整わない。無念だ。もはや、城を筑前守に明け渡し、長島城に移ってくるように。

と、書かれた書状を持っていた。

秀吉は城に軍使を送り、書状を新介に渡した。そのうえで、

——秀吉は新介になんの遺恨も抱いていない。一益が秀吉の敵となり、秀吉の味方であった城主を追い払ったので、亀山城を攻めたまでである。新介が城を明け渡し、長島城に引き取るならば、危害をくわえないと誓う。

と、申し入れた。

新介は秀吉の申し入れを呑んだ。

亀山の城衆が長島へ向けて去り、羽柴勢にくわわっていたもとの城主が亀山城に入るや否や、凶報がもたらされる。

去る二月二十八日、柴田方の前田又左衛門利家と、その息子、孫四郎利長《まごしろうとしなが》が越前衆を率いて、越前府中《ふちゅう》城を発した、という。長浜城の留守居が早馬を仕立てたのは三月一日。すでに長浜の北、柳ヶ瀬近辺に越前衆とおぼしき軍兵があらわれた、ともあったらしい。

――北国は雪でとざされているはずではないのか。

柴田勝家は、羽柴方が予期していたよりも、ずっと早くに動いた。

虚をつかれたと言ってもよい。

秀吉はすぐさま変に応じる。

信雄に大和の筒井順慶、近江日野《おうみひの》の蒲生忠三郎氏郷《がもうちゅうさぶろううじさと》らをつけ、峯城攻めを委ねる。自身は秀長、秀勝を従え、桑名、長島近辺に進んだ。桑名・長島両城の押さえはすでに三好秀次が担っている。この地で軍勢をふたつに分ける。

秀吉自身は旗本衆を率い、美濃大垣城へ向かう。西美濃諸将を集め、岐阜の三七信孝を厳しく見張るよう命じ、手配りを定める。そこから転じ、近江佐和山城に十一日に入る。佐和山城で柴田勢の様子をうかがい、十二日に長浜城に進む。

秀長、秀勝ら羽柴勢のほとんどは、きた道を戻って近江に入り、そのまま長浜城へ向かう。長浜城で秀吉を待つこととなった。

九日朝、ふたつの軍勢が進発した。

忍びは譲らず

藤堂高虎は馬を進めながら、勘兵衛が差し出した書付を読んだ。

「ほう」

「与右衛門殿、危なくはないか」

「心配するな。わしは慣れておる。馬も慣れておる。行列を乱すことはない」

書付は今朝、軍勢が発つ直前に、壮吉がひとに託し、送ってきたものだ。

書付をもたらした旅人は、ふらりとあらわれ、勘兵衛に書付を渡すと煙のように消えた。

——あれも、忍びの者かな。

会ったこともないのに、勘兵衛の顔を知っているようだった。

「おぬしは忍びでも飼っておるのか」

高虎のことばに胸が大きく鳴った。

もう読み終えたらしく、書付を返してくる。受け取る手が思わず震えた。

「まあ、いい。役に立つ知らせだ」

壮吉によれば、前田利家・利長父子が越前府中城を進発したのに続き、柴田勝家の甥、佐久間玄蕃盛政《さくまげんばもりまさ》が加賀衆を率いて、柴田勝家の居城、越前北庄城に至り、すぐ進発したという。

「天神山《てんじんやま》の兵を退かせたか。石田佐吉辺りの献策かな」

高虎はあごにこぶしを当てて呟く。

佐吉は勘兵衛、高虎と同じく、北近江の生まれだ。柳ヶ瀬近辺の地誌には詳しいはずだ。

天神山は長浜城の遥か北、余呉《よご》の海（余呉湖）の北岸、近江から越前に通じる北国街道が国境で、越前府中に向かう峠道と同国敦賀に向かう峠道に枝分かれする辺りにある。柳ヶ瀬と呼ばれる地だ。

北国への見張りの砦が置いてあった。秀吉は長浜城の留守居に命じ、砦を捨てさせ、兵を南に下げたようだ。

「どんな小さな勝ちも、勝ちは勝ち。天神山の砦を奪われれば、敵に勢いがつく。筑前守様はそれを避けたのだろう」

「その通りだ」

考えごとをしながらも、高虎は勘兵衛のことばにうなずく。勘兵衛は百人扶持の分際で、

「早くも、昨日の敵の動きが分かったのは大きい。

いい忍びを飼っている」

高虎はひやかすように笑う。

大将や備頭ならともかく、平侍、それも徒士で忍びを雇っている者など、勘兵衛を除けばいないはずだ。忍びから得た知らせで戦立てを考えるのは、大将、備頭の役目だからだ。平侍に忍びなど、宝の持ち腐れというものだ。

「国境の山峡《やまかい》の南、木ノ本《きのもと》に進んだ敵は近辺に火を放ち、さらに南へ。ふた手に分かれ、京街道を佐久間玄蕃が進み、速水村《はやみむら》まで、美濃街道を柴田三左衛門《さんざえもん》が駆け、春照宿《すいじょう》まで焼き働きをした。目に浮かぶようだ」

壮吉の書付の一節をそらんじてみせる。

柴田三左衛門は玄蕃の次弟で、勝家の養子となっている。

すべて、昨八日の出来事であるらしい。

「よくぞ、わしに教えてくれた。礼を申す。すぐさま小一郎様に言上してくる。小一郎様から筑前守様へも伝わるであろう。もちろん、勘兵衛からの知らせであることを申し上げる」

そう言い放つや否や、高虎は馬の首を翻し、行列の後方にいる秀長のもとへ向かう。

すれ違いざまささやいた。

「この忍び、わしに譲らぬか」

冗談を言っているわけではないらしい。

「儂に仕えておるわけではないからな。戦が終わったら、主にたずねてみてもよいが。おそらく、断られるだろうな」

壮吉は、あくまで勘兵衛の妻が連れてきた小者だ。妻の許しも得ず、他人に譲ることはできない。

高虎はわずかに不審そうな顔をした。すぐ面を引き締め、述べる。

「柴田は道の雪をかき分けて出てきたのだろう。容易ならぬ。手強いぞ」

いつになく、厳しい顔つきだった。

壮吉の書付にも、一刻も早く大将に伝えて欲しい、とあった。

鑓をふるうのが役目の勘兵衛にも、急がねばならぬことは分かった。秀吉が遠くまで進んでからでは遅い。

それゆえ、秀長とじかに話ができる高虎のもとにやってきたのだ。秀長も高虎を通じて話を聞けば、ことが差し迫っていると気づくに違いない。
——申しわけなし。
主、秀勝を飛ばしたことを後ろめたく思う。
——手柄を上げて申し開きいたすべし。
勘兵衛の考えは、結局、そこに落ち着く。
これから待ち受ける戦いは、生涯二度目の天下分け目の戦だ。
——ここで手柄を上げざれば、侍として生きるかいなし。

柳ヶ瀬の陣

勘兵衛、木ノ本に着陣す

「日向《ひゅうが》はどう考えるか」

柳ヶ瀬《やながせ》表の陣に入ってから、羽柴秀勝《はしばひでかつ》は何かと渡辺勘兵衛《わたなべかんべえ》の見解をたずねるようになった。浅野日向《あさのひゅうが》は当地生まれの勘兵衛を、浅井喜八郎《あざいきはちろう》も数多《あまた》の戦場《いくさば》の土を踏んできた先達《せんだつ》としての勘兵衛を頼りにするようになった。

ただし、まず家老たる日向の考えを問うのは、大将としての気づかいだろう。

「まさか、柴田《しばた》がこのような戦に持ち込む気だったとは思いもいたしませんでした」

「父上も意外の感を抱かれたようじゃ」

三月十二日、長浜城《ながはま》に秀吉《ひでよし》を迎えた羽柴勢は、同日、先手から順に江越《ごうえつ》国境の山峡に進んだ。柴田勢は八日に北近江《きたおうみ》各所を焼きたてたのちは、山峡に籠ったまま、野には出てこない。

まず、山峡のすぐ南にある木ノ本を取り返す。柴田勢は木ノ本に守りの人数を置いていなかった。

羽柴秀長《ひでなが》が発した物見《ものみ》が見て取ったのは、余呉《よご》の海の北側、東の眼下に北国《ほっこく》街道を睨《にら》む峰々に砦《とりで》を築きつつある柴田勢の姿だった。物見から子細を聞き取り、秀長は長浜城に留まっている秀吉に急報した。

近江の淡海《うみ》東岸の野に討って出ようというのではなく、それはまるで越前《えちぜん》に攻め入ろうとする羽柴勢を山峡で迎え討つかのような戦がまえだった。

「砦に籠ることで人数の不足をおぎない、また決着まで時のかかる戦を選んで我らを我慢くらべに引き込むことが、まずひとつ。さらに当地に羽柴方を釘《くぎ》づけすることにより、北伊勢《きたいせ》の滝川《たきがわ》にひと息つかせ、美濃《みの》の三七《さんしち》殿の決起を待つ気でありましょう」

日向は見立てを述べる。

秀吉も秀長も、まずは同じように考えているだろう。

秀吉は、すぐには木ノ本へやってこなかった。

秀長は秀吉の指図を受けて、秀勝を木ノ本に残し、自身は木ノ本の北にある田《た》上山《がみやま》に登り、砦を築き始める。秀吉が越前に入れてある間者《かんじゃ》からの知らせによれば、勝家《かついえ》は十二日に国境を越え、柳ヶ瀬北方の内中尾山《うちなかおやま》の陣城《じんしろ》に入ったという。

「内中尾山の陣城は、たいそう堅固なものであるようじゃ。それに、いくらこちらより取りかかるのが早かったといっても、柴田方の普請《ふしん》の進みがあまりにも急なのは、何ゆえと考えるか」

日向にうながされ、勘兵衛が口を挟む。詳しくは、近江者である勘兵衛の出番だ。

秀勝がいぶかしく思うのも、もっともだった。

柴田方の砦は瞬く間にでき上がり、その砦から見おろされるようにして、羽柴方はのろのろと砦普請をおこなっている。峻険《しゅんけん》な山、尾根筋の普請は容易ではない。

「若君もご存じのように、北近江小谷《おだに》の浅井備前守《びぜんのかみ》は越前の朝倉《あさくら》に後詰《ごづ》めを頼み、織田《おだ》勢と戦い申した。たびたび越前から北近江に赴く朝倉勢が使うため、国境には多く砦、陣城が築かれたと聞きおよびまする。柴田方はその跡を調べ上げ、直して使っているのだと思われまする」

勝家は動き出してから、このような戦を思いついたわけではあるまい。これは周到に練られた軍略であるに違いない。

秀吉が木ノ本に入ったのは十五日になってからだ。まず田上山、さらに北国街道を横切り、西の賤《しず》ヶ岳《がたけ》に登って、柴田勢の布陣を眺めた。

秀吉は敵陣を眺めながら、竹杖《たけづえ》を差し上げる。北国街道の東では、田上山より北にひとつ、砦を増やすよう命ずる。さらに空堀、土居、柵で北国街道を断ち切るように申しつけ、この柵を守るため、近くの村に兵を進めさせた。

街道東の砦、街道上の柵と繋《つな》がるように、余呉の海北岸の峰々にふたつ、砦を築くよう下知《げじ》する。街道の西に、北岸の砦とあわせ二重の守りを固めるべく、賤ヶ岳と連なる尾根に三つ、砦を取り立てるよう命じた。尾根は余呉の海の南から東へ回り込んで延びていた。

――急げ。材木やら、鋤《すき》、鍬《くわ》、もっこなどの道具はすぐさま長浜城から送らせる。

柳ヶ瀬表での戦は、近江の淡海の北岸、余呉の海を取り巻く峰々、尾根筋に両軍が砦を築いて睨み合う戦となることが決まった。

「長い戦になるかな」

秀勝は木ノ本の陣から、槌音《つちおと》が降ってくる尾根を見上げて呟《つぶや》く。

「長くはなり申しましょうが、こちらは四方八方に気を配らねばならぬ戦。退屈はいたしますまい」

勘兵衛は鑓《やり》を左手に持ち替え、右腕をぐるぐると回しながら答える。

「退屈せぬか。勘兵衛らしい」

くすくすと秀勝は笑う。

秀吉は木ノ本にも田上山にも留《とど》まらず、すぐに長浜城に引き返す。北伊勢の戦を指図し、岐阜《ぎふ》の織田信孝《のぶたか》の動向を探り、京の平穏を保たねばならなかった。また、備中《びっちゅう》で続いている毛利《もうり》との国分けの談判にも目配りが欠かせない。

毛利との談判は、羽柴家にそのひとあり、とうたわれる蜂須賀小六《はちすかころく》が当たっている。しかし、国分けには秀吉の決裁を仰がねばならぬ事柄も多い。柳ヶ瀬表での普請が済みしだい、黒田官兵衛《くろだかんべえ》も備中へ赴くこととなった。

秀勝は木ノ本の本陣で、秀長が田上山の砦で、秀吉の留守を預かることが多くなるだろう。

高虎に学ぶ

秀吉が長浜城に引き返すが早いか、余呉の海を囲む山々は土煙に包まれた。木ノ本の本陣に控える勘兵衛も、息をする度に口のなかがざらつくのを感じるほどだった。

北国街道沿いの木ノ本の町でも普請はおこなわれたが、周りに堀を穿《うが》ち、それによって出た土を土居として積み、柵を植える程度だ。土居の外に建つ家の住人には、土居のうちに移るか、立ちのくように申しつける。空いた家、あるいは力ずくで空けた家を取り壊し、まだ使えそうな柱や板は土居のなかに運ぶ。残りはその場で焼く。

土居の外に家を残しておけば、敵の物見が忍び込むこともあり、木ノ本に敵勢が迫った場合、仕寄《しより》に使われる恐れもあるからだ。

草津《くさつ》にいた壮吉《そうきち》は、銀ひと粒分の働きはした、と考えたものか、丹波亀山《たんばかめやま》に帰っていった。

勘兵衛は手が空くと田上山へ通うようになった。田上山は北国街道の東側、木ノ本地蔵院《じぞういん》に置かれた羽柴勢本陣のすぐ北、近くにある。通うには都合がよかった。

藤堂高虎《とうどうたかとら》と会うためだ。

──与右衛門《よえもん》殿はよき先達。近くにおるあいだに真似《まね》るべし、学ぶべし。流離《りゅうり》流転《るてん》は乱世のつね、寸暇も惜しむべし。

何かある度に秀勝に存念をたずねられ、日向、喜八郎からも戦場を知悉《ちしつ》する者として頼りにされている。いささか買いかぶりが過ぎるのでは、と困惑もしている。それは嬉《うれ》しさも混じった困惑だ。

──頼られれば応えるのが武士じゃ。

羽柴家中にいると、しばしば高虎の噂《うわさ》が聞こえてくる。

喧嘩《けんか》を起こしては退転を繰り返していたころと打って変わって、高虎は猛気を収め、実直に務めに励んでいるようだった。

──小一郎《こいちろう》様がふたりおられるようじゃ。与右衛門殿が、よし、と言えば、あとで小一郎様にうかがっても、よし。否、と言えば、小一郎様も、否、じゃ。小一郎様がお留守の場合は、与右衛門殿に指図を仰げばよい。万事、滞りなしじゃ。

高虎と秀長はよほど気が合うのか、高虎が、誤りなく秀長の意中を斟酌《しんしゃく》するのか。そのように話す者もいた。

いずれにせよ、高虎は秀長をよく支え、秀長も高虎をよく用いているようだ。六歳年長で昔なじみの高虎には勘兵衛もものをたずねやすい。それで、田上山通いとなった。

貸しもある。おそらく、高虎は先日言上した知らせが勘兵衛を通じて、壮吉からもたらされたものであることを秀長に告げていない。己の手柄としたのかもしれない。壮吉は書付に名など書かなかったから、高虎も壮吉という名は知らない。

勘兵衛にとっては、高虎が己の手柄にしていようとかまわない。羽柴勢が戦に勝つために壮吉の文《ふみ》を見せて、その知らせを秀吉に上げようとしたまでだ。自身の手柄は、自身の鑓をもって、戦場から持ち帰る。

「今日は相手をしてやれぬ。出直してくれ」

柴田勢が北国街道を下ってきた際、木ノ本へ入れぬための最後の砦となるのが田上山だ。木ノ本とは違い、山そのものを砦に取り立てるために大きな普請が施されつつあった。砦普請と呼ぶより、城普請と呼ぶほうがふさわしい。

「これは粗忽《そこつ》でござった。出直し申す」

普請が始まって最初の何日かは、高虎も忙しいらしく、勘兵衛に取り合わなかった。勘兵衛は機嫌を損ねることもなく、そのまま木ノ本に戻る。

勘兵衛が見るところ、高虎は普請の縄張りにくわわっているようだ。羽柴勢は西国での戦いで何度も大きな普請をこなしてきた。築いた陣城、付城《つけじろ》、砦は数え切れぬほどだ。縄張りに熟達した侍も多い。

高虎も縄張りの一部を任され、さらに己より上手《うま》い者の縄張りの様子を見て、学んでいるように思われる。

——与右衛門殿が多くを学べば、儂《わし》も与右衛門殿から学べることが増える。

そう考えている。隣り合う木ノ本と田上山を往来するくらいは、全く苦にならない。

木ノ本の陣に戻る途中、意外な者どもに声をかけられることもあった。

「あの、当たらず死なせずの勘兵衛様ではございますまいか」

「いかにも、儂が渡辺勘兵衛じゃ」

最近は慣れてきて、照れを感じなくなった。開き直っている。声をかけられれば、素直に応じる。相手が喜ぶ顔を見れば、勘兵衛も嬉しい。

目の前に立っているのは、見憶《みおぼ》えのある足軽三人組だ。

「おい、やっぱり人違いじゃねえのか。勘兵衛様にお会いできたのは嬉しいが、人違いで怒らせちまったら怖いぞ」

「いや、人違いじゃあないと思うんだが」

「勘兵衛様、わしらの顔を眺め渡して、何かお気づきになりませんか」

背丈は高い、並み、低い。三人組の足軽が口々に喋《しゃべ》る。

「いつぞや、京で名と宿をたずねられたな」

勘兵衛は破顔する。

百姓に身をやつして、京へ信長《のぶなが》の葬儀を見物しに行ったとき、この三人組に往来で誰何《すいか》された。

——生きておったか。

思い出してみれば、たしかに秀長の麾下《きか》と述べていた。

「おいおいおい、当たらず死なせずの勘兵衛様が、わしらの顔を憶えていて下さった」

「なあなあ、人違いじゃなかったろう。わしの言った通りだろう」

「勘兵衛様、勘兵衛様、勘兵衛様」

感激と昂《たかぶ》りに喚《わめ》く三人を見て、勘兵衛は思わず吹き出した。

「あのときは嘘《うそ》を述べて悪かった」

「とんでもない。ご事情がおありだったのでございましょう」

そのとき、ばさばさと音を立て、蝙蝠《こうもり》が一匹、勘兵衛の横を飛び去った。ときは夕暮れ、切り開きかけた山のなかゆえ、珍しくはない。

「あれ、勘兵衛様」

背の高い足軽が、のんびりとした声を発する。

勘兵衛は頭を抱えてうずくまり、震えていた。

「どこか痛いんでございましょうか」

並みの背の足軽の声だ。

「もう、いなくなったか」

大きな声を発すれば、蝙蝠が戻ってくるとでも言うかのように、勘兵衛は呟く。

「何が、でございますか」

心配そうに背の低い足軽が問う。

——飛び去ったか。

勘兵衛は恐る恐る起き上がる。

「いいか、今見たことは忘れよ。他言は固く無用」

「へえ」

三人が声を揃《そろ》える。

一体、勘兵衛が何を言っているのかすら、分からぬ様子だ。

「おっと、早く頭のところへ行かないと。呼ばれてたんだった。叱られる」

「でもよかった。勘兵衛様とお会いできて。ご武運をお祈りいたします」

「わしらは勘兵衛様と顔見知りだ。鼻が高い。組の奴《やつ》らに自慢してやります」

にぎやかに去っていく。

三人が見えなくなると、勘兵衛は足早に田上山を下る。

――また、飛んでくるかもしれぬ。

どういうわけか、幼いころから蝙蝠が大の苦手だ。飛び交う蝙蝠が薄気味悪くて仕方ない。

それでも、田上山には通わなくてはならない。

田上山の木々が切り倒され、盛大に土煙が巻き上がるようになると、縄張りを終えた高虎にもいくらかゆとりができた。

高虎は組下の侍、自身の若党、小者《こもの》らを引き連れて、普請場を巡っていた。

若党が担ぐ三間の竿《さお》が目立つ。三間といえば長柄鑓《ながえやり》の長さだ。一間ごと、手もとでは一尺ごとに印がつけてある。高虎がみずから作ったらしい。

高虎の役目は、普請が縄張りの意図に沿って進んでいるかどうかをたしかめることだ。ところどころで立ち止まり、図面を広げる。従う者らが縄を張り、東西、南北の間数が合っているかをはかる。虎口《こぐち》が正しい場所に設けられるよう念を押す。

ときに三間竿を受け取っては、みずから土居の高さ、土敷居、馬踏《まふ》みの幅をはかる。また、小石を結びつけた糸を垂らして、のりの勾配が足りているかもみた。切岸、堀の幅、深さも同様だ。

高虎が人足を動かしている杖突《つえつ》きを呼びつけることはほとんどない。羽柴勢の侍はみな、今や、練達の杖突きだ。普請に練れた杖突きのもとで働けば、この戦から従った陣夫も二、三日で一人前の人足となる。

勘兵衛もまた高虎とともに普請場を歩き、機を見て、様々にたずねた。

まず聞いたのは、敵味方の陣配りだ。

「あの、一番高い峰、行市山《ぎょういちやま》と申すらしい。あそこから味方の陣を眺め渡しておるのが佐久間玄蕃《さくまげんば》じゃ」

勘兵衛は高虎の指差す先に目をやる。

余呉の海の北の奥、そびえ立つ峰々の最も高所が行市山らしい。

「あそこからならば、こちらの様子は丸見えでござるな」

「左様。先に陣取ったのは敵じゃ。いい所はみな押さえられている」

佐久間玄蕃は敵の先手だ。歳《とし》は三十ほど、

——鬼玄蕃。

と呼ばれている。

伯父である勝家をも凌《しの》ぐほどの猛将、戦上手であるらしい。

「佐久間久右衛門《きゆうえもん》、柴田三左衛門《さんざえもん》ら、玄蕃の弟らも、行市山におるようだ」

玄蕃の弟らも武勇絶倫の士として聞こえが高い。

「柴田方の諸将は、行市山から余呉の海へと下る峰々に砦をかまえている」

行市山から一段下がり、東の林谷山《はやしたにやま》には不破彦三《ふわひこぞう》、並んで西の橡谷山《とったにやま》に金森《かなもり》兵部《ひようぶ》と徳山五兵衛《とくやまごへえ》、さらに下って最も羽柴勢に近い峰々では、東の中谷山《なかのたにやま》に原《はら》彦次郎《ひこじろう》、西の別所山《べつしよやま》に前田利家《まえだとしいえ》・利長《としなが》父子。

「惣大将たる柴田修理《しゆり》は、行市山を越えた向こう側、北国街道を扼《やく》する内中尾山の陣城じゃ」

高虎は見えているかのごとくに述べる。ここから勝家の本陣は見えない。

「敵の数は二万ほどでござろうか」

「勘兵衛、いい読みだ」

当てずっぽうだったが褒められた。

「修理の旗本衆まで入れて、二万五千といったところか。三万はおるまい」

勘兵衛はうなずく。

戦が始まれば無二無三で鎧合わせに飛び込むつもりだ。敵の数など、味方より多いか、少ないか、あるいはだいぶ多いか、少ないか、はたまた同じくらいか、勘兵衛にとってはそれが分かっていればいい。細かい数は知っても役に立たない。

それでも高虎の見方をただしたのは、秀勝らに語るためだ。

「味方はまず北国街道の東、敵に最も近い左祢山《さねやま》に堀久太郎《ほりきゅうたろう》殿」

高虎は、秀吉が命じた布陣をそらんずる。

田上山の北にも当たる左祢山に砦が築かれていた。そこに入るのは堀久太郎秀《ひで》政《まさ》。

秀政は信長の近習だった。本能寺屋敷の一件の際、秀吉の後詰めに赴く摂津《せっつ》衆の軍目付《いくさめつけ》を務めるべく、信長より先を進んでおり、難を逃れる。その後は今日に至るまで、一貫して秀吉のために働いてきた。

秀吉も秀政の働きを多とし、三法師《さんぼうし》の傅役《もりやく》に任じ、近江佐和山《さわやま》城を与えている。

平時の奉行、戦時の将、何ごとを任せてもそつのない人物だ。

「その西、街道の柵の番として中ノ郷《なかのごう》に小川孫一郎《おがわまごいちろう》。さらに西、余呉の海北岸の尾根、堂木山《どうぎやま》に木下半左衛門《きのしたはんざえもん》、神明山《しんめいやま》には山路将監《やまじしょうげん》、大金藤八郎《おおがねとうはちろう》、これに木村《きむら》隼人《はやと》をつけた」

山路将監と大金藤八郎は、長浜城にいた柴田伊賀守《いがのかみ》の家来だ。伊賀守が城を開いて、秀吉にくだったので、ともに羽柴方にきた。柴田勢が動き始めたときには、十町北の天神山《てんじんやま》砦に入っていた。柴田勢に攻めかかられれば、ひとたまりもないので、神明山に下げられた。

秀吉はここに古参の直臣、木村隼人を送る。目付の役割も託したのだろう。

「惣がまえでござるな」

「そうじゃ。まずはここを破られぬことが肝要」

秀吉は木ノ本の本陣を城の本丸に見たてて、左祢山、街道の柵、堂木山、神明山の連なりを、惣がまえ、と呼んだ。城下を包む外堀と土居を意味する。ここを破られることになれば、踏み込まれて己の城のうちで戦うのと同じだ。

「内曲輪《うちぐるわ》に当たるのが、余呉の海の東の岸へ、南の賤ヶ岳から連なる尾根だ。北から岩崎山《いわさきやま》の高山右近《たかやまうこん》、大岩山《おおいわやま》に中川瀬兵衛《なかかわせべえ》。賤ヶ岳に桑山彦次郎《くわやまひこじろう》」

「高山殿、中川殿は摂津衆でござるな」

「その通りだ。勘兵衛は吹田《すいた》城攻めを始め、摂津での戦で働いたのだったな」

羽柴勢の陣所は、柴田勢の諸砦から見れば低い場所にある。

――引きずり込まれた。

勝家がこの山峡を戦場に選んだ。

先に朝倉の砦跡に陣をかまえ、あとからくる羽柴勢が砦に向かぬ場所に陣を取らざるを得なくなるように仕向けた。高所の陣から羽柴勢の陣を見張り、動きがあれば攻め下す。高きから低きへ攻め降りるほうが、勢いもつき、有利だ。

「味方は四万ほどござろうか」

また当てずっぽうだ。

「勘兵衛の読みは大したものだ。だが、それほどおれば、苦労はない」

高虎が愉快そうに笑う。

「味方は伊勢に攻め入ったときに六万。伊勢にも多くの兵を残し、西美濃にも多少、人数を割いた。京の押さえも増やしただろう。京に忍びでも入れられて焼き討ちをされてはかなわぬ」

敵陣を睨みながら、高虎は間を置いた。

長身の高虎の顔を見るには、勘兵衛は仰がねばならない。

「それでも敵よりは多かろう。新たに出陣を命じられた者もおる。三万五千くらいだろうな」

勘兵衛の顔を見おろす。厳《いか》めしい面だが、そういう顔なのであって、存外、顔つきは穏やかだ。

「ただし、筑前守《ちくぜんのかみ》様の旗本衆を入れての三万五千。ここに陣取っておる味方は二万五千ほどではなかろうか」

高虎がそう読むならば、勘兵衛に異論があろうはずがない。

勝家も越後《えちご》の長尾景勝《ながおかげかつ》に備えて、人数を置き残してきているだろう。

秀吉は三方の敵に対している。まだ確たる和議を取り結んだわけではない毛利を背負い、京の安寧を保つ務めもある。分国が広くとも、そこから募った兵をひと所《ところ》に留めておくことはできない。

「敵は数では味方に劣るものの、堅固な要害に砦をかまえておる。味方は惣数《そうすう》では勝るものの、砦を固める人数は、ほぼ同じ。動けば、その姿は敵から一目瞭然。ここまでは、柴田方が先手、先手を打っている。我ら羽柴勢は後手に回らされ、分国の力でも、兵の数でも柴田方を上回っておるにもかかわらず、互角の戦いに持ち込まれた」

「互角の睨み合いとなった今、勝敗を分けるものはなんだと思われるか」

武功を上げたとしても、味方が勝てなければ、賞されることはない。

ましてや、天下分け目の一戦だ。勝った側はいっきに相手を滅ぼしにかかるだろう。両雄は並び立たない。天下人になれるのは、ひとりだ。

高虎は腕を組み、こめかみに指を当てる。

「相手を動かすことだな。双方が砦に籠って睨み合う、この戦では、相手を動かして、みずから不利な形勢に陥らせたほうが勝つ」

「攻めかかってくるようにけしかけるということか」

馬鹿なことを言っていることは分かっていたものの、勘兵衛はたずねたい。

「けしかけて攻めかかってくるならば楽だが、柴田修理も佐久間玄蕃も攻めかかるのは不利だと知っている。おそらく、まだ粘っている滝川にてこ入れするなり、岐阜の三七殿を動かして、筑前守様を動き回らせようとするはずだ。それによって味方の数が減ったとき、敵味方の釣り合いが崩れたとき、いっきに攻め込んでくるだろう」

「こちらはどうやって、敵を動かすべきか」

「柴田のほかは恐れるほどではないとはいえ、敵が羽柴分国を囲んでおる。こちらから敵を動かす術《すべ》は、わしにも思い浮かばぬ。敵が手を打ってきたところで、うまく揚げ足を取るほかない」

それきり、ふたりとも押し黙った。どうやら、思った以上に厄介な戦らしい。

——山戦は足腰が肝要。

阿閉《あつじ》家にいたころ、古強者《ふるつわもの》からそう言い聞かされていた。合戦の火蓋がひとたび切られれば、山を登り、谷を降り、尾根を駆ける戦になる。勘兵衛が足腰の鍛錬を欠かしたことはない。

日が傾く前に、蝙蝠が飛ばぬうちに木ノ本に帰る。たずねたいことが尽きるまで、高虎のもとに通うつもりだ。

三月二十七日、砦の普請が落ち着いたのを見届け、秀吉は麾下の将に番手の入れ替えを命じた。北伊勢攻め以来、軍陣に身を置いてきた士卒は順に木ノ本に集まり、領国へ帰っていく。入れ替わって、国々から新たな士卒がやってくることになっている。

その後、秀吉は、また長浜城に引き返す。

羽柴勢が柳ヶ瀬表に出陣してから、半月近くが経《た》っていた。その間、羽柴・柴田両勢ともに砦普請に余念なく、たがいに手を出し合わなかった。砦ができ上がり、そのまま睨み合いになっている。

長陣となることは明らかだった。

近江の淡海の塩津浦《しおつうら》には、羽柴方の丹羽長秀《にわながひで》が軍船を浮かべていた。頭上でおこなわれている睨み合いにくわわるでもなく、軍船は長浜城への兵糧の運び込みに使われている。

遥《はる》か北、越前の海沿いでは丹後《たんご》の長岡与一郎忠興《ながおかよいちろうただおき》がやはり水軍を用いた戦を仕掛けているらしい。柳ヶ瀬表では、その差し響きはまったく感じられない。

秀勝勢もまた番手替えに取りかかる。

日向ら、士卒を差配する将たちは早馬を差し立て、丹波亀山の留守居に新たに人数を集め、柳ヶ瀬表に向けて出陣させるよう申し送る。さらに、今いる軍勢を組分けし始めた。ひと組を丹波に帰し、その穴を埋めるだけの新たな人数が到着したならば、次の組を帰す。大忙しだ。

勘兵衛や喜八郎のように差配する人数を持たぬ侍、そして、この軍勢の大将たる秀勝は手が空いた。

化粧戦に潜り込む

物見が左祢山砦に駆け込んできた。

いっきに頂の本丸へ駆け上がる。そこに、この砦を任せられた堀久太郎秀政がいる。

勘兵衛は物見を見送り、鐺を握り締める。

――いつまでも化粧戦を続けるつもりならば、儂がつけ入りして決戦に持ち込んでやるまでよ。

四月五日になっている。

柳ヶ瀬の戦に大きな動きはなく、峰々にかまえられた砦に籠る敵味方四、五万の兵の息づかいが聞こえそうなほど、重い静寂が辺りを覆っていた。

物見と入れ違うように、本丸から降りてきた使番が叫ぶ。その声が静まり返った山々に響く。

「敵がくるぞ。内中尾山の柴田修理の本陣からくる。今日は、ちと人数が多いようだが、お下知があるまで、勝手に陣を出てはならぬ。持ち場を固めよ」

鎧《よろい》の札《さね》がふれ合う音を残し、使番は本丸に帰っていった。

「化粧戦につき合ってはおれぬ」

遠鉄砲を放ち、遠矢を射かけるばかりで、攻め合わぬような戦ぶりを化粧戦と呼ぶ。戦をしているふりだけして、敵味方双方にほとんど手負い討ち死にを出さない戦だ。

周囲の士卒は勘兵衛の放言を咎《とが》めない。

鉄砲玉をまったく恐れぬこの男のことを、今や、羽柴勢みなが知っている。

夜明けごろ、鑓を片手にふらりとあらわれた勘兵衛に気づいても、誰も追い返そうとはしなかった。

羽柴勢、柴田勢ともに、砦を築いている最中から、化粧戦を続けている。

――探っているのだ。

早々と砦を築いた柴田勢は、こうして化粧戦を繰り返し、どこかに普請が遅れている砦はないか、羽柴勢が手薄な場所はないかを探っているように、勘兵衛には思える。

「見えたぞ。敵がくる。十三段に備《そなえ》を立てて、向かってくる」

物見櫓《ものみやぐら》に登った者たちが口々に叫ぶ。

「西の山々の砦からも、加勢がくるぞ」

見通しを遮る山々の裾《さえぎ》から、柴田勝家の旗本衆とおぼしき敵が姿をあらわした。

「鉄砲に玉薬《たまぐすり》を込めい」

鉄砲頭の命に応えて、勘兵衛の左右にいた鉄砲足軽どもが筒口に早合《はやごう》から玉薬を流し込み、かるかで突き固める。

勘兵衛も鑓を執り、柵際に詰める足軽衆の背後へ進む。

「かまえ」

正面には北国街道の上を進んできた柴田勢の鉄砲衆が折り敷き、左祢山の羽柴勢に筒先を向けている。

「遠い。もそっと近寄ってこぬか」

勘兵衛は焦《じ》れて、吐き捨てる。

耳を貸す者はいないようだ。

遠くで爆鳴が上がる。ひと息、間を空けて、左祢山砦に鉄砲玉が届く。

それを待っていたかのように、羽柴勢も放った。

「たがいにこんな遠間で当たるものか」

勘兵衛はかがんで鉄砲玉をよけもせず、仁王立ちのまま苛立《いらだ》つ。

「あんなに遠くからくる玉なぞ、儂でなくとも当たらぬわ。宙を飛ぶ玉を見てからよけても間に合うわい」

ひと放ちして気分がほぐれたのか、勘兵衛の大口に笑い声を上げる者もいる。

「旦那は当たらずだから怖くないでしょうが、そんな遠くからきたって、みんな鉄砲玉は怖いんでございますよ」

放ち終えた鉄砲足軽が土居の陰から声をかけてくる。

無駄口を叩いていても、次の玉を込める動きは止めない。素早い。

柴田勢は一度放った遠間に留まったまま、二発目を放つ。羽柴勢も放ち返す。

「玉薬の無駄じゃ」

勘兵衛は土居に取りつき、柵を内側から越えようとする。

そこに背後から堀勢の武者が取りつき、勘兵衛を羽交い絞めにして、土居から引きはがす。

——なんと、福島市松《ふくしまいちまつ》に負けぬほどの力持ちじゃ。

勘兵衛は投げ捨てられるようにして、地に転がった。

「機を待たれよ。おぬしは平気かもしれぬが、おぬしに釣られて飛び出せば、わしの手の者が死ぬ」

南蛮胴を着けた武者は、勘兵衛を見おろして言う。

この曲輪の頭なのだろう。南蛮胴から突き出た二の腕などを見るに、筋骨隆々としている。

――それも道理だ。それで玉に当たった者をみな、陣まで運んでいては、戦どころではない。

ことばは返さなかったものの、飛び出すのはやめにした。

「思い止《とど》まってくれたか。短気はならぬぞ」

頭分は身を翻した。この持ち場を差配しなければならぬ身であれば、勘兵衛ひとりにいつまでもかまっている暇はないに違いない。

どうも気分がおさまらない。

そこへ、柴田勢が三発目を放ってくる。

勘兵衛以外の者は身を低くした。

「一度、当たってみるといい」

かがみ込む味方を眺め渡し、勘兵衛は朗々と声を発する。

「儂とて、一度は当たったのだ。播州有岡《ばんしゅうありおか》城攻めのおりのことだ。当たって命を取りとめてみると、意外や、それきり当たらなくなった。そういうものらしいぞ」

勘兵衛のことばに答える者はいない。

先ほどの鉄砲足軽が、柴田勢に放ち返し、勘兵衛の近くで胡坐《あぐら》をかく。

「そんなことを仰《おつしや》っても、左様でござるか、ではそれがしも、なんていうお方はいませんよ。そもそも、どこに当たるかは鉄砲玉まかせ。旦那のように命を取りとめられる場所に当たるとは限りませんぞ。わしらとて、胸から腹を狙って放ちますからな」

そう返されると勘兵衛も黙るほかない。

「有岡城でもここでも、旦那にはつきがあるってことでさ」

辰刻《たつのこく》から午《うま》刻まで、両軍は締まりのない放ち合いを続けた。

いい匂いがして、砦の兵たちに昼餉《ひるげ》が配られ始めた。握り飯だ。

敵が寄せてきたとはいうものの、鉄砲を放ち返していたのは、北国街道に近い曲輪の士卒のみだ。本丸に近いほうの曲輪では、飯を炊くゆとりがあったと見える。

街道上の柴田勢の士卒も、それぞれに兵糧を使い始める。

遠くに金の御幣《ごへい》の馬印が見えた気がする。勝家はそこにいるはずだ。

――あそこまで駆けるか。

一瞬、頭に浮かんだ。すぐにその思いを打ち消した。

勘兵衛が討ち入ったとて、誰も続かねば、大将首など取れようはずもない。今は誰もが食らうことに忙しい。

勘兵衛も配られた握り飯を頬張る。朝餉をとる暇はなかったので、これがこの日、初めて腹に入れる物だ。

――どちらかが、あるいは双方が兵糧切れで退くという戦にはならんな。

米の甘味を味わいながら、そう思う。

秀吉も勝家も織田家の将だ。この戦は兵糧に気を使う、織田家の将同士にふさわしい対陣となっている。

秀吉は淡海の舟運を使い、分国の兵糧を長浜に集め、それを柳ヶ瀬の陣に送っている。いっぽう勝家には、本拠の北庄《きたのしょう》城と内中尾の陣城を二日の道のりで結ぶ、椽ノ木峠《とちのきとうげ》越えの軍道がある。両軍とも、兵糧に不安がない。

――珍しい戦だな。

勘兵衛は米つぶを呑《の》み込み、腰につけていた竹筒の水を含む。

羽柴勢も柴田勢も、おそらく気の遠くなるような労力、費えを割いて、険しい峰々に兵糧を運び上げて戦をおこなっている。天下と自身の興廃がかかっているから、秀吉も勝家も、労力、費えを惜しまない。昼飯を済ますと、また放ち合いが始まった。

――どうも調子が狂う。

敵味方が申し合わせたかのように、定められたかのように、戦をするふりを続けているように思える。

「まもなく未刻《ひつじ》。例のごとく、敵が下がるぞ。鉄砲の者は街道まで追う支度をしておけ」

本丸から下ってきた使番が知らせて回る。

耳を疑う。

――この連中は、こうやって何日も化粧戦を繰り返しておったのか。

敵が下がるというならば、鉄砲足軽だけではなく、全軍で追い討ちして、追い崩すべきではないか。

勘兵衛は鑓をしごき、鉄砲足軽とともに曲輪を出ようと思った。

「おい、若造。追うのは鉄砲の者のみでいい。おぬしはここに留まれ」

先刻の頭分が背後から厳しい口調で命ずる。

──左祢山の堀勢は信用できん。

頭分をひと睨みする。相手の鋭い眼差《まなざ》しにいくぶんか気圧《けお》された。すぐに背を向ける。

──化粧戦は終わりじゃ。合戦いたすべし。

背後で鯉口《こいぐち》を切る音がした。

驚いてふり向くのと、腕そのものが伸びたかのような、滑らかな動きで頭分の腰刀が勘兵衛ののど元に突きつけられるのは同時だった。頭分の動きは見えていたものの、避《よ》けることができなかった。

──こやつ、武芸を修めておるか。

頭分の傍らには、十文字鑓を持った小者が控えている。

「若造、二度言わすな。ここに残るのだ」

勘兵衛の武辺は、生まれ持った頑健な体と鉄砲玉になど当たらぬという度胸に支えられている。この頭分のごとき、磨かれた技など持っていない。戦場で暴れるならば、それで充分だった。武芸など、戦場では役に立たぬ座興の芸だと軽んじている。

一方、頭分は、師について、武芸を学んでいるのだろう。相当な腕前を持っているようだ。十文字鑓は扱いが難しい。取り回しそこねると、左右の味方や乗馬を傷つけてしまう恐れがある。

矢玉の飛び交う戦場でならば話は別だが、こうして間近で立ち合うと、武芸者に利がある。

「於次《おつぎ》様のお気に入りの者と聞くから放っておけば、後ろからきて自儘《じまま》をしおって」

白刃が首筋に食い込む。

刀を引かなければ、斬れはしない。それでも勘兵衛の命は頭分に握られている。

「ここは堀久太郎様のご陣なり。久太郎様は天下分け目の合戦の先手を承ったのだ。多少の功におごりおって。軍令に背くとあらば斬る。それとも、わしを斬って、敵を追うか」

首筋の白刃は、伸びてきたときと同じく、滑らかな動きで頭分の腰の鞘《さや》に収まった。

身じろぎひとつできなかった勘兵衛の額に、汗がしみ出す。

――叱られた。

そう感じる。

勘兵衛は幼くして養子に出された。養父は声を荒らげて怒るということのないひとだった。勘兵衛が悪戯《いたずら》などをした際は、ことばを尽くして勘兵衛の非を説いた。その養父も勘兵衛十二歳のときに討ち死にした。勘兵衛はどこか男親の怖さを知らずに育ったようなところがある。

それが勘兵衛を恐れ知らずの武者にも、他人の怒りに鈍い男にもした。

──叱られた。

虚空を見詰めるばかりの勘兵衛をよそに、鉄砲足軽たちは曲輪を出ていく。

頭分は三十四、五くらいに見える。こうして、己のおこないに年長者が怒りを発する場面に出くわすと、めったにないものの、頭に霞《かすみ》がかかったようになってしまうことがある。叱られ慣れていないせいだろう。

「よいか、化粧戦には化粧戦の作法があるのだ」

ぼんやりしながらも、耳は頭分のことばを漏らさず聞いている。

「敵がひとつ放ってきたら、ひとつ放ち返す。ふたつ放ってきたら、ふたつ放ち返す。敵が退いたならば、どこまでと定めて追う。それでも敵が崩れねば、下がる。この繰り返しが大切なのじゃ。敵に乱れが生じたときは、敵に何かが起きている。何が起きているのかを探り、戦機と踏んだときこそ、討ちかかるべし。敵もこちらの乱れを見定めておる。だから、同じことを焦れずに繰り返すのだ。わしが見るところ、まだ敵に乱れはない」

丁寧に説いて、ことばを切る。

「おぬしが飛び出せば、それはこちらの乱れと受け取られる。考えたこともなかったろう」

「はい」

「それにあちらを眺めてみよ」

北西を指し示す。

「出てくるのは、内中尾の修理旗本、街道に近い中谷山の原勢、林谷山の不破勢のみ。行市山に動きはない。橡谷山、別所山も同じじゃ。柴田勢の先手大将は行市山の佐久間玄蕃。敵のなかでも強壮で戦に練れた士卒が玄蕃につけられておるはず。対陣が始まってから、佐久間勢は一度も動いておらぬ」

勘兵衛は静かに聞いている。

――これは与右衛門殿に劣らぬ戦巧者のことば。妙諦《みようてい》と申すべきか。

ようやく頭から霞が去り、気を取り直した。

――わざわざ、ここまで出向いたかいがあった。

立ち直りは早いほうだ。

先ほどまでの猛《たけ》りはどこへやら、心から感心している。

「その行市山の敵に脇腹を見せて、呑気《のんき》に修理を追えるものか」

頭分にも、こうして化粧戦を続けねばならぬことへの憤懣《ふんまん》があるのだろう。語気が強くなった。

「得心がいったか」

「はい。得心いたし申した」

勘兵衛は居ずまいを正す。

「わしは堀三右衛門《さんえもん》と申す者。文句があらば、於次様、いや羽柴丹波守《たんばのかみ》様より、我が主《あるじ》堀久太郎にお申し入れ頂け。まずは頭を冷やして出直してこい」

「文句はございませぬ。出直して参りまする」

恐縮して頭を下げる。

――お会いしたいと思っていたが。

堀三右衛門、諱《いみな》は直政《なおまさ》。堀秀政の従兄《いとこ》で家老だ。先手備《さきてそなえ》の頭も務めている。

――まさか先手備頭がこんな柵際におるとは。

昨年の山崎《やまざき》合戦では、秀吉の顔色も窺《うかが》わなければならぬ秀政に代わり、先手備頭として堀勢を引っ張り、勝龍寺《しょうりゅうじ》城攻めで手柄を上げた。

さらに惟任光秀《これとうみつひで》の居城だった近江坂本城に進み、遮二無二攻めかかることはせず、城内の惟任一族の者どもを心静かに自刃させた。その礼として、城内の銘物、宝物を託され、秀政を通じ、すべてを秀吉に献上したという。

同じく武辺を志す者として、一度会ってみたいと思っていたものの、このような対面になるとは思いもしていなかった。

申《さる》刻までに、柴田勢、堀勢双方が砦に退く。

木ノ本への帰り道、勘兵衛はこの地にやってきたころにくらべ、朝夕の冷え込みも、すっかりゆるんだと感じた。

――北国の雪も、もはやとけたか。

時は羽柴勢、柴田勢、どちらを利するのか。

それはまだ分からない。

神明山の山路将監、敵陣に奔る

四月十三日、勘兵衛は爆鳴を聞いて目を覚ました。

――近い。放っているのは味方だ。

まだ夜は明けていない。真っ暗な部屋のなかで耳を澄ます。

戦場ではふだん、具足を身につけたまま伏すことが多い。この戦は長陣だ。敵に動きがないときは、具足を脱いで眠るようになっている。また、仮に敵が押し寄せたとしても、まずは惣がまえがある。木ノ本に敵があらわれる前には、この爆鳴のように何がしかの兆候があるはずだ。

――敵は放ち返しておらぬ。何ごとか。

すぐさま甲冑《かっちゅう》を身に着け、地蔵院へ走る。

八日前、四月五日に勝家自身が率いた柴田勢が左祢山砦に鉄砲を放ちかけたのちは、まったく敵に動きがなかった。勘兵衛も惣がまえに出直せずにいる。

秀吉は、己の命なく、羽柴勢が砦を出て戦うことを改めて厳しく禁じた。砦を出て敵の砦を落とすには、砦の敵より、三倍から五倍の人数が要る。それで砦を取り切れればいいが、取れなければ、味方に多くの手負い討ち死にが出る。仮に砦をひとつ取れたとしても、尾根続きには別の敵の砦がある。そこから駆けつけるであろう後詰めとも戦わなくてはならない。

拮抗《きっこう》した兵力で睨み合うこの戦では、敵味方問わず、先に手を出したほうが不利ということだ。

地蔵院の堂舎《どうしゃ》に駆け込む。

「遅いぞ」

地蔵堂の床几《しょうぎ》に先に日向が座っていた。

「申しわけござらぬ」

詫《わ》びた。

鉄砲の音を探っていた分、宿を出るのが遅れた。

「若君はどちらへ」

上座の秀勝の床几が空いている。喜八郎らもいない。

「何が起きたかは、もう分かっておる。お出まし願うまでもないので、方丈《ほうじょう》に留まって頂いた」

住持が起居していた方丈が秀勝の居室だ。喜八郎もそちらだろう。

「神明山砦に入っていた山路将監が行市山の佐久間玄蕃のもとへ走った。寝返りおった。追手がかかったが、取り逃がしたとのこと」

日向は驚いていないように見える。あるいは、昨夜来、山路将監の挙動に不審な点があることを知らされており、ここで知らせを待っていたのかもしれない。

高虎とのやり取りが思い出され、閃《ひらめ》きがあった。

「まず、山路将監を敵が動かしましたな」

日向も驚きのない顔のまま、うなずく。

「山路には、ここ数日、不審な挙動があった。同じく神明山を守っている木村隼人殿がこれに気づかれ、様子をうかがっておった。山路はすでに佐久間玄蕃に通じておったようだ。木村殿の首を土産に、と考えたものであろうか、今朝、己の陣所で茶会を開くといい、木村殿を誘った。夜半、山路の家来が木村殿の陣所に忍んできて、山路の害意を告げた」

勘兵衛は息を呑む。

考えれば不思議でもない。羽柴・柴田両勢とも、各砦に張りつけられたようになっているものの、このまま、時が移ろうのをよしとしているわけではない。攻めかかるのを不利と思うから、動けないだけだ。

――目に見えぬところでは、目まぐるしく調略の手を打ち合っていたに違いない。

鎧働き専一の勘兵衛に誰もそのことを語らなかっただけだ。

「捕り手が山路の陣屋に踏み込んだが、間一髪、間に合わなかったらしい。逃げていく山路らに鉄砲を放った者がいたが、木村殿が制した」

山路将監の企《たくら》みを知った木村隼人は、それを諸陣に知らせたのだろう。

おそらく、日向はその知らせを受けてより、地蔵堂に控えていたように思える。

柴田方の調略が験《げん》をあらわしつつある。

「三七殿も動き申したな」

去る八日、美濃は岐阜の信孝が兵を挙げた。勘兵衛はそのことを言っている。秀吉から北伊勢の滝川一益《かずます》との戦を任されたのは信雄《のぶかつ》と秀吉の甥秀次《ひでつぐ》。滝川勢を押さえられていない。羽柴勢から仕寄を引き継いだ峯《みね》城のみは、開城の目途《めど》がついたらしい。背後で跳梁《ちょうりょう》する滝川勢には、まったく手を打てていない。

滝川勢の一部が美濃に乱入するまでになっている。

これに力を得た信孝は、羽柴方城主の所領に放火するにおよんだ。

「筑前守様はいかがなされますでしょうか」

「分からぬ。されど、すでに長浜城に早馬が駆けた。将監の人質を連れて、いったん、木ノ本においでになるであろうよ」

日向はあくびを嚙《か》み殺す。

山路将監は柴田伊賀守の家来だった。伊賀守に差し出していた人質はそのまま秀吉の手中に移る。

将監にもいろいろ言い分はあろうが、伊賀守の家来で秀吉の麾下に直った他の者どもへ見せしめとせねばならない。人質として預けられていた家族は殺される。日向の言う通り、知らせを聞いた秀吉は、まず木ノ本へやってくるだろう。

「読んでみよ」

日向は胴のなかから、紙切れを取り出す。

手に取ってみると、宛名《あてな》が切り取られた書状であることが分かった。

「小一郎様から渡された。修理が長浜留守居の者に届けた書付とのこと。他の頭分の者にも送られておるやもしれぬので、よくよく目配りせよ、と。中身は他言無用」

柴田方への寝返りを誘う書状だ。

――一、長浜城を乗っ取って柴田方に渡すならば、金子《きんす》百枚、知行七千石を下甲賀《こうか》の闕所《けつしよ》分と蒲生《がもう》上郡の山際で、永代与える。
一、柴田方が五里のうちに在陣するとき、長浜城本丸に火をつけ、柴田勢が攻め入り、首尾よく城を取れれば、金子十五枚、知行五千石を与える。
一、本丸に火をつけて焼き払い、柴田方に逃げてきた者には、金子五枚、知行千石を与える。

「手立てが詳しゅうございますな」

下甲賀も蒲生上郡も近江国のうちで、淡海の東にある。秀吉の分国のなかだ。

「褒美の値がちょうどよい。柴田修理もなかなかに調略の巧者じゃ。山路将監には、柴田伊賀守殿の旧領、越前丸岡《まるおか》十二万石が約束されていたという噂もある」

勝家といえば、剛直で武辺ばかりが目立つ。

——まあ、武辺ばかりの者を信長公が重んずるはずもないがな。

考えてみれば、不思議の感はない。存外、細やかな調略も施すことができるのだろう。

長浜城で何か起きたという話は聞かない。受け取った者は、そのまま秀吉か秀長に差し出したに違いない。宛名を切り取ったのは、その者を守るためであるはずだ。

「将監のことじゃがな」

日向が呟く。

「生け捕りが一番よかったが、それができないのならば、敵陣に追っ払って、上々の首尾と言うほかない」

いつもながら、何を考えているのやら分かりにくい顔をしている。

「討ってしまったほうがよかったのでは」

「いや、討ってしまっては不都合な噂も飛ぶ。死人に口はない。ないから噂を打ち消すこともできぬ」

「噂」

勘兵衛は書状を畳んで、日向に返す。

「将監は柴田伊賀守殿の家来衆。望んでこちらに移ってきたというよりは、伊賀守殿が降参したから、余儀なく従ったまで。その伊賀守殿は京で病に臥《ふ》せっておられる。伊賀守殿家来衆はみな、将監と同じ立場。伊賀守殿家来衆は疑われておるのではないか、と噂が流れる。敵に通じていたという証《あかし》はあるのか、もし、疑わしいというだけで討たれたというならば、他の者とて討たれるのではないか、と話がふくらむ」

あり得る話だ。討ってしまえば、寝返りの証となるものは、何も残らなかったはずだ。木村隼人の疑念と将監家来の告げ口だけが将監を討った理由ということになる。

――たしかに、それは不都合じゃ。

調略は実らずとも、羽柴方に楔《くさび》を打ち込み、たがいに疑念を抱き合うように仕向けることはできる。

「将監みずから、行市山へ奔《はし》ったのだから証はいらぬ。それに士卒は置いていった。討たれた味方もおらぬ。砦に火を放たなかったのか、放てなかったのか。どちらにせよ、次善としては上々だ」

「日向殿がそこまでお考えとは、恐れ入った」

勘兵衛には、そちらのほうが驚きだった。

「馬鹿にするな」

日向は苦笑いを浮かべる。

「おぬしはあちこちに出入りしているようだが、目を光らせておけ。そのために小一郎様にお返しする前に見せたのだ」

書状をまた胴にしまった。

「修理もおぬしにまで調略の手を伸ばそうとは思わぬだろうしな」

たしかに、勝家も勘兵衛ごときを調略しようとは考えないだろう。

——だが、日向殿はどうだ。

ふと、脳裏をよぎる。

書状の宛名が日向そのひとであったとしてもおかしくない。

――いや、修理にいたされてはならぬ。このような疑念も狙いのうちかもしれぬ。

惣大将たる秀吉が木ノ本を訪れれば、いくらか人心も落ち着くだろう。

翌十四日、秀吉は旗本衆を引き連れ、その金瓢箪《きんびようたん》の馬印を木ノ本の地蔵院に立てた。

秀吉の旗本衆は一万。背後の木ノ本の軍勢が増えたのを感じてか、峰々、尾根筋の諸砦もいくぶん静まったかに見える。

秀吉は地蔵院に入るや否や、秀勝、秀長を呼んだ。勘兵衛も秀勝に従い、地蔵堂に入る。

秀吉は小姓に唐冠《とうかむり》の兜《かぶと》を持たせ、黒羅紗《くろらしや》の陣羽織に袖を通し、床几に小さな体をのせていた。大きな眼《まなこ》から、光がほとばしるようだ。

三方に敵を抱える戦は思った通りに進んでいない。昨年の暮れ以来、秀吉は、まず北近江へ、そして美濃へ、さらに北伊勢へ、ふたたび北近江へ、縦横に軍を動かしてきた。すべては、勝家が動くときには信孝、一益を屈服させておくか、少なくとも歯向かえぬようにしておくためだ。今、三方の敵はいっぺんに動いている。

「於次、いや丹波守殿、少し見ぬうちに逞《たくま》しい顔つきになった」

「何を仰せられます。半月ほど会っておらぬだけではないですか」

「男子は三日会わざれば、刮目《かつもく》して見よ、というらしいぞ」

秀吉は快活で上機嫌だ。秀勝と談笑する。

重たい戦況が続いているにもかかわらず、少しのくたびれもうかがえない。あえて戦陣に身を置かず、三か所の戦場、どこへでも駆けつけられる長浜城に起居する効はここにもある。

戦場にいる限り、惣大将は心が休まるときがないはずだ。目の前だけでなく、背後にふたつの戦場を抱えていればなおさらだ。秀吉は戦場を麾下の諸将に任せ、己は長浜城に控えた。

信長生前ならばこうはいかない。身を惜しまず、命を惜しまず働いていることを信長に見せるためにも、戦場の本陣に詰めていなければならなかったに違いない。

長浜城にいることによって、秀吉はよく眠り、よく食べ、各所からもたらされる知らせについて、考え抜いているのだろう。

――よく妻妾《さいしょう》と睦《むつ》み合うてもいよう。

最近、美女の聞こえも高い京極高次《きょうごくたかつぐ》の妹を簾中《れんちゅう》に入れたと聞いている。

かつての北近江守護京極家の娘ならば、勘兵衛ら北近江衆にとっては姫君だ。高次の妹は、丹羽長秀の与力だった若狭《わかさ》衆、武田孫八郎《たけだまごはちろう》に嫁いでいたが、孫八郎も高次とともに惟任光秀についた。山崎合戦後、秀吉は孫八郎を殺し、その妻を奪ったらしい。

肌も艶やかに見える。英気を養い、ここぞ、という一戦に全身全霊を投じようとしているかのように思える。

兄の分の労苦も一身に背負った秀長が入ってきた。柳ヶ瀬表に着陣してから、およそひと月、秀長は少しやつれたようだ。

「小一、遅かったな。何か面倒があったか」

秀長はゆっくりと床几に腰を下ろし、間を空けて答える。

「いや、昨日申し送った山路将監の一件後は、特には何も」

「そうか」

秀吉は跳ねるように立ち上がる。

「わしは明日より、旗本衆を連れて、美濃へ赴くぞ」

秀長、秀勝は絶句している。

勘兵衛にとっても意外だった。意外だったというより、呆《あき》れたというほうが近い。

――柳ヶ瀬に在陣する諸将の心を静めるためにきたのではないのか。

くわえて、木ノ本へ出てから美濃街道をたどって美濃へ行くことは、柴田勢に秀吉は美濃へ去ったと教えるようなものでもある。

「それは困る。三七殿は兄者が美濃へいかずとも、氏家《うじいえ》、稲葉《いなば》ら西美濃の諸将が押さえる」

秀長の言う通りだ。

大垣《おおがき》城主氏家左京亮《さきょうのすけ》、清水《しみず》城主稲葉一鉄《いってつ》は、信孝の兵に所領を焼き討ちされた当人だ。やられたままにはしておかない。氏家家も稲葉家も信長が美濃を手に入れる前から、西美濃に根を張ってきた一族だ。両家が動くならば、与同する者も多い。

「西美濃衆に任せておけばよいのだ」

昨年末、秀吉に降参したことで、信孝の威光は地に落ちた。織田の家督も、三法師の後見となった信雄に認められ、西美濃衆は秀吉に従っている。東美濃の諸家とて、信孝の意に従うといった様子ではない。

信孝は、秀吉に人質を差し出した岐阜一城の主《あるじ》に過ぎない。信孝が危険になり得るのは、勝家と申し合わせて動いたときだけだ。

「兄者が木ノ本へきて、すぐさま美濃へ向かうようでは、柳ヶ瀬表の諸将が疑う。一体、何が美濃で起きておるのか、と。これ以上、諸将の心を乱すべきではない。木ノ本に腰をすえて、柴田との一戦に注心するのが上策じゃ」

秀長の言うことが至極もっともではないか、と勘兵衛は思う。

軽々しく秀吉が動けば、第二、第三の山路将監が出る恐れがある。そこまでいかずとも、秀吉の勝利への信が揺らぐかもしれない。

秀吉は莞爾《かんじ》として、秀長のことばを聞いていた。

取り合わなかった。

「この筑前に考えがある。小一郎は田上山の砦を、於次は木ノ本の本陣を固く守り、わしの帰りを待て」

不思議なことに、秀長は、秀吉に考えがある、ということばに納得してしまったようだ。秀勝も同様であるように見える。

——おかしい。

そう思ったものの、勘兵衛が差し出口を挟める場ではなかった。

十五日朝、秀吉は木ノ本本陣を出立し、美濃街道を大垣城へ向かった。

勘兵衛も見送りのため、道筋へ出た。馬上の秀吉を取り巻くように、福島市松、加藤虎之介《かとうとらのすけ》ら、かつての喧嘩相手の顔も見える。藤堂高虎に阻まれて以来、市松らが喧嘩を売ってきたり、勘兵衛に対して悪口雑言を吐くことはなくなっていた。勘兵衛と市松、虎之介は会釈を交わす。市松も虎之介も顔色に冴えがない。両人とも武功を心がける士だ。小敵である信孝を脅すために美濃に赴くよりも、大敵である勝家と天下を賭けて戦うため、柳ヶ瀬表に留まりたい、と思っているに違いない。

金の瓢箪も木ノ本を去った。

中川瀬兵衛と再会す

十六日、勘兵衛は木ノ本の頭上、大岩山に登った。

「いってくるがよい。勘兵衛は顔が広いな。敵陣の様子もよく見てこい」

秀勝も快く許してくれた。

木ノ本の陣は浮き立つような慌ただしさに包まれている。この日、長浜城から連れてこられた山路将監の人質七人が、神明山砦で磔《はりつけ》に架けられることになっていた。

張り詰めた、重い気分で軍陣での日々を過ごす士卒にとって、人質を殺すことであれ、陰鬱な日々に彩りをくわえる行事となる。木ノ本の牢《ろう》に入れられた将監の妻子らをいかに神明山砦に運ぶか、いかにして磔にするか、嬉々《きき》として話し合われていた。

――たまらぬ。

勘兵衛には、それが耐えられなかった。血に彩られた祭礼が終わるまで、木ノ本を離れていたかった。

秀勝も、勘兵衛の心持ちを汲《く》んだのだ。

大岩山の頂へ向けて、急坂を登る。

出奔に際し、将監は人質を逃がすため、長浜城に家来を遣《つか》わしたという。秀吉は羽柴方に移って日の浅い武将に人質を盗まれるほど間抜けではない。

なんとか人質を舟に乗せ、淡海に漕《こ》ぎ出したものの、警固の番船に捕えられた。

また、秀吉の旗本衆は安土《あづち》城にいた信孝の人質を伴っていた。大垣城で磔に架けるべく、安土から送らせたのだ。信孝の生母、妻、娘、家老が差し出した人質もいる。将監の人質よりも遥かに数が多い。人質にとって、美濃街道は死出の道ゆきだ。

「あああああ」

山肌を攀《よ》じながら、勘兵衛は絶叫する。

戦場で敵を殺すことに、少しの後ろめたさもない。己も命を危うきに晒《さら》しているし、戦場に出てくるからには、相手も覚悟ができているはずだ。何より、それは武功だ。

手向かいするわけでもない女子供を見せしめのために殺すのは、勘兵衛にとって、戦場での命の奪い合いとは全く別のことだ。政略、軍略には、ときとして、人の死を要する場面があるのは、頭では分かっている。しかし、勘兵衛にはそれが堪《こら》えられぬときがある。

小半刻《こはんとき》ほどかけて、大岩山の頂に至った。余呉の海の水面《みなも》を撫《な》でて吹き上げる風は、まだいくぶん冷たい。

摂津茨木《いばらき》の中川勢がここに砦を築いている。南へ尾根筋を登れば、鉢ケ峰《はちがみね》を越えて賤ケ岳砦がある。北へ下れば摂津高槻《たかつき》城主高山右近が守る岩崎山砦に至る。

茨木城と高槻城は隣り合う城だ。

「よう、勘。達者なようやな」

求める相手のほうが先に勘兵衛を見つけ、声をかけてきた。

茨木城主中川瀬兵衛だ。

「こたびは味方か、愉快やの」

眉尻が上がった気位の高そうな顔、背は低いものの、引き締まった体を黒具足に包んでいる。見るからに剽悍《ひようかん》な男だ。齢《よわい》は四十ほどか。

「瀬兵衛殿」

勘兵衛も瀬兵衛を見つけて、憂いを去った。

気の滅入《めい》りそうな今、瀬兵衛の声を聞きたかった。背兵衛は小気味よい能弁の持ち主だ。

「今も目をつむれば、山崎合戦でまっしぐらにわし目がけて鑓を入れてきた姿が浮かぶわい」

「やめて下され。あのときは、瀬兵衛殿を討ち取れず、恥ずかしい限りでござる。追うな、とご家来衆を止めて下さったからこそ、それがしはここにおりまする」

「勝ち負け決まった戦で殺すには、惜しい武辺者だからな。おぬしは」

瀬兵衛は大きな口を開けて笑う。

武士、それも一軍を率いる将ともなれば、そうそうみだりに笑うものではないとされている。この瀬兵衛はしばしば大口を開けて、弾《はじ》けるように笑う。秀吉もそうだ。

「勘とは、最初は敵同士。有岡城攻めの際には味方。山崎合戦ではふたたび敵となり、当地ではまた味方。面白き縁やな」

「まことにもって」

瀬兵衛の口からは、ぽんぽんとことばが飛び出してくる。対していると勘兵衛まで笑顔になっていた。

瀬兵衛とは、天正《てんしょう》七（一五七九）年の有岡城攻め以来の顔なじみだ。戦上手で叛服《はんぷく》つねならぬ男として知られ、その名はそれ以前から聞いていた。

摂津は長い乱世のなかで、突出した大名を生み出さなかった土地だ。その摂津に瀬兵衛は生をうけた。所領は狭く、率いる人数も少ない。中川家を生き残らせるため、瀬兵衛はしばしば従う主を替えた。

荒木村重《あらきむらしげ》が台頭すると、村重に従った。当初、村重は信長と敵対しており、織田方の和田《わだ》伊賀守と争った。白井河原《しらいかわら》合戦で村重が伊賀守を破ることができたのは、瀬兵衛の果敢な働きによるところが大きい。

村重が信長に帰順すると、瀬兵衛もこれに従って織田方となる。

天正六（一五七八）年秋、村重は同じ摂津国で信長と干戈《かんか》を交えていた本願寺《ほんがんじ》、中国《ちゅうごく》の毛利と気脈を通じ、信長に背いた。勘兵衛の摂津吹田城での手柄は、村重および本願寺と信長との戦いのなかでのことだ。

荒木の乱の当初、瀬兵衛は村重に従い続けていた。信長への謀反をすすめたとさえ噂されていた。ところが同年十一月、信長は山城と摂津の国境を押さえる瀬兵衛と高山右近を調略する。瀬兵衛、右近はともにこれに応じた。

信長は、瀬兵衛が自身につけば、瀬兵衛の嫡男に末娘を嫁がせると申し出ていた。この約定《やくじょう》は守られた。信長が瀬兵衛を高く買っていた証だ。瀬兵衛のような、煮ても焼いても食えない男は頼りになる。

瀬兵衛は織田勢にくわわり、荒木勢と戦うこととなった。村重の居城だった有岡城攻めの陣で、勘兵衛と出会うことになる。

「お互いに、よく生き抜いてきたものよ。めでたきしだい」

「山崎合戦で鑓先を向けた無礼をお許し願いたし」

「許すも何も、感心していた。怨《うら》んでなどおらぬ。敵となり、また味方となるは、天の定めにて、わしもそなたも力のおよぶところにあらず」

勘兵衛はゆっくり首を縦にふる。瀬兵衛のような男にはかなわない。

瀬兵衛の十字紋は、白井河原合戦で討ち取った和田伊賀守の兜の前立てをかたどったものだといわれている。伊賀守はキリシタンだった。

「勘はあれくらいではくたばらぬ、と思っておったがな」

瀬兵衛はげらげらと笑う。

「まったく、めでたいことでござる」

勘兵衛も笑った。

大岩山からは、戦場が一望できる。東眼下に北国街道、西眼下に余呉の海、余呉の海の北の畔《ほとり》から北国街道を遮り、街道東の左祢山へ連なる羽柴勢の惣がまえ。それを余呉の海の北の峰々から見おろす柴田勢の諸砦。

「絶景でござるな」

瀬兵衛はうなずきながら、顔から笑みを消す。

「まことに趣深い山水ながら、ここを守るとなると、そう呑気にもしておれぬ」

「砦の具合はいかがでござろうか」

わざわざ大岩山に登ってまでも、瀬兵衛に問うてみたかったことだ。

「なんとか仕上げはした」

満足はしていない様子だ。

惣がまえを指差す。

「この山峡に踏み込んでみると、敵が先に砦をかまえておった。それでこちらも慌てて砦普請を始めた。惣がまえはしっかりと固めねばならぬ。我らもまず、惣がまえの普請を手伝ったのち、この大岩山に移った。ここしかなかった。敵にあてがわれたような場所だ。そもそも砦に向いた地勢でもない」

勘兵衛もこれには納得だ。

「急ぎ縄張りをして、砦は築いた。しかし、峰の頂を切り拓《ひら》いたものの、充分な広さが取れず、足軽衆の根小屋は堀、土居のなかに収められなかった。敵が攻め寄せてきた場合、根小屋を焼かれてはことじゃ。だが、この度はどうしようもない」

小さな砦の周り、さらにここへ登る山道の両脇にも足軽衆の根小屋が並んでいる。

時があれば、幾多の戦場にのぞみ、砦も築き慣れている瀬兵衛は、適所を切り拓き、そこに足軽衆の根小屋をまとめただろう。敵がすでに築いた砦に入っているのに、その面前でいつまでも普請を続けるわけにもいかず、やっつけ仕事となったようだ。

「また、それにくわえて筑前めが、そうせよ、と命ずるから、今、ちょうど番手替えをしておる。惣がまえの替え終わりを待った。七百ほどの人数を茨木へ帰した。まだ新手が着かぬ。当面、この砦には一千しかおらぬ」

瀬兵衛は山崎合戦勝利の後、己に薄礼を用いた秀吉に対し、

——はや、天下人の顔をするか。

と腹を立てたという。

この陣中でも、筑前め、呼ばわりだ。

勘兵衛はそのような瀬兵衛を好もしく思う。瀬兵衛は、信長の死後、秀吉につくのが有利か、光秀につくのが有利か、頭の芯が痺《しび》れるほど思案したに違いない。そこへ秀吉が驚くべき速さで引き返してきて、意を決した。

秀吉に賭けた。勝ち馬に乗ったわけではない。さらに山崎の戦場では、羽柴方を勝たせるために獅子奮迅《ししふんじん》の働きを見せた。みずから賭け、賭けに勝ったと考えているようで、秀吉への媚びなどさらさらない。

「砦のできについては仰せの通りかもしれませぬが、惣がまえがござる。勝敗は

惣がまえの攻防で決するのではありますまいか。もし、惣がまえが破られ、この大岩山、北の岩崎山、南の賤ヶ岳で敵を防ぐとなれば、それは味方をできるだけ多く、長浜城へ逃がすために時を稼ぐ戦となり申そう」

勘兵衛は己の見通しを語ってみせる。

時を稼ぐ戦、などといえば、利かん気の瀬兵衛が怒り出してもおかしくはない。しかし、利かん気ではあっても、瀬兵衛は度量に欠けた男ではない。

「砦の、かまえの、などというのは気休めよ。役に立つかどうかは、籠っておる者しだいや」

瀬兵衛は鼻髭《はなひげ》をひねりながら、何かを考えているようだ。

「この大岩山を始め、岩崎山も賤ヶ岳も、余呉の海の東から南側の砦がやわなことは、山路将監の口から佐久間玄蕃に伝わっておるだろう。番手替えの最中であることも、将監は告げたはず。そんなことが分からぬ筑前ではない」

こちらを見おろして、佐久間玄蕃の陣がある行市山は、今日も静まり返っている。

「玄蕃は侮れぬ。壮気の者だからな」

どうやら、瀬兵衛は勘兵衛の見通しには同意していないようだ。

「筑前めは、我らを囮《おとり》に使う気ではあるまいか」

ぼそりと呟く。

勘兵衛は瀬兵衛の胸中をはかりかねた。

――余呉の海の東岸、南岸の諸砦の戦備が整っておらぬとしても、玄蕃の精力がみなぎっておるにしても、空を飛べるわけではあるまい。どうやって、惣がまえを飛び越すのか。

瀬兵衛はまだ何かを考えていた。

「それはそれで面白い」

不敵に笑う。考えがまとまったようだ。

勘兵衛は、瀬兵衛の頭のなかに描かれている戦の情景を知りたいと思った。しかし、問うばかりでは横着が過ぎるだろう。木ノ本に帰ってから考えてみることにした。

「一千しかおらねば、その一千で功を為《な》すのがわしの戦や」

瀬兵衛は勘兵衛のほうを向いて、胸を張る。

「感服仕《つかまつ》る」

叛服つねない、と言われる瀬兵衛は、ついた側で必ず手柄を上げる。勘兵衛は敬意を抱いていた。

「見ならえ」

瀬兵衛は、けたけたと笑う。

勘兵衛は時を割いてくれたことに礼を述べ、大岩山を下った。

佐久間玄蕃の急襲

未明に目が覚めた。

爆鳴は聞こえない。

――敵が近づいてきている。

勘兵衛は己の直感を疑わない。

おそらく殺気のようなものを感じるのだろう。どこの戦場でも、夜討ち、朝駆けの前には必ず目が覚める。山路将監が敵陣に奔ったおりに目が覚めなかったのは、殺気が放たれていなかったからに違いない。

寅《とら》刻（四時）ごろと思われる。天正十一年四月二十日、あと一刻ほどで夜が明ける。

勘兵衛は小者どもを起こし、胴に鶴の丸を描いた鎧を着けて、鶴の丸前立ての兜を被《かぶ》る。一間半の鑓を携え、旗指物と竿を小者に持たせ、本陣へ急いだ。二間余の旗指物は建物のなかでは邪魔だ。竿を三本継ぎにして、背負わぬとき、旗は外してある。

「敵が襲ってくる。みなを起こせ」

地蔵院の門で不寝番に立つ者、地蔵堂の宿直《とのい》の者に命じる。地蔵堂から大岩山、賤ヶ岳の方角を仰いだ。空が白んできた。

——敵が狙っているのは、大岩山砦ではあるまいか。

胸騒ぎがする。

「何ごとじゃ」

「日向殿、敵がくる」

勘兵衛はふり返っていう。

日向は起こされて、真っ直ぐ地蔵堂へやってきたらしく、まだ寝ぼけ眼だ。

ふたたび峰々を見上げたとき、けたたましく爆鳴が湧き起こった。

「大岩山だ」

勘兵衛は叫ぶ。

大岩山砦からもすぐさま鉄砲が放ち返された。鬨《とき》の声が続く。

——瀬兵衛殿。

まだ寝ている味方を叩き起こすつもりで、瀬兵衛は士卒に鬨の声を上げさせたに違いない。

「敵はどこからきた」

先ほどまでの寝ぼけ眼とは打って変わって、大きく目を見開き、日向が声をもらす。

左祢山砦、北国街道の柵、堂木山砦、神明山砦を惣がまえとして、岩崎山砦、大岩山砦、賤ヶ岳砦、田上山砦が内曲輪、木ノ本は本丸ということになろう。敵が惣がまえを攻め、突き抜けて内曲輪の大岩山を襲ったのならば、大合戦になっていたはずだ。そもそも勘兵衛らに眠る暇もなかっただろう。

——どのように思われようと、瀬兵衛殿に問うておくべきだった。

臍《ほぞ》を噛む。

瀬兵衛は薄々ながらこのようなこともあり得ると考えていたようだ。勘兵衛も大岩山から木ノ本に戻って思案した。瀬兵衛の杞憂《きゆう》である、と片づけていた。

「若君が出御なされまする」

喜八郎の鋭い声が響く。

勘兵衛も日向も床几に着く。

秀勝は萌黄《もえぎ》縅《おどし》の具足を纏《まと》い、鍬形《くわがた》前立ての兜の緒をきりりと締めて、姿をあらわした。

「大岩山砦にやってきたのは、柴田勢のうち、どの将じゃ」

秀勝は寝起きがよい方なのだろう。頭も回っているようだ。

「それはまだ」

日向の歯切れは悪い。

瀬兵衛からも、秀長からもまだ知らせはない。木ノ本は大岩山を仰ぐような地勢となるため、大岩山砦の背は見えるものの、敵を迎え討っているに違いない正面が見えない。

勘兵衛は床几から滑り降りるようにして、秀勝の足元にひざまずく。

「それがしが田上山砦に登り、様子をうかがって参りまする。合わせて、小一郎様のお下知を仰ぎ、お伝えいたしまする」

秀勝は白く凜々《りり》しい面を縦にふる。

「頼んだ。使番ひとり、勘兵衛についていけ」

素早く命ずると、今度は日向に声をかける。

「日向、もし大岩山砦が抜かれれば、敵はこの木ノ本に駆け下ってくるやもしれぬ。我が家の者は当然として、他の諸将にも持ち場を厳しく取り固めるよう命じよ。抜かりあれば曲事《くせごと》とする」

「はっ」

勘兵衛と日向はともに地蔵堂を出て、目を見交わし合って、別れた。

――長陣は終わりじゃ。雌雄が決するまで、もはや戦は止まらぬ。

日向も勘兵衛と同じ思いであるように感じる。

勘兵衛は跳ねるように田上山を登っていく。

「勘兵衛」

砦に入り、秀長の陣屋がある曲輪の虎口を潜《くぐ》ろうとしたとき、声が降ってくる。見上げれば、北国街道を見おろすようにそびえる櫓の上に長身の武者がいる。兜でよく顔は見えないものの、背の高さで高虎と知れる。高虎は勘兵衛を招いている。

――昇らずとも櫓のような高さに目がついている。櫓に昇れば、なおさら遠くが見えるだろう。

勘兵衛も虎口から入り、櫓に取りついた。高虎の手を借り、昇り切る。

「行市山の佐久間玄蕃が動いた」

高虎の声を聞きながら、柳ヶ瀬表で一番高い行市山を眺めた。もはや出勢し切ったのだろう。人の動きは見えない。

むしろ、人が盛んに動いているのは、行市山の南の尾根筋だ。

「物見が申すところと、眺めてみて分かったことを合わせると」

北国街道のほうにも目をやる。

旗、幟《のぼり》を盛んに靡《なび》かせ、敵が押し出してくるのが見えた。勝家率いる旗本備だろう。ただし、まだ惣がまえには至っておらず、左祢山砦も街道の柵も堂木山・神明山両砦も健在だ。

「玄蕃の軍勢は、行市山より低い峰々に陣取っていた柴田方と勢を揃えて、余呉の海の浜に降り、西の畔を南に進んで、東に折れ、大岩山砦に駆け上がった。浜には降りなかった別手が尾根伝いに賤ヶ岳の麓まできて、大岩山に加勢が出せぬよう、賤ヶ岳砦を睨んでいる」

「鮮やかな。考えすらしなかったわい」

勘兵衛は佐久間玄蕃を褒めた。敵ながら見事だ。

大岩山では敵味方が放ち合う鉄砲の爆鳴が切れ間なく、武者押しの声も休みなく聞こえている。音の塊が宙を飛び、勘兵衛の耳を打ち、体を震わせる。

この地で対陣が始まって以来、羽柴勢の目は北国街道に注がれてきた。いずれ、ときが満ちれば、柴田勢は北国街道に降り、街道を南に進んで、羽柴勢の陣を押し破ろうとする、と考えていた。

「玄蕃は我らよりも広く、戦場を眺め渡していたか」

佐久間勢は、羽柴勢が考えていた戦場の縁、あるいは外側を通って惣がまえを避け、大岩山砦を襲っている。

今、大岩山砦が攻められてから眺めてみれば、行市山から余呉の海の西の浜を通って大岩山に至るまで、遮るものは何もない。羽柴勢が戦場の外と考えていた尾根筋は、行市山から賤ヶ岳まで繋がっている。谷が天然の堀切《ほりきり》となってはいるものの、兵が配されているわけではない。汗をかくことを厭《いと》わねば越えられる。

「堂木山、神明山の尾根筋は、佐久間勢が南へ下った尾根筋に通じている。しかし、神明山砦の北西五町の尾根続き、茂山《しげやま》に前田父子の軍勢が移ってきて、両砦の人数が佐久間勢の背後に出られぬようにしておる」

さすがは高虎だった。闇のなかを忍び寄った敵の動きを掌《たなごころ》に見るかのようだ。

「小一郎様のお下知はいかに」

「諸砦、各備には、各々の持ち場を固く守るよう、使番を放たれた。おぬしは途中でいき違ったのだろう」

北国街道の上でも遠鉄砲が響き始める。

戦は大きく動き出している。さらに勝家の旗本備が街道上にあらわれたことで、柴田勢が先手を取った。大岩山砦に不意打ちを食らわせたことで、惣がまえ、さらには田上山の秀長勢もこの敵に備えねばならない。羽柴勢は後手後手に回らされている。

――動き続ける。

今、柳ヶ瀬表で対する敵味方は、柴田勢二万五千、羽柴勢もほぼ同数。秀吉は美濃へ去った。なんとか、この地にいる羽柴勢で敵の攻めを凌ぎ切り、盛り返さねばならない。

大岩山砦で戦が始まってから一刻ほどが経った。夜闇はすっかり去り、朝を迎え、柳ヶ瀬表の天地は光に満ちている。

大岩山砦の周囲から煙が立ち昇り、やがて火を噴いて燃え出した。

「砦周りの根小屋に火を放たれたか。あれでは瀬兵衛殿も燻《いぶ》されているようなもの」

砦はもうもうたる黒煙に包まれている。

「櫓を降りよう」

高虎が言う。

勘兵衛もうなずく。もはや、大岩山砦の命運は決した。先日会った瀬兵衛の顔を思い出す。勘兵衛は降りる梯子《はしご》を砕けよ、とばかりに強く摑んだ。

秀長が床几をすえた田上山の本陣に入る。

「佐久間勢は大岩山砦の周囲に火を放って、砦を燻し責めにしております。勘兵衛の話では、砦の周りには根小屋が並んでいたとのこと。大岩山砦は長くは持ちますまい」

高虎は座ったままの秀長に言上する。

「左様か」

突盔形《とっぱいなり》の兜に具足、黒地に金筋の入った陣羽織という姿の秀長はことば少なく答える。ちらと勘兵衛を見たものの、なぜ、ここにいるなどとは問わない。

勝家の旗本備と対している左祢山砦、街道の柵、堂木山砦、神明山砦から、入れ替わり立ち替わり、使番がやってきて秀長に戦況を告げる。

「大岩山砦から、ご使者が」

取次の叫びに、立ったままの勘兵衛は顔をふり向けた。

「早う、これへ」

秀長も取次のことば尻に被せるように、命ずる。

櫓から見た大岩山砦の様子は、今から後詰めを送ったところで、どうすることもできないように見受けられた。使者を発することも、その使者が敵手に落ちず、こうして田上山までたどり着くことも至難の業だったろう。使者は秀長の面前で、ひざまずいた。

煤《すす》に塗《まみ》れ、真っ黒な顔に血走った目を見開き、具足の金具にも輝きはない。煤は総身を覆っている。もともと人当たり柔らかく、懇切丁寧な秀長は、なおいっそうのいたわりを声に込める。

「大儀じゃ。大岩山からこの田上山まで、ようたどり着いてくれた。聞こう、瀬兵衛殿はなんと仰せじゃ」

「瀬兵衛殿はご無事か。あのご仁は強運の持ち主。まさか、この程度のことで」

高虎に肩をつかまれながらも、勘兵衛は身を乗り出して問うた。

秀長は勘兵衛を叱りもせず、凍りついたように、真っ直ぐ使者を見詰めている。

使者は拳を床につく。真っ直ぐ背を伸ばし、秀長に対した。小柄ながら威勢のいい様子は、まるで瀬兵衛本人がそこにいるかのようだ。

「我が主、中川瀬兵衛はすでに腹を切り申した。仰せのごとく、瀬兵衛は強運の持ち主なれど、その運も今度こそは尽き果て申した。最期におよび、瀬兵衛は、我が命運、そして、大岩山砦の進退もきわまった、と述べ、今日未明から見聞したこと、瀬兵衛の働きぶりを小一郎様にお伝えせよ、と。お味方の巻き返しの役に立てと、それがしに命じ申した」

瀬兵衛がすでに腹を切ったという。勘兵衛は肌があわ立つのを感じた。驚き、悲しみ、嘆き、悔しさ、惜しさ、そういった月並みなことばではあらわし難い、何かが腹の底から湧き上がる。頭の芯が痺れるようだ。

秀長は一瞬、驚きをあらわにしたのち、すぐに沈着な面持ちに戻った。

「惜しいことを」

嘆きはそのひと言だけだった。

「よし、語れ。瀬兵衛殿の死を無駄にはせん。必ず、盛り返してくれよう。そのためには、まず聞かねばならぬ。語れ」

「はっ」

使者は地の底から響いてくるような声で語り始める。この使命が、主が死に、朋輩《ほうばい》が斃《たお》れるなかで、使者をここまで導いてきたものだ。

今朝まだ暗い時分、大岩山の麓で余呉の海の岸辺、尾野路《おのろ》浜で馬を洗っていた厩番《うまやばん》たちが、余呉の海を西から回り込んできた敵に襲われた。ほとんどの厩番は佐久間の精兵に手向かいすることもできず、その場に屍《しかばね》を晒す。生き残った者が大岩山砦に駆け上がり、番兵に急を告げた。

「瀬兵衛は飛び起きるなり、鉄砲を放て、砦に取りつかせるな、と命じ申した」

大岩山の戦には序盤がなく、いきなり酣戦《かんせん》となる。

大岩山砦から放たれる鉄砲に、佐久間勢も鉄砲で応じる。玉の下を潜るようにして佐久間勢の武者は山肌を攀じた。

余呉の海の浜から大岩山砦の空堀までは、七十丈（一丈は約三メートル）。攀じ登る武者のあとを追い、鉄砲足軽たちも山を登りながら鉄砲を放った。

「正面の敵勢は四千ほど。岩崎山に回った敵がさらに二千。尾根伝いに賤ヶ岳の麓に至った敵が三千。神明山、堂木山の尾根筋のつけ根、茂山にも敵の動きが見え申しそうろう」

賤ヶ岳を峰として、木ノ本の北にそびえる尾根筋を攻める敵は九千ほどということだ。

迎え討つ羽柴勢は賤ヶ岳砦に二千ほど、大岩山砦には一千、岩崎山に至っては五百程度だろう。番手替えの最中ということもあり、すべて合わせても三千五百。敵の半分にも満たない。

「されど、砦の兵が放つ盛んな鉄砲に敵も難渋いたし、なかなか砦にはたどり着けずそうろう」

煤まみれの使者は胸を張る。

——それでこそ、瀬兵衛殿。

勘兵衛は溢《あふ》れる涙を止めることができない。使者の姿がにじむ。

「佐久間玄蕃は思案いたし、鑓を抱えた侍どもを山腹に止め、鉄砲衆には放ち合いをさせ、砦の脇に雑兵どもを忍ばせ申した」

佐久間勢の雑兵たちは松明《たいまつ》を手にしていた。中川勢の雑兵たちが砦に籠り、人気のない根小屋に次々に火を放ち始める。

瀬兵衛は鼻を動かし、煙を感じ取ると、玄蕃の策を褒めたという。

——玄蕃め。やはり、そう仕かけてきたか。若造とばかり思っていたが、なかなか戦に練れたようやな。

勘兵衛は、不敵に輝く瀬兵衛の眼差《まなざ》しを思い出す。

砦に立ち込める煙が濃くなっていくなかで、瀬兵衛は黒母衣《くろほろ》を背負った。弟の淵之助《ふちのすけ》は白母衣を着ける。立ち込める煙を逆手に取り、煙を幕にして、精兵を率い、討って出る。

黒母衣の瀬兵衛と白母衣の淵之助を先登に、百人ほどの中川勢が山腹の佐久間勢に忍び寄った。

——これなるは頂の砦の大将にして、摂津茨木の住人、中川瀬兵衛と申す者なり。聞き憶えがあろう。玄蕃はいずこじゃ。素っ首を刎《は》ねてくれん。

——瀬兵衛が舎弟淵之助、これにあり。摂津武者の武辺のほどを見よ。

そう叫ぶと、煙の幕から飛び出し、佐久間勢に飛び込んだ。

中川家の精兵も瀬兵衛・淵之助兄弟に続き、暴れ回った。仰天したのだろう。不意を突かれた佐久間勢は一町ほど山肌を逃げ下った。

しかし、多勢に無勢だ。佐久間勢はすぐに中川勢を取り囲んだ。久留子《くるす》紋の旗は一本、また一本と敵に呑み込まれて見えなくなった。

小半刻ほどして、黒母衣を失った瀬兵衛が、追いすがる敵を突き落とし、蹴落としながら砦に戻る。体のあちこちに手傷を負っていた。

「主は手前を呼び寄せ、汝《なんじ》、まだ年若なれば、この砦で死ぬことを許さず、と仰せられました。我が腹の切りようをよく見て、田上山に走り、羽柴小一郎殿に大岩山の合戦のしだいを言上すべし、とも」

瀬兵衛は砦の士卒を鼓舞すると、みずからは陣屋に入り、腹を切った。

煙に巻かれて、兵たちは右往左往しており、瀬兵衛の鼓舞を受けても逃げ出す者がいた。使者はそういった者たちに紛れ、田上山砦まで駆けてきた。

「瀬兵衛殿のご最期のご様子、たしかに承った。勇士の最期なるかな」

秀長は大きく目を見開き、何度もうなずく。

「下がって、まずは顔を洗え。煤だらけじゃ」

小姓に命じて、介添えをさせ、使者を下がらせる。

勘兵衛は使者にねぎらいと敬意を示すため、威儀をただす。

うつむき加減の使者の眼差しが、勘兵衛の胴の鶴の丸をとらえて、上がった。

「貴殿は渡辺勘兵衛殿では」

「仰せの通り」

一礼する。

「ここでお会いできたのは、神仏のお導きでございましょう。主から貴殿への言伝がござる」

「なんと」

驚くとともに、誉《ほま》れを感じていた。

瀬兵衛ほどの武人が、その最期においても、己のことを気にかけてくれていたのだ。

「お聞きあれ。――我が主はかくのごとく勘兵衛殿にお伝えいたせ、と」

使者は力をふり絞るように語る。

「この大岩山からは見えぬが、さだめし彼岸からは勘の姿が巨細もらさず眺められるであろう。楽しみにしておるぞ」

つとめて明るく語ったであろう、瀬兵衛の顔がまぶたに浮かぶ。

武者の泣きっつらなど、瀬兵衛は見たくもないはずだ。それでも、涙が止まらない。

「大山崎で、わしは勘のゆく末に賭けたのじゃ。あれは、鑓先で諸侯の座くらいは突いて取るはずの男。わしをがっかりさせるなよ、と」

述べ終えると、使者は力を使い切ったかのように、前のめりに倒れてくる。

勘兵衛はあわてて抱き止めた。

「気をしっかり持たれよ」

使者はなんとか、ひとりで立つ。

勘兵衛は、疲れ切った様子で、小姓に手を引かれていく使者を見送った。

――鑓先で諸侯の座くらいは突いて取るはずの男。

そのことばが耳に残った。妙に生々しく、重く感じる。

諸侯とは大名のことだ。それも城持ち以上の大名を指す場合が多い。瀬兵衛や旧主阿閉貞征《さだゆき》がそうだ。関東の北条《ほうじょう》や中国の毛利も含まれる。

――この儂が、か。

狐《きつね》につままれたような気分だ。

そのせいか、いくらか感傷は収まってきた。

――瀬兵衛殿のことだ。そこまで案じて下さったのかな。

激情の嵐は過ぎ去り、頭が回り始める。涙は止まらない。

瀬兵衛が腹を切る前に、士卒を鼓舞したことが腑《ふ》に落ちない。

――瀬兵衛殿のような男が、侍はともかく雑兵までいたずらに死なせるだろうか。

からりとした男だ。敵が強く、あるいは多数だとしても、戦うが得と見れば勇を奮って戦う。逃げるが得と見れば、評判など気にせず逃げる。瀬兵衛にとって大切なのは、最後は味方を勝たせて、手柄を上げることだ。

――死なせることはあるまい。それでも戦えと命じたというのならば、瀬兵衛殿は、この戦、羽柴勢が勝つと考えていたということだ。

羽柴勢が勝つならば、戦後、秀吉は瀬兵衛と将士の奮戦に報いるため、瀬兵衛の遺児を大いに取り立てるだろう。

「瀬兵衛殿は、去る十六日、手前にこう仰せられました」

使者が膝をついていた場所に立ち、瀬兵衛は秀長に語りかける。

「筑前めは、我らを囮に使う気ではあるまいか、と」

秀長の眉間に一本、深いしわが刻まれた。

「また、こうも仰せでありました」

涙を拭うこともなく、勘兵衛は続ける。

「それはそれで面白い。一千しかおらねば、その一千で功を為すのが、我が戦と」

涙はしだいに止まってきた。

「瀬兵衛殿は大岩山が危ういことに気づいておられました。それでも筑前守様に賭け、お命を捨てられたのです。お味方勝利ののちは、何とぞ、瀬兵衛殿の忘れ形見、中川家中の者に手厚く報いられますよう」

「勘兵衛に言われるまでもない。勇士の功名を忘れることなどない」

秀長は深々とうなずく。

「ご注進、ご注進」

今度は大岩山の尾根続き、岩崎山砦の高山右近が発した使番が駆け込んでくる。

「隣り合う大岩山砦が落ち、岩崎山の砦は余呉の海の畔からだけではなく、南の尾根伝いからも攻められております。右近はすでに、この砦、保ち難しと見て、岩崎山砦を捨て、小一郎様のお下知を受けるべく、田上山に向かっております」

憂うべき知らせだった。

右近が岩崎山砦を捨てたということは、まもなくそこに佐久間勢が入るということだ。賤ヶ岳から北東に延びる尾根が敵手に落ちるということにほかならない。木ノ本のすぐ北を守る砦の連なりのなかで、残るは賤ヶ岳砦のみだ。

「与右衛門」

秀長はあくまで低い声で高虎に命じる。

「高山勢を田上山砦に収める。曲輪をひとつ空けよ」

「承りましてござる」

秀長にはからずも砦を捨てた右近に文句をつけることはなかった。

「これなる藤堂与右衛門が案内いたす。右近殿に追い討ちを受けぬよう気をつけて、田上山においであれ、と伝えよ」

高虎と右近の使番がともに本陣を出ていく。

「小一郎様」

勘兵衛はふたたび秀長の正面に歩み出る。もう涙は乾いていた。

「畏れながら申し上げます。大岩山砦が落ち、岩崎山砦から高山右近殿が退かれた今、木ノ本の北の備えはこの田上山砦と賤ヶ岳砦のみ。賤ヶ岳砦には、すでに行市山から尾根伝いに進んできた敵勢が、押さえとしてついていると聞きおよびまする。佐久間玄蕃がその気になれば、賤ヶ岳砦を置き残し、木ノ本に乱入することもできまする」

一度、ことばを切る。

秀長は穏やかな顔つきで耳を傾けていた。

「万が一に備え、若君を木ノ本本陣から、この田上山にお迎えすべき、と存じまする」

「よう気づいた」

秀長が膝を打つ。

「丹波守殿は田上山にお迎えいたすべし。ただし、木ノ本を捨ててはならぬ。委細は任せた」

「ありがたく存じまする」

勘兵衛はすぐに幔幕《まんまく》を外へ潜った。

秀勝がつけてくれた使番を見つける。

「小一郎様のお指図じゃ。若君と日向殿にお伝えしてくれ」

使番は秀長の命と聞き、片膝を地につける。

「佐久間玄蕃は大岩山砦、岩崎山砦を手に入れ、まさに木ノ本の頭上におる。若君は供廻《ともまわ》りの者たちと、急ぎ、田上山にお登りあれ。また、木ノ本を敵手に委ねてはならぬ、との仰せじゃ。日向殿は木ノ本に留まって、丹波衆を統べられるべし」

「たしかに承った」

使番が田上山を下っていく。

木ノ本本陣は田上山の麓にある。木ノ本の町は、そこから北国街道を挟み、西へ広がっている。敵が迫った今、秀勝の家来たちは、秀吉嫡子たる秀勝と木ノ本の町の双方を守らねばならない。秀勝を田上山にいかせれば、後顧の憂いなく、木ノ本の町を守ることに専念できるだろう。

瀬兵衛のことがまた気になった。

——羽柴勢の勝ち目はどこにある。

何も言い残さなかったようだ。

——敵を動かしたとはいっても。

羽柴勢は裏をかかれた。佐久間玄蕃は秀吉の戦立てそのものをひっくり返した。

勘兵衛は田上山北西の峰々を見上げる。大岩山砦周囲の根小屋はもう燃え尽きてしまったのか、薄い煙が残るばかりだ。陣屋にも火が移ったのだろう。陣屋が燃えている。

その大岩山砦のなかで武者が盛んに動き回っているのが見える。中川勢ではないだろう。砦に乗り込んだ佐久間勢であるはずだ。傷つき、取り残された瀬兵衛家来たちの首を取っているのだろう。

勘兵衛から見て右手、大岩山から北東へ低くなっていく尾根にある岩崎山砦も同じことだ。敵兵の姿が望める。火の手や煙は見えない。

――右近殿は砦に火もかけず逃げ出したのか。

瀬兵衛を惜しく思う分、逃れた高山右近に腹が立つ。逃げるにしても、敵に使わせぬよう、陣屋は焼き捨てるのが定法だ。あるいは、そのゆとりもないほどに、虚をつかれたのかもしれない。

左手奥、わずかに霞《かす》む賤ヶ岳砦だけが、まだ羽柴勢の手にある。

羽柴勢の砦はすべて、北国街道を南に下り、近江の淡海東岸の平野に出ようとする柴田勢をこの山峡で防ぐべく作られている。勝家の意図が見えにくかったため、羽柴勢は柴田勢がいずれは北国街道を進んでくる、と見なして普請するほかなかった。

玄蕃は北国街道ではなく、余呉の海の西岸、畔と尾根からこれを攻めている。街道西側の砦は余呉の海と峰々を天険と頼んで築かれている。西から回り込まれることは、そもそも考えに入れて作られてはいない。

「勘兵衛」

高虎が本陣に戻ろうとしていた。

手早く高山勢受け入れの差配を終えたのだろう。

「高山の手の者から、よいことを聞いた。ひと安心じゃ」

「高山の者はなんと」

「岩崎山砦を襲った佐久間勢は、岩崎山砦がまもなく落ちると見て取ると、半分を岩崎山砦攻めに残し、半分は尾根伝いに大岩山へ向かったらしい」

「どの辺りがよい知らせなのか、儂にも分かるように言ってくれ」

高虎は腰に手を当て、ゆるゆると頭をふった。呆れた、といった調子で続ける。

「よいか。今にも落ちそうだが、まだ落ちてはおらぬ岩崎山砦を放り出して、すでに落ちた大岩山砦に半数を向かわせるのは、理屈に合わぬ。勘兵衛が目の前の砦を放り出し、すでに味方の手に落ちた砦へ向かえと命じられたならば、どう思う」

「なるほど。奇妙な」

砦攻め、城攻めの武功は、塀を越えるとき、さらに塀を越えたのちに得られるものだ。塀の外では、砦の敵が放ってくる鉄砲玉から逃れるのが主で、武功を上げる機会は少ない。塀を登り、城内に討ち入ってこそ、武功が得られる。

もうすぐ落ちようとする砦を捨てて、落ちた砦に走るのは、たしかに理にもかなわず、利にもならない。

「武士が戦場で理屈に合わぬ行いをなすときは、そこに軍令が働いていると見なすべし。討ち捨てなどそうであろう」

「もっとも」

人数で上回る敵と戦うときや、なんらかの事情で迅速に勝利を目指すべきとき、敵の首を取らず、討ち捨てにせよ、という命が下る場合がある。

敵の首を取ることは武功のもといだ。そのため、命を守らぬ者が往々にしている。

「玄蕃はおそらく岩崎山砦に向かった人数に、岩崎山砦が落ちたならば、すぐ大岩山砦の味方のもとに集まるべし、という軍令を与えている。玄蕃は大岩山砦で軍勢を立て直し、賤ヶ岳砦を攻めるはずだ。賤ヶ岳以外の場所に軍を動かそうとするならば、より低い岩崎山砦に兵を集めるであろうからな」

「玄蕃にも練れておらぬところがござるな」

瀬兵衛の言い回しになぞらえて、勘兵衛は答える。高虎が言わんとするところが分かった。

「佐久間勢は賤ヶ岳砦に向かうのでござるな。賤ヶ岳砦が持ち堪《こた》えれば、そのあいだ、こちらは時が稼げると」

「さよう。岩崎山を北に下られて、惣がまえを柴田修理の旗本備と挟み討ちにされれば、危ういところじゃった。そうなれば、田上山砦の軍勢も北国街道に降りて、惣がまえの後詰めをせねばならぬ。玄蕃が賤ヶ岳に向かうならば、まずは吉報。玄蕃は背後に敵を残したまま、いっきに勝負を決することをためらったのだ。我らはまだ、つきに見放されてはおらぬ」

北に進まれていれば、秀長率いる羽柴勢も高地に陣取る利を捨てねばならない。狭い山峡の平地での戦となれば、羽柴勢も柴田勢も数の利を活《い》かせない。羽柴勢の意表を突き、ふたつの砦を奪って勢いがついている柴田勢のほうが有利になったはずだ。

「しかし、賤ヶ岳砦が持ち堪えたところで、戦をひっくり返すに足る妙案がござろうか」

勘兵衛は首をひねる。

――持ち堪えるには、そのあとに敵を仰天させるほどの妙手を用意しておかねばならぬ。ただ凌げというだけでは、すぐに疲れが出る。

どこまで耐えれば勝利し得るという目途がなければ、人はそう長く守る戦を続けられるものではない。ただ守り、凌ぐだけの戦では、士気が保てない。特に雑兵らには負け戦につき合う義理がない。長引けば、逃げ出そうとするだろう。

「ない。今はわしも思いつかぬ。されど時が稼げれば、思いつきもしよう」

高虎は正直に打ち明ける。

「我らは賤ヶ岳砦をなるべく長く、保たなければならぬ」

「かの砦を守る軍勢も、せいぜい二千。後巻きを遣わさなければなりませんな」

「これより、そのむねを小一郎様に言上する。勘兵衛もこい」

高虎は勘兵衛の袖をつかみ、有無を言わせず、引き立てるようにして本陣の幕を潜る。

「与右衛門か。手早いことじゃ。高山勢は無事引き取ったか」

何か考えごとをしていた秀長は、渋紙を貼り合わせたかのような顔を高虎に向ける。

「北の曲輪を空け、すでに先に逃げてきた者らは、曲輪に入り申した。高山右近殿も、無事に砦を出られたとのこと」

「右近殿がご無事だったのは幸い。重畳重畳」

籠手《こて》をはめた手で、はたはたと膝を打つ。

「殿、佐久間勢は賤ヶ岳砦に攻めかかるようでございまする」

高虎のことばに、秀長はわずかに愁眉を開いたかのように見える。

「賤ヶ岳か」

大度《たいど》にふる舞ってはいるものの、秀長の胸中は決して穏やかではあるまい。兄秀吉に任された柳ヶ瀬表の陣は、佐久間玄蕃の一挙により、累卵の危うきにある。羽柴勢は受けに回らされており、何ひとつ、手を打ててはいないのだ。

賤ヶ岳と聞いて、秀長はほっとした様子を見せた。秀長もまた、このまま玄蕃が尾根を下ってくることを恐れていたのだろう。

「賤ヶ岳砦に敵を引きつけておけば、その分、味方が巻き返す手を考える時を稼げまする。賤ヶ岳砦に後詰めを送るべきかと存じまする」

「時が稼げるか」

秀長は鼻の頭をこすった。

戦にはいくつもの分かれ道がある。将であれ、士であれ、雑兵であれ、分かれ道に差しかかったのならば、瞬時にどの道を進むかを選ばねばならない。躊躇《ちゅうちょ》すれば、道はたちまちにして塞《ふさ》がれ、選ぶことはできなくなる。

残るのは、滅びに至る道一本ということも往々にしてある。

――玄蕃が賤ヶ岳砦を攻めることを選んだのは、正しかったのかどうか。

　勘兵衛は悠長にそんなことを考えた。

　――この戦に決着がついたとき、その答えもおのずと出る。

　なんにせよ、佐久間勢は、羽柴勢が守り通さねばならぬ北国街道と木ノ本から、一時、遠ざかった。

「賤ヶ岳には右近殿にいってもらうか」

　秀長の呟きを聞き、高虎は嫌な顔をあらわにする。

「高山勢五百では、大した加勢にもなりますまい。高山勢に道案内を頼み、田上山の軍勢も二千、あるいは三千は割かねばなりませぬ」

　秀長は考え込む。

　選べる道が塞がっていくように感じる。勘兵衛も気が気ではない。

「左祢山からご注進」

　幕が上がり、使番が駆け込んでくる。

　高虎、勘兵衛は二、三歩さがった。

「敵は狐塚《きつねづか》に備を立て、それきり進んでは参りませぬ。こちらの動きを眺め、また佐久間玄蕃と使番を往来させている様子。その数、七千ほどになるかと」

　堀秀政の使者は息を弾ませて述べる。

狐塚は惣がまえの土居、柵が構えられている狭く、南北に細長い平地への北の入口に当たる。

「嫌な場所に陣を立てよる。修理め」

感心したように、また忌々しそうに秀長はひとりごちる。

「まことに嫌な場所でございますな」

高虎が相槌《あいづち》を打つように、北の空を眺めて呟く。

惣がまえ西側、堂木山砦、神明山砦の兵は動けない。背後の茂山に陣を移した前田利家・利長の軍勢に押さえられている。惣がまえの大手、街道の柵の兵、惣がまえ東側の左祢山砦の堀勢を合わせれば、柴田勢とほぼ互角。互角ならば、砦、陣から出るのは不利だ。結局、惣がまえの兵は動けない。

柴田勢が北国街道を南に進んできたならば、田上山砦の秀長勢も北へ向かって、合戦を遂げねば勝利は期し難い。しかし、佐久間勢が田上山北西の尾根に跳梁している以上、迂闊《うかつ》に田上山の兵を動かすことはできない。

――玄蕃が賤ヶ岳に向かったとしても、戦の流れは敵が握っておる。

秀長としては、使番に、ただ、

「大儀だった。以後も敵に動きがあれば、すぐに知らせてくれ」

そう返して、下がらせるほかない。

ため息をつきながら、高虎に対する。

「聞いた通りじゃ。敵がきておるのは、西の尾根筋だけではないのだ。田上山の兵は割けぬ」

高虎も何も言い返すことができない。

「塩津浦に軍船を浮かべている丹羽五郎左衛門《ごろうざえもん》殿に使者を遣わし、賤ヶ岳砦に加勢を送ってくれるよう頼むことはできる」

丹羽長秀は、形の上では秀吉と同格の織田家宿老だ。秀吉がこの戦場におらぬからには、頼むことはできても、命ずることはできない。丹羽勢の進退は、長秀自身に任されている。

「高山勢とともに賤ヶ岳砦の加勢にいくか、塩津浦の丹羽殿の陣への使いに立つか。どちらかを与右衛門に命じてもよいが」

先ほど、高虎が嫌な顔をしたのは、敗れ、逃れた兵をすぐさま戦場に送るのは難しいと知っているからだ。

勘兵衛も敗れ、逃れたことがある。傷ひとつ負っていなくとも、心が打ちのめされている。しばらく、時を置かねば、戦う心は戻ってこない。しかし、秀長に田上山の兵を割く気はない。

また、戦場から遠く離れた塩津浦に赴く気にもなれないだろう。この田上山砦こそ、この一戦における羽柴勢の中軸だからだ。

「いや、与右衛門はここにおれ。高山勢を遣わすのは、止めにする。塩津浦には別の者を送ろう」

秀長はすぐ別の侍を呼び寄せて、長秀への言伝《ことづて》を含め、塩津浦に向かわせた。

「さて、わしは兄者の言いつけに取りかからねばならぬ。忙しくなるぞ」

秀長のことばに、勘兵衛は顔を上げる。

——秀吉の言いつけとはなんじゃ。

知りたかった。明るい光が差し込んだように思えたのだ。

秀長は面倒臭そうに勘兵衛のほうを眺め、言った。

「知りたければ、そこに控えておれ。言って聞かすのは二度手間じゃ」

西の空から喊声《かんせい》と爆鳴が降ってくる。佐久間勢がいよいよ賤ヶ岳砦に襲いかかったのかもしれない。

秀長は近習にあごをふって見せる。

近習は本陣正面の幕を開く。とたんに三十人ほどの使番が本陣のうちになだれ込んできた。

勘兵衛は慌てて脇へ寄る。

「一番組」

この使番たちはすでにいくつかの組に分けられているらしい。

「遠くは藤川《ふじかわ》まで赴き、春照《すいじよう》、小谷は言うにおよばず、木ノ本まで残らず、美濃街道筋の村々の住人どもに、酉刻《とり》が至らば、篝火《かがりび》を焚《た》き、街道を照らすよう申せ。これは羽柴筑前守の陣代たる羽柴小一郎の命じゃと伝えよ。後日、村ごとに出した篝火の数に応じ褒美を遣わす」

呆気《あつけ》に取られた。

藤川は美濃街道を東へ進み、美濃との国境にある村だ。春照は街道筋で最も大きな宿場町、小谷はいわずと知れた、かつて浅井三代の居城だった小谷城の城下だ。

――なんのことだ。

にわかには分からない。

「一番組、いけ」

一番後ろにいた十人ほどの使番が立ち上がり、田上山を下っていく。

どうやら、秀長がおこなっていることは、事前によくよく支度した上でのことであるらしい。最初に出立する者どもが、一番後ろにいれば、他の者をどかさずに、すぐ動き出せる。

「二番組」

二番組は、今、出ていった使番のすぐ前にひざまずく者たちであるに違いない。

「長浜の町年寄どもに伝えよ。殿様が仰せになられた日がついにきた。前々からのお指図の通り、一家に一升ずつ米を炊け。それを握り飯にせよ。手が空いている者は車を引いて、城に出向き、城衆から武具を受け取れ。引き返して、車に握り飯をのせ、木ノ本の地蔵院まで運べ」

いっきに語って息が切れたのか、秀長は大きく息を吸う。

「みな知っての通り、殿様は生まれつき、気前がよい。その殿様が、みなが炊いた飯を食らって、天下をお取りになる。なお、いっそう気前もよくなろう。褒美を楽しみにして、励め」

秀長は威勢よくしゃべった。さらに景気をつけるためか、腰に差していた扇を開き、使番たちをあおぐ。

「二番組、いざ、まかり発《た》て」

使番たちが、弾みをつけて立ち上がり、また田上山を下っていく。麓で馬に乗って発するのだろう。

「三番組」

使番たちのほとんどが出立し、もう十人が残っているばかりだ。

勘兵衛には、秀長の下知がなんのためのものなのか、まだ分からない。横目で高虎の顔をうかがった。

高虎の顔には、驚きは浮かんでいない。取り澄ました顔をしている。

――分かっておらぬであろうな。

以前、高虎は、

――何ごとも、知らぬのはいたし方なきことなれど、知らぬことをひとに気取《けど》られるのは、油断と申すもの。

と語っていた。

気取られぬよう、取り澄ましているように思える。

「城に真っ直ぐに駆け、留守居衆に告げよ」

秀長は高く扇を差し上げる。

「殿が旗本衆を率い、美濃街道を大垣城から木ノ本へ引き返す。美濃大返しじゃ。

鉄砲、玉薬、長柄《ながえ》、弓、矢、鑓、刀、甲冑、陣笠《じんがさ》、胴丸に至るまで、ありったけを武具蔵から出し、車で引き取りにくる町衆どもに渡せ、と。騎乗の者はともかく、徒士《かち》、足軽どもは何もかも脱ぎ捨て、得物も放り出し、身軽になって駆けてくるぞ。蔵を払うは今なり、と」

秀長の手配りの全容、そして、その意味するところを知り、勘兵衛は天地が逆さまになったかのように感じた。高虎はこちらを見ぬまま、手を差し出す。それにすがって、なんとか座り込まずに済んだ。

「三番組、いけ」

残りの半数、五人が出立する。

五人が秀長の側《そば》に残った。

――この者たちは、筑前守の使番衆ではないか。

顔に見憶えがある。秀吉が長浜城から木ノ本にやってくるときに、従っていた者だ。

「わしの下知はすべて聞いたな」

秀長の声に珍しく凛《りん》とした張りがある。

「それも合わせて、兄者にお伝えせよ。柳ヶ瀬表では、巳刻《み》に大岩山砦が落ちた。

中川瀬兵衛殿、ご生害。岩崎山砦の高山右近殿は、砦を捨てて退いた。佐久間玄蕃は賤ヶ岳砦に攻めかかっておる」

　秀長が、兄者、と述べた。

　もはや間違いはない。秀吉が大垣城から引き返そうとしているのだ。

「柴田修理は狐塚に陣をかまえた。惣がまえを睨んでおるばかりで、攻めかかってはこぬ。こちらからも手出しはせぬ」

　すでに高く昇っている日を秀長は見上げる。

「以上。二十日の午刻。いけ」

　五人の使番たちは素早く動き、山を下っていく。同じ知らせを持った使番を秀吉ひとりに対し五人も放つのは、万が一にも、この知らせが秀吉に伝わらぬということが起きぬように、ということだろう。

　使番たちはあいだを空け、ある者は間道を通り、別々に秀吉のもとへ向かうはずだ。

　勝家が戦場の背後に忍びの者を放って、使者を捕えようとしているやもしれず、確実を期すために、こういった手段を取ることに感心した。

「聞いておったか」

秀長の声がふだんのものに戻った。顔つきも穏やかだ。

「すべてをこの耳で」

勘兵衛は昂りでひりつく喉から、なんとか声を絞り出す。

「筑前守様が美濃からお戻りになる。美濃大返し、と」

「ああ、美濃大返しは、ついつい思い浮かんだがゆえに申してしまった。あれは兄者のお言いつけではない」

恥ずかしかったのか、扇を畳みながら、秀長は消え入るような声を発する。

「大岩山に敵が押し寄せたとき、最初の使番を発した。もう、大垣城に着いておるだろう。兄者は岐阜城までは行ってはおらぬ。美濃へ向かう前、こっそり、わしにこのことを申しつけられた。長浜城を発するおり、町年寄衆、留守居の者にも話は通してあるらしい」

昨年六月、秀吉は、信長斃れる、という知らせを得て、十日で備中高松《たかまつ》から山城山崎までのおよそ五十余里を引き返し、山崎合戦に臨んだ。

秀吉自身が、このことを
――中国大返し。

と呼び、みずからの大手柄として喧伝《けんでん》している。

秀長の頭に、

――美濃大返し。

の語が浮かんだのも不思議ではない。

「美濃攻めそのものが、敵を砦から引っ張り出す策でござったか」

「いや、さにあらず。美濃へ赴いて、美濃の味方を引き締め、三七殿封じ込めの手立てを急ぎ申しつけねばならぬ、というのが兄者の一方のお考えではあった。三七殿ご生母も伴われたしな」

信孝の母はすでにこの世のひとではあるまい。

主筋に当たる信孝の母、亡き信長が子を産ませた女ですら、秀吉は容赦しない。このことが知れ渡れば、美濃の羽柴方諸勢への引き締めは充分だろう。また、信孝に荷担する者どもも震え上がるに違いない。

三法師、その後見たる信雄を擁する秀吉にとって、主筋はそのふたりのみだ。信長の子であろうが、秀吉に刃《やいば》を向ける者は、今や織田家に弓引く謀反人にほかならない。誅《ちゅう》するのに、なんのためらいもない。

「しかし、万が一、美濃攻めを機に柴田勢が動くことがあれば、ただちに取って返し、修理を討つ。そのための支度は万全に整えておいた、ということよ」

「それこそが、羽柴筑前守様という方の戦よ。離れ業はお得意じゃ。されど、周到になさる」

高虎が秀長のことばを補った。

「木から落ちぬ猿」

勘兵衛は感嘆のあまり、口走った。

例えが適当ではない。秀長と高虎は聞かなかったふりをしている。

――大垣から木ノ本まで十二、三里ほどか。

岐阜城下まで進んでいるのと、大垣城に留まっているのとでは、木ノ本まで引き返す難易が大きく異なる。岐阜まで進んでしまえば、引き返すにも、長良川《ながらがわ》、揖斐川《いびがわ》という二つの大河を渡らねばならない。大垣は揖斐川の手前にある。渡河は考えなくともよい。

「賤ヶ岳砦が夕暮れまで持ちさえすれば」

勘兵衛は呟く。

大垣城にいる秀吉旗本衆の多くは、中国大返しにも従った将、士卒だ。周到な離れ業をなしたことのある武者どもだ。命が下れば、すぐさま木ノ本へ駆け出すに違いない。

佐久間勢は敵陣に攻め入った格好になっている。敵地では、夜は陣をかまえ、守りを固め、動かぬのが鉄則だ。地の利がある敵に乗ぜられぬためだ。佐久間玄蕃は秀吉が引き返しつつあるのを知らない。日が暮れれば、大岩山砦に引き取り、そこに陣をかまえ、夜は動かぬだろう。

——明日の夜明け。敵が動き出す前に筑前守殿と旗本衆が加勢にくる。

油断は禁物とはいえ、戦の先ゆきに光明が差した。

「お手伝いできることがあれば、仰せあれ。なんなりと」

勘兵衛はそう申し出た。鎧合わせはとうぶん先だ。それまでに、勝利を手繰り寄せるためにできることをなしたい。

「ありがたい。わしはこれから、敵の様子をつどつど、兄者に申し送らねばならぬ。与右衛門と勘兵衛に長浜からの武具、兵糧の受け入れと、大垣からやってくる兄者、旗本衆の迎え入れの支度をしてもらいたい」

「承った」

勘兵衛と高虎は期せずして声を合わせていた。

高虎は勘兵衛を伴ってみずからの陣所に赴くと、頭分を呼び集め、ことば短く命ずる。

「侍、足軽を問わず、みな夕方までに代わる代わる眠っておけ。小者頭は配下の者をみな引き連れ、わしについてこい」

勘兵衛に対しては多弁ながら、どうやら家来に対してはいつもこの調子であるようだ。頭分たちは何も問い返さず、うなずく。

――与右衛門殿の家来はみな、利口な主のことを信用しているのだ。

高虎は知っていることをすべて吐き出すような主ではないのだろう。その都度、家来が知るべきことを下知とともに知らせる主であるに違いない。

こまめに指図を出すはずだ。士分と足軽に眠っておくように命じたのは、秀吉が帰れば、すぐ戦が動くと考えてのことだ。戦場では眠れるときに眠っておかねば働けない。歴戦の者は、いつでもどこでも眠れるようになっている。

小者頭が配下の小者たちを集めると、高虎と勘兵衛は田上山を下り、木ノ本の地蔵院へ向かった。

勘兵衛は歩きながら地蔵院での手配りについて高虎と話し合い、決めていく。

あらかた整うと告げられた。

「勘兵衛に小者十五人を貸す。動かせるか」

勘兵衛は返事をためらった。

そこへ、のんびりとした声がかかる。

「勘兵衛様」

「藤堂様もごいっしょで」

「大岩山が大変なことになっておりますな」

例の足軽三人組といき合った。

三人は頂のほうへ登る途中だったようだ。

「よいところで会った」

勘兵衛は三人の前に進み出る。

「おぬしらとは、よくよく縁があるとみえる。手伝って貰《もら》いたいことがある。儂についてきてくれ」

三人は縁があると言われて喜色を浮かべたものの、ついてこいと続けられると困ったようだ。

「いくら勘兵衛様の仰せでも、頭に断りもなくついてゆくのは」

戸惑いながら、顔を見交わし合う。

「与右衛門殿、どうだろう」

高虎は勘兵衛の問いが終わる前に口を開く。

「わしがお前たちの上役に断りを入れてやる。たった今から、勘兵衛の配下につけ」

「は、はい」

三人は背筋を伸ばし、請け合った。

高虎は三人から、誰の備のどの物頭の下で、なんという足軽小頭の命を受けているのかを聞き取る。すぐ小者ひとりに口上を含める。

「すべての責めは、この藤堂与右衛門にある。何か言われたとしても、三人は与右衛門に連れていかれた、とだけ申せ」

勘兵衛は拳で口を塞ぎ、吹き出さぬように堪えた。

小者はただちに頂のほうへ走っていった。

——まるでかどわかしではないか。

足軽三人は心底嬉しそうだ。

「まさか、当たらず死なせずの勘兵衛の旦那のもとで働けようとは」

「いっそ、このまま勘兵衛様づきにして貰いたいくらいだ」

「まったく鼻が高いや」

高虎は何ごともなかったかのように急《せ》かす。

「いくぞ」

勘兵衛と足軽三人組も高虎を追って、田上山を下る。

「よろしく頼む」

勘兵衛は兜の目びさしを持ち上げて会釈した。

「名を聞いておこう」

「伝内《でんない》でございます」

背の高い足軽だ。

「音弥《おとや》と申します」

小柄。

「鶴太夫《つるだゆう》」

中背。

「よし、伝内、音弥、鶴太夫。それぞれに藤堂殿からお借りした小者五人をつける。儂の指図を聞き、小者たちを動かせ」

音弥が駆けながら叫ぶ。

「か、頭だ。いきなり頭になってしもうた」

勘兵衛は、これまでせいぜい片手で数えられるほどの人数しか差配したことがない。高虎の申し出に、すぐ答えられなかったのは、そのためだ。

――儂についてこい。

そういえば足りる戦場とは勝手が違う。

――三人くらいならば、どうにかなるか。

すぐ後ろを走る三人が頼みだ。

地蔵院に着くと、すでに秀勝は田上山に登り、本陣には警固番の者がわずかに残っていただけだった。日向は木ノ本の丹波勢の持ち場でも見回っているのだろう。

「小一郎様は、与右衛門殿に、美濃から引き返してくるお味方をこの地蔵院に迎えよ、と命じられた。儂にも与右衛門殿を手伝えとのご諚《じょう》であった。ご辺らも手をお貸しあれ」

警固番たちに異論があるはずもなく、みな応じる。

「では、先ほどの手配りの通りに」

勘兵衛は高虎にそう言い残すと、地蔵院の門前に出た。門内は高虎、門外を勘兵衛の持ち場とすることに決めてある。

「ここにおる伝内、音弥、鶴太夫をそれぞれ五人の頭とする。地蔵院の蔵、近隣の家々から筵《むしろ》を集めよ。それを地蔵院の塀に沿って敷く。あの角からあちらの角までじゃ。まず、手分けして筵集めを専一に行う。中刻までに敷き終えるぞ」

伝内、音弥、鶴太夫に率いられた小者たちが、散っていく。

勘兵衛もまた宿に戻り、自身の小者ふたりも駆り出し、筵を集める。まず宿で寝床に敷いていたものを持っていった。

一刻ほど経つと門前に集めた筵が山と積まれた。勘兵衛は、ここから筵集めに伝内のひと組と勘兵衛自身の小者を、筵敷きに音弥と鶴太夫のふた組を充《あ》てた。

「多少、隙間はあってもよい。この塀の端から端まで敷くのが肝要ぞ」

地蔵院の塀はおよそ一町四方。この山門が設けられた一町に筵を延べる。

「ここに長浜城の蔵を空にして運んできた武具を積む」

音弥、鶴太夫と小者たちは手を動かしながらも、勘兵衛を見る。己のなしている仕事がなんの役の立つのかを知るのは初めてだ。

――儂は与右衛門殿ほど、まめにはできぬ。

人の使い方には、各々の性分というものが出る。勘兵衛は大枠でなすべき仕事を示し、細かいことは伝内、音弥、鶴太夫の按配《あんばい》に任す。

武具は筵一枚の上に何個も積める。ただし、長浜城の武具蔵が空になるほどの量となれば、まばらな敷き方では乗り切らない。その加減は委ねる。

「美濃から駆け戻ってくる味方が使う武具だ」

これはあえて働く者らに教えなくともよいことだ。

勘兵衛は美濃から駆けてきた武者どもが、ここに積まれるであろう武具を身に着け、携え、北西にそびえる峰をよじ登る様を思い浮かべた。気が昂る。

中刻過ぎ、最初の荷車がやってきた。

「よう参った」

勘兵衛は大声を発する。

「苦労、苦労。この車が一番ぞ。侍が戦場で一番鑓を仕るのと変わらぬ大手柄。あっぱれな忠義じゃ」

胸の高鳴りのままに、大仰な労《ねぎら》いのことばをかけながら、荷車をのぞき込む。

荷の上にかけられた筵を持ち上げると、炊き上がった飯のよい香りが漂う。

長浜町中には米があるのだ。

——民をも手なずけたか。ひとたらしめ。

戦となれば、領主が米を買いつけるから、米の値が上がる。それにつられて諸色の値が上がることもある。秀吉は丹羽の軍船を動かし、長浜に米を運び続けた。

軍船が水運を守っていることに安心して、荷船は平素と変わりなく長浜に船を着けた。米の値は上がらず、町人たちは諸色高にあえぐこともなかった。

「握り飯は地蔵院のなかに運び込んでくれ。筵ごと持っていけ」

荷車には、五人ほどの町人がついてきた。上気した顔が、誇らしげな喜びにほころんでいる。

――噂には聞いておったが。

秀吉が長浜に築いたものは、城だけではない。かつて浅井家が城下町を営んだ小谷に代わる、新たな町を築いた。

秀吉が入部する以前、長浜は今浜《いまはま》と呼ばれ、淡海の岸辺に寒村がいくつか散らばるだけの土地だった。秀吉は小谷、さらに北近江、近江一国から移り住む民を募った。町割りを施し、近くを通っていた街道が町中を通るように道普請をした。町中では地子を免じ、年貢を免じ、さまざまに町が栄えるように策を講じた。

これにより、今浜はかつてあった村々を呑み込み、北近江では最も盛んな町となる。秀吉は、この栄えが末永きように、との願いを込めたのだろう、町の名を長浜と改める。

秀吉は一時、長浜を柴田伊賀守に渡したものの、長浜の民は、草わけの苦楽をともにした秀吉のことを忘れなかった。

――長浜の民が筑前守殿を支えておる。

　微賤の出自でもあり、譜代の家来を持たぬ秀吉にとって、今、長浜の民はそれを補って余りある味方だった。

――長浜の民は、帰ってきた筑前守殿を奉じ、この戦にくわわっておる。

勘兵衛は荷車にのせられていた武具を、兜、陣笠、具足、長柄、鉄砲と同じ物を固めて、一町に渡って敷いた筵の上に並べさせた。鉄砲の玉薬は門内に運ばせる。兵が集まりきってから、組ごとに頭に渡す。

「助かった。どこの町から参った。荷車の持ち主の名は」

「知善院《ちぜんいん》町の清吉《せいきち》と申しまする」

「清吉、一番車の大手柄ぞ」

勘兵衛は、

――一番車、知善院町、清吉。

と地蔵院の塀に墨書する。

清吉らは、それを見て、なおいっそう誇らしげな様子で長浜へ戻っていった。やってきたときより、足早に帰っていく。もうひと往復するつもりかもしれない。

――この合戦に勝利いたせば、筑前守殿が新たな塀を寄進すればよいこと。勘兵衛は本気でそう思う。

やがて、二番車、三番車、酉刻ごろには、勘兵衛と足軽三人、小者らが応対するにも難渋するほどの荷車がやってきた。

辺りが暗くなっている。鶴太夫に命じ、塀に沿って篝火を焚かせた。

車を押してきた町人のなかには、荷を下ろし終えても、長浜に戻らぬ者がいた。

「手前、ご城主様にはひとかたならぬご恩をこうむっております。お手伝いをさせて頂きたく存じまする」

「羽柴の殿様の戦は、長浜者の戦でございます。太刀打ち、鑓合わせは侍衆のお役目なれど、鉄砲玉が飛んでこぬところでならば、喜んで汗をかきましょう」

「殿様がこれより天下をお取りになるとか。長い戦続きの世でも、天下取りに巡り合うことはめったにはない。どれ、その荷は、やつがれがお運びいたします。血が騒ぐ、血が騒ぐ」

口にすることばはさまざまだ。

「ありがたい。頼んだ」

勘兵衛は申し出をただちに受け入れる。勘兵衛らだけでは、どうにも手が回りかねた。わざわざ勘兵衛に断らず、働く者の輪に、そのまままくわわる町人もいた。残って立ち働く町人の数はどんどんふくれ上がり、百人を軽く超えている。最初から手伝うつもりで車についてきた者もいるのだろう。

町人たちは、小者の動きを見て、すぐに仕事を呑み込んだ。あとからきた荷車から次々に荷を下ろし、仕分けていく。伝内、音弥、鶴太夫はいつの間にか、杖突きのように塀際を見回り、指図を与える役目に回っていた。

「長浜衆の加勢がある。この戦、勝つな」

勘兵衛は、囃《はや》し立てるように、町人たちに声をかける。

――地の利、人の和じゃ。

長浜から遠く離れた地での戦となっていたならば、雇ったわけでもない町人の助力を得ることはできなかったに違いない。また雇った者が、こうも楽しげに、にぎやかに、労を惜しまず働くことはない。

――筑前守殿とて、この日を予期して長浜を治めたわけでもなかろう。

秀吉は、長く小谷城の付城だった横山《よこやま》城を任され、みずから織田勢先手として小谷城に攻め入り、浅井家を滅ぼした。命がけの軍忠に対する褒美だとしても、北近江三郡は破格だった。天正元年当時、信長からそれほど大きく賞された武将は他にいなかった。

秀吉は初めて与えられた領国に感激しただろう。その領国に入り、初々しい気持ちで政務に励んだ。百姓、町人の声にも耳を傾けた。心から民を慈しんだ。

「殿様は果報者であられる」

勘兵衛はそう思い、心のままに叫ぶ。

秀吉に最初に与えられた領国が北近江三郡だったのは幸運だった。そこで民の辛苦を除くべく、腐心した果報が今、羽柴勢を利している。

武具の山がいくつも積み上がっていく。

勘兵衛は満たされた気分で、長浜の方を見やった。そのとき、美濃街道に沿って、遥か遠くから、光の道が木ノ本地蔵院の山門に向かって延びているのに気づいた。秀長が放った使番の呼びかけに民が応じているのだ。

この世のものとは思えない、その美しい景色をしばらく眺めていたかった。

「勘兵衛様、藤堂様がお呼びとのこと」

音弥のことばに遮られる。

「分かった」

戦場では、何かに心を奪われている暇などない。

山門を潜ると、地蔵堂や庫裡《くり》のほうから、華やいだ笑い声が聞こえてきた。勘兵衛はにやけながら方丈へ向かう。高虎が方丈の脇で待っているらしい。

境内にも筵が敷き詰められつつある。荷車を覆っていた筵だ。勘兵衛が門内に敷くよう命じた。

大垣から木ノ本まで、およそ十三里。徒歩《かち》だろうが馬上だろうが、駆け通しでくる武者は疲れ切っているはずだ。武者たちは、門前で足りない武具を揃え、門内で握り飯を受け取る。せめて座って食わせてやりたい、と思ってのことだ。

本陣にあった筵はすべて門前に敷いてしまった。新たに筵が手に入ったのは、ありがたかった。

大木のごとき高虎は、方丈の脇で、小者が方丈に玉薬の荷を運び込むのを見守っていた。

鉄砲の薬には火の気が禁物だ。秀勝が田上山砦に移り、空いた方丈は玉薬の置き場所にはうってつけだ。他の建物から、やや離れている。

「お呼びか」

勘兵衛はそそり立つ背中に声をかける。

「どうにかならぬか」

高虎がふり返るなり、吐き捨てた。

「何がだ」

高虎が言いたいことは分かっている。

珍しいことに、高虎は困惑の顔つきだ。

「せっかくきてくれたのだ。追い返すこともできまい」

地蔵堂や庫裡から聞こえてくる女たちの声のことだ。

「それに、与右衛門殿は嫌でも、士卒は喜ぶ。筑前守様もお喜びになるであろう」

荷車についてきて、すぐ長浜に戻ろうとしないのは、男だけではなかった。町人たちの女房や娘たちもやってきた。みずからが握った握り飯を、みずから配りたいというのだ。

勘兵衛は一も二もなく許した。

握り飯を作ったあとで着替えをしたのだろう。女たちは、よそゆきの小袖を身に纏《まと》い、化粧をしている。

——これも筑前守殿が招かれた果報だ。

同じ握り飯でも、むさ苦しい同輩から貰うより、華やいだ女から配られたほうが美味《うま》く感じるはずだ。疲れも癒えるだろう。

高虎もそれは分かっているようだ。分かっているからこそ、女たちを追い出したりはせず、高虎が地蔵堂を出た。

「与右衛門殿は妙なところでお堅いのじゃな」

高虎のような将、勘兵衛ら馬上の侍が軍陣で女性に接することはまずない。

雑兵たちは事情が異なる。特に長い対陣となれば、雑兵たちが起居する小屋には、近くの村の百姓の女房が畑で採れた物を売りにくることもある。春をひさぐ女たちが訪れることもある。雑兵たちのなかには、それを心の安らぎとしている者も少なくない。

将によっては、軍律が乱れるもとだ、といって近づけぬよう命じる者もいる。

「堅くはない。勘兵衛がそう申すなら、それでよい」

口中の苦味を飲み下すような顔をしてから、高虎は別の話を始めた。そもそも、小さなことで文句を言うために、ひとを呼びつけるような男ではない。

「賤ヶ岳での戦いは持ち越しとなったぞ。丹羽殿の軍船が山梨子《やまなし》の浜に兵を揚げ、砦に加勢が入った。佐久間玄蕃は夕暮れまでに賤ヶ岳砦を落とせず、砦の際から少し離れて、夜明かしをするつもりらしい」

秀長から知らせがあったようだ。

「佐久間勢は、まだ山の上におるのか」

予期していたこととはいえ、玄蕃の放胆さに半ば感心し、半ば呆れる。

高虎は大きくうなずいた。

「玄蕃は大岩山砦に退き、先手は鉢ヶ峰まで下がった。尾野路浜から飯浦《はんのうら》にかけて、賤ヶ岳を東から北へ回って西へ、囲むように陣を布《し》いている」

敵の城砦を攻める場合、夜になれば兵を塀際から遠ざけるのは常道だ。土地に詳しい敵の夜襲を避けたいからだ。玄蕃もその策を採った。

しかし、玄蕃率いる佐久間勢は、羽柴勢の惣がまえのうちに入り込んだままだ。惣がまえの諸砦は落ちておらず、大岩山砦を見上げる木ノ本にも、東で対する田上山砦にも羽柴勢がいる。

「柴田修理はいずこに」

「狐塚だ。下がらず、狐塚に野陣を張る気らしい」

玄蕃が大岩山砦に留まるならば、当然、そうなる。

狐塚の勝家旗本衆が羽柴方惣がまえを押さえているから、佐久間勢は今の場所に留まれる。押さえがなくなれば、佐久間勢は背後から羽柴勢に襲われる恐れが出てくる。

平場、それも街道の上に陣を広げたまま、軍勢が夜を明かすことは珍しい。まして や、正面には羽柴方惣がまえの諸砦がある。

――修理の旗本は一睡もできぬのではないか。

ふつうは下がって砦に入る。勝家旗本衆も朝から動いていた。このままでは丸一日、一睡もせず、明日の朝を迎えることになる。

「何か、齟齬《そご》がござったかな」

どんな精兵といえども、丸一日、少しも眠れぬままでは機鋒が鈍る。

歴戦の勝家がそのことを知らぬわけがない。

「齟齬があったかどうかは知りようもないが」

高虎は重々しく述べる。

「筑前守様が当地に至らば、そこから戦は大きく動く」

未《いま》だ木ノ本にいない秀吉が運を招き寄せているかのようだ。

木ノ本の地蔵院は、まるで一大法会が催されているかのように、にぎやかで活気に満ちている。

秀吉、光の道を駆けきたる

「きたっ」

遅かれ早かれのことだとは分かっていたものの、勘兵衛は叫ばずにいられない。大法要のごとき、祭礼のごとき、木ノ本地蔵院の喧騒《けんそう》は、このとき、頂点に達した。

「おいでじゃ。殿様がおいでになられる」

「帰ってこられた。美濃大垣から遥々《はるばる》と」

もはや、秘密も何もあったものではない。

亥初刻《いのしょこく》（二一時）、大垣から駆け戻ってくる秀吉とその旗本衆を迎え入れる支度は、とうに済んでいる。長浜から木ノ本にやってきた町人、女たちも地蔵院の門前に連なり、秀吉の帰りを待っていた。地蔵院伽藍《がらん》の屋根に登っている罰当たり者までいる。

「ご来迎とはこのようなものであろうか。ありがたや、ありがたや、なむあみだぶ、なむあみだぶ」

勘兵衛の脇で、目の前の光景を眺めていた老人が、向かってくる秀吉に手を合わせ、念仏を唱える。

――こんな年寄りまで混じっておったか。

くの字に腰が曲がった老人も、先ほどまでは若者、壮齢の者と肩を並べ、荷運びをしていたのだ。

「爺《じい》さま、まったくじゃ。阿弥陀《あみだ》様のようじゃ」

その孫らしき若者も念仏を唱え始めた。

――無理もない。

勘兵衛もまた、馬を駆る秀吉の荘厳な姿から目を離せないでいる。

秀吉は近隣の町人、百姓らが焚いた篝火の光の道を駆けてくる。秀吉は雑兵上がりだが、騎乗がうまい。備中高松城から山城山崎まで、馬で駆け通した。馬に乗ったまま眠っても、馬から落ちることはめったにないらしい。

馬が篝火に近づき、その間近を駆け抜けるたびに、秀吉の小さな体から金色の光が放たれる。秀吉のすぐ後ろに従う馬上の供廻りも、一瞬、金の光に包まれる。

今日はまたいちだんと長いつけ髭を選んだようだ。盛大になびいていた。

美濃との国境から木ノ本へ延びる光の道、金色に光る秀吉、秀吉を追いかけて騎馬の旗本衆が続々と連なる。徒歩《かち》の旗本衆はまだ遥かに後方だろう。

「さあ、みなな、見物はここまでじゃ。殿様と旗本衆をこのご本陣にお迎えいたすぞ。各々、持ち場に戻れ」

足軽三人組が手を叩き、小者、町人に声をかける。

伝内も音弥も鶴太夫も、今では立派に、各五人どころか、何十人という町人もいっしょに動かしている。

人々がいっせいに動き出す。そのにぎやかな物音、発する声は大岩山砦の佐久間玄蕃の耳にも届いているのでは、と思われた。見上げた大岩山の頂には、いくつかのともし火が見えるものの、夜闇に包まれている。動きは感じられない。

――気づいてはいるはずだ。

俊敏な武人たる玄蕃が、眼下の木ノ本で繰り広げられる祝祭のごとき大騒ぎに気づかぬはずもない。

――どう動く、玄蕃よ。

秀吉の策は成った。あとは、玄蕃がそれにどう応じるかだ。

この柳ヶ瀬表の戦は、秀吉と勝家の争いではあるものの、ここから数刻は、秀吉と玄蕃の対決となるだろう。その勝敗が、柳ヶ瀬表の戦そのものの勝敗を決する。

「勘兵衛ではないか。出迎え、大儀」

ふり返れば、秀吉が馬上から見おろしていた。

さほど仰がずとも秀吉とは、目が合う。

「美濃大垣からご無事でご到着のよし。大慶至極と存じ上げまする」

秀吉は、今日も唐冠の兜を被っている。具足の上に金糸をふんだんに使ったまばゆい金襴地《きんらんじ》の陣羽織を着ていた。

――陣羽織が光を放つのも、考えのうちか。

秀吉の芸は大きく、かつ細かい。どこまでも周到だ。

――針金でも入っておるのか。

馬はもう止まっているにもかかわらず、つけ髭はなびいた形のままに秀吉の顔に張りついている。

先ほどの金色に輝く秀吉を見たのは、地蔵院の小者、町人だけではない。木ノ本に詰めている秀勝勢、田上山からは秀長勢、それぞれ少なからぬ者どもが目にしただろう。神仏にさえ似た秀吉の姿に、勝てる、との思いを強くしたはずだ。

「大垣を発《た》ったのは申刻じゃ。今はもう亥刻（二二時）ごろか」

「いえ、まだ亥初刻でございます」

「早々、着いたな」

秀吉は笑う。つけ髭はなびいた形を保ち続けていた。

驚くべきことに、秀吉は十三里の道を二刻半ほどで駆けつけたことになる。

「於次はいずこだ」

「田上山の小一郎様ご陣に」

「ようした」

よく通る声で褒める。秀勝が田上山砦に移ったのは、勘兵衛の才覚だと見抜いたのだろう。

「手間が省ける。わしはすぐに田上山に登り、軍議を開く。勘兵衛もついてこい。手分けして修理と玄蕃を討ち取るべし」

「承り申した」

秀吉は地に降り立ち、轡取《くつわと》りに手綱を渡す。

勘兵衛は奇妙な感慨を覚えた。かつて、勘兵衛がこの世に生まれるより前、秀吉は轡取りとして、信長から手綱を受け取っていたとも聞く。

——その轡取りが、今や、天下分け目の戦の一方の大将じゃ。

この戦に負けるかもしれない、という危惧は胸からまったく消え失《う》せている。

勘兵衛は両手で己の頬を叩く。

――味方が勝ったとて、手柄を立てられなければ、なんの意味があろうか。勝ち戦とて、味方に討ち死には必ず出る。儂がそのなかに含まれぬなどと、どうして言えようか。

気を引き締める。

「なんじゃ、これは」

秀吉は近づいて塀を眺める。

――一番車、知善院町、清吉。

を始めとして、荷車の着到書きが、すでに塀の半ばまで書き連ねられている。

秀吉は自身の心に写し取ろうとするかのように、一条、また一条と読んでいく。

読み終えると、従う家来たちのほうを向き、大声を発した。

「地蔵院の住持に伝えよ。新しい塀を寄進いたそう。境内の建物が傷んでおるならば、ついでに建て直して進ぜるゆえ、遠慮なく所望せよ、と」

勘兵衛がすかさずつけくわえる。

「この塀はそのまま長浜城へ移せ。長浜者の手柄書きぞ」

それを聞いて、まだ辺りにいた町人たちは沸き立ち、口々に秀吉をほめそやす。

「わしが言わんとするところを横取りしおって」

苦笑いを浮かべながら、秀吉は勘兵衛を一瞥《いちべつ》する。

「勘兵衛の申す通りにせよ」

そう命じた。

それから地蔵院の山門を潜った。これからやってくる旗本衆を迎えるべく立ち働く町人たちに礼を述べるのだろう。

「よくきてくれた。まことに長浜は、我が開運の地かな。長浜で初めて大名となり、長浜衆のおかげで、この大戦に勝つ」

「入ってみれば、まるで天界のようではないか。天女のごとき器量よしが大勢おる。あとからくる武者たちも、かような器量よしの目前で無様な働きはできまい。よいところを見せようと大いに奮うであろう」

「美味い、美味い。今まで食らってきたなかで、一番美味い握り飯じゃ」

大声で盛り上げながら、秀吉は地蔵院のなかをせわしなく歩き回っているようだ。

勘兵衛は門前に控えた。

その間、騎馬の旗本衆が次々に到着する。女たちが竹皮に包んだ握り飯を戸板にのせて運んできた。ある者は馬から降り、またある者は馬の背で竹皮の包みを受け取る。

その様子を眺めながら、今朝から抱いていた疑念がほどけていくのを感じる。

——筑前守は瀬兵衛殿を捨て駒に使ったのだ。

確信した。もはや疑いではない。

山路将監は行市山に奔って、玄蕃に羽柴方の陣の脆《もろ》いところを伝えただろう。信孝に、起《た》ち上がって、秀吉の背後を脅かすように申し送ったのは、勝家であるに違いない。しかし、秀長の制止を振り切って美濃に赴くことで、秀吉は勝家の罠《わな》にはまったふりをしたのだ。

——勝家がどこを突いてくるかまで読めなかったにせよ、羽柴方の陣を突かせて、戦を動かそうとした。敵が動けばただちに戻り、動いた敵を討って勝とうと考えた。

番替えを命じたのも、勝家を動かすためだろう。わざと手薄な持ち場を作ってみせた。

誰が捨て駒になるかまでは分からなくとも、誰かを捨て駒にすることにした。

玄蕃の大岩山砦攻めは、玄蕃だからできたことだ。大垣城で秀長の急使に接したとき、秀吉は瀬兵衛が捨て駒となったことを知った。

――瀬兵衛殿は怨《うら》むまい。

瀬兵衛は秀吉の計略に気づいていたように思える。そして、玄蕃の急襲を受けたとき、己の命運を知った。知った上で捨て駒に徹し、激しく役を演じ切った。彼岸の瀬兵衛が怒るとすれば、己を捨て駒にしてもなお、秀吉が敗れた場合だけだろう。そういう男であったからこそ、勘兵衛は瀬兵衛を惜しく思う。

「ここにおったか。勘兵衛、田上山へいくぞ」

地蔵院から出てきた秀吉が声をかけてくる。

「これは相手を動かして勝つ戦。柴田修理は山路将監、三七殿を動かし、殿は佐久間玄蕃と修理を動かされた」

「なんのことだ」

秀吉は笑みを浮かべる。篝火の明かりが秀吉の顔に影を作った。

「篝火をもっと増やせ。篝火をもって、筑前守が木ノ本に着陣したことを玄蕃に教えてやれ」

そう命じ、秀吉は田上山への道を歩んだ。

勘兵衛も秀吉の後を追う。地蔵院の持ち場を伝内、音弥、鶴太夫の三人に託した。

「小一郎、今、戻ったぞ」

秀吉は田上山砦の本陣に踏み込むなり、大声を響かせる。

「なんとも早いお戻りで。佐久間玄蕃も柴田修理も仰天しておりましょう」

秀吉の意気に当てられたのか、秀長も嬉しそうに答えた。先刻、会ったときに感じられた、疲れと苦悩は吹き飛んだようだ。

「仰天だけでは済まさぬぞ、泣きべそをかかせてやる」

呵々大笑《かかたいしょう》しながら、秀吉は上座にすえられた床几に着座する。

すでに本陣には、秀長、秀勝だけでなく、ふたりに附属している武将たちも集まっていた。秀吉に従っているのは、加藤作内《さくない》、一柳市助《ひとつやなぎいちすけ》のみだ。他の武将は、まだ木ノ本への道中を駆けているのだろう。

「小一郎、敵の様子を教えてくれ」

秀長が敵情を語る。

「惣がまえの正面、狐塚に修理が率いる旗本衆が陣をかまえておりまする。金の御幣の馬印も狐塚にございます。その数、およそ七千」

秀吉は先ほどまでの饒舌《じようぜつ》はどこへやら、じっと押し黙って聞いている。

武将たちはそれぞれ割り当てられた床几に座り、秀吉を見詰めていた。高虎もそのなかのひとりだ。

勘兵衛は、本来、このような軍議に列席できる立場ではない。流れで秀吉についてきた。床几が与えられていないので、片膝をついて陪席する。

「行市山から攻め下ってきた敵は、佐久間玄蕃率いる先手衆。大岩山から余呉の海の南の畔にかけて野宿しており申す。この数、およそ六千。さらに賤ヶ岳の西、飯浦の小山に玄蕃の舎弟、柴田三左衛門の軍勢が三千。尾根続きで神明山砦、堂木山砦を扼する茂山に前田又左衛門《またざえもん》、孫四郎《まごしろう》父子の二千がござる。他の将は行市山麓の陣を動いておらず、これがおよそ七千」

「味方は動いておらぬな」

「大岩山砦の中川瀬兵衛殿が討たれ」

秀長は一度ことばを切って、居並ぶ高山右近に目をやった。

右近は黒漆塗りの頭形《ずなり》兜を被り、うなだれている。

秀吉は秀長に対してうなずく。秀長は敵味方の様子を時々刻々、秀吉に知らせ続けてきたはずだ。ここで改めて右近のことを語るのは、右近の体面を潰すことになる。

「他の軍勢は、お指図通り、持ち場を守っておりまする」

秀吉はもう一度、うなずいた。

羽柴勢は左祢山砦に堀勢が七千。街道の柵に五百、神明山砦・堂木山砦にそれぞれ二千ずつ。この田上山砦に小一郎の軍勢が八千と高山勢五百。賤ヶ岳砦の兵はもともと二千だが、山梨子の浜から丹羽長秀が加勢を送り込んだから、五千ほどになっているかもしれない。木ノ本は二千の兵で守っている。

ここに秀吉が大垣に率いていった軍勢がくわわる。

――旗本衆一万のうち、どれほどが戻れるか。また、戻った士卒のどれほどが陣頭に立てるか。

秀吉は替え馬を乗り継いで駆けてきたに違いない。秀吉のように駆けてくる旗本衆に頭立つ侍たちも、秀吉のように駆けてくる。平侍には替え馬を持たない者も多いだろう。馬はどれほど疲れさせてもかまわない。これから始まる合戦は、尾根を伝い、峰をよじ登る戦になる。徒戦だ。

気にかかるのは、足軽を始めとする徒衆だ。十三里を走って、そのあと、すぐさま山道を駆け上がれるかどうか。

「よし」

勘兵衛が抱く危惧など、とうに思案が済んでいるのか、秀吉に不安はないように見える。

「命ずる」

秀吉は伸び上がるかのように、胸を張った。

諸将はわずかな聞きもらしも許されない。なお、いっそうに静まり、体を秀吉のほうへ向ける。

「惣がまえの諸砦、諸陣はそのまま持ち場を守れ。修理が退くことあらば、逃がすな。ただちに追い討ちせよ。隙を作るな」

「はっ」

惣がまえを守る諸将はこの場にはいない。遣わされてきた者たちが命を受ける。

「惣がまえの大将は、変わらずこの小一郎とする」

そういって、秀吉は舌なめずりした。その目は爛々《らんらん》と輝いている。

「於次の手の者も、そのまま木ノ本の町を守れ。於次は近習、小姓どもを連れて、わしについてこい。戦の駆け引きというものを教えてやろう」

「ありがたき幸せ」

秀勝はあどけなさの残る顔に喜悦をたたえ、返答する。

木ノ本から駆けつけた日向が、伴った武者に何かを指図し、ただちに返した。日向も秀吉、秀勝についていくつもりなのだろう。

「小一郎、悪いが兵を半分貸してくれ」

「ご存分にお連れあれ」

これで一万四千の軍勢が秀吉の麾下に入った。

「小一郎の軍勢の半分と、木ノ本に至るわしの旗本衆は大岩山に登り、玄蕃に討ちかかる。わしはまず茶臼山《ちゃうすやま》からその戦を沙汰する。玄蕃が逃げ出せば、賤ヶ岳砦に移り、賤ヶ岳砦の兵もくわえて玄蕃を追い討ちいたす。いっきに追い崩すぞ」

勘兵衛を含め、誰もが明瞭にこれからの戦を思い描くことができた。

羽柴勢は街道筋、敵に向かって右手で勝家を狐塚に押さえ留め、余呉の海東岸から南岸、西岸、それを見おろす尾根筋、峰々、左手で玄蕃を討ち砕く。玄蕃の軍勢を砕くことができれば、狐塚の勝家を挟み討ちにすることができるはずだ。

茶臼山は大岩山に近いが、同じ尾根筋にはない小山だ。高所での戦に采配をふるうには好適の地といってよい。

「戦は丑刻《うし》（二時）に始める。各々、抜かりなく支度をいたせ」

秀吉が床几から立ち上がった。

諸将、遣わされた者たちは、いっせいに床几から滑り降り、片膝を地についで一礼する。

「勘兵衛」

命を受けた者どもが動き出すなか、床几に腰を下ろした秀吉がいくらか力の抜けた声を出す。

「ここに」

末席にいた勘兵衛は、両膝両拳を地につけ、命を待つ。

「汝は浮き武者じゃ。大岩山に登る人数に混じり、手柄を上げよ。於次の家来にも武勇の士がおることを天下に示せ」

「ははっ」

鶴の丸の前立てが地につきそうなほど、深く頭を下げる。

浮き武者とは、持ち場を預からぬ武者のことだ。味方が手薄なところ、敵を討ち崩す切所に駆けつけて鑓働きをする。

秀勝に仕えて以来、勘兵衛は勝手に浮き武者として働いてきた。なすべきことは変わらないものの、この戦では、それを惣大将たる秀吉に認められたことになる。

立ち上がった勘兵衛は秀勝、日向に近づき、秀勝の警固などについて打ち合わせた。

「父上の近くにおれば危ないこともあるまい。日向も喜八郎もおる。わしの心配は無用じゃ。余念なく手柄せよ」

「ありがたきおことば、必ず功名いたしまする」

健気《けなげ》な主、秀勝に礼を述べ、勘兵衛は木ノ本に向かうべく、本陣を出た。

「勘兵衛」

高虎に呼び止められた。

「わしは小一郎様のお側に残ることになった」

うなずく。

秀長は田上山砦から狐塚を睨み、勝家が退く様子を見せれば、惣がまえの人数を押し立て、追い討ちにかからねばならない。勝家が狐塚に留まれば、秀吉と息を合わせて、挟み討ちを狙う。

存分に、とはいっても、武辺者をみな、秀吉に譲るわけにはいかない。気心も知れた高虎を手元に残すことにしたのだろう。

「玄蕃を追い崩せ。そうすれば、わしにも武功を上げる機会が訪れる」

「必ず崩す」

誓った。

高虎もうなずく。

「向こうで会おう」

高虎は北の空を指差した。

これから始まる戦に勝てば、右手左手の軍勢は合わさって、北の越前に攻め入ることになるだろう。

地蔵院の門前はまるで昼間のように、さらに明るくなっていた。伝内、音弥、鶴太夫と小者、町人らがありったけの篝火を焚いたのだろう。

――よし。よし。

明かりに照らし出される光景に、勘兵衛は昂りを抑えられない。

足軽三人組を探すと、門のなかから握り飯を抱えて出てきた。

「伝内、音弥、鶴太夫。小一郎様が手の者を遣わし、あとを引き継がせるゆえ、陣に戻れ。世話になった」

深々と頭を下げる。

この三人がいなかったら、とても秀吉旗本衆の迎え入れなどできなかったに違いない。

「勘兵衛様のもとで働けて嬉しゅうございました」

伝内は、口元に握り飯を持っていきかけた手を止めて、莞爾《かんじ》としている。

「まあ、少々ひと使いが荒いですがね」

音弥はもう頬張っている。

「仲間に自慢ができます。いくらか腹がこなれてから戻ります」

鶴太夫は、いつの間にか平らげていた。

「儂には褒美に取らせる品などないが、せめてものことだ。これに触っていけ」

首からさげた紐《ひも》を引き、小袋を取り出した。有岡城で勘兵衛に当たった玉が収めてある。

「お守りでございますか」

「そのようなものだ。これを身につけるようになってから、鉄砲玉に当たらなくなったのだ」

伝内は勘兵衛の答えに目を丸くして、勘兵衛の掌の上にある小袋をのぞき込む。

音弥、鶴太夫も続く。

「せめてもの礼だ」

伝内、音弥、鶴太夫は順に手を合わせ、小袋をひと撫でした。

「なんと、ありがたい」

「もう戦場じゃ、死なねえ気がしてきた」

伝内、音弥が呟く。

「わしらは果報者です」

鶴太夫は感極まったようだ。

「また会おう。死ぬな」

小袋を懐に戻し、三人と別れた。

これまで、この小袋のことをひとに語ったことはない。ましてや、見せたこともない。

——おぬしらは、我が朋友ぞ。

三人の背を見送り、勘兵衛は歩み出す。

大垣から駆け戻った徒武者たちが、鎧下姿で列をなしている。重い具足を着け、得物を担いでいては、到底、十三里の道を駆けたあと、戦などできるものではない。秀吉が許したのか、あるいはそれぞれの了見で脱ぎ捨てたのか、到着している徒武者のほとんどは具足、得物なしだった。

「焦ることはない。人数分あるぞ」

勘兵衛は上機嫌で徒武者たちに声をかける。報われた思いだった。

具足、兜、陣笠、鉄砲、弓、長柄鑓、手鑓、大小は、塀沿いに、順に西から東へ並べられている。素肌の徒武者も西から東へ、要る物を拾って歩けば、立派に武備が整う。

すでに大勢の者が戦支度を整えたと見える。空いた筵の上には、握り飯を食らう武者、寝転んで体を休める武者がいた。

――これなら戦える。

勘兵衛は確信した。

山崎合戦の前には五十里を駆け通した軍勢だ。急行することに慣れている。ふつうの者は、十三里を駆けてすぐ物を食らうことすら容易ではないだろう。

羽柴勢の面々は食えるときに食い、休めるときに休める士卒であるようだ。

――屈強の兵の証なり。

感心した。

美濃街道の上には、まだ駆けている者たちの姿がある。丑刻までには、二刻ほどときがあった。秀吉旗本衆すべてが来着し、戦支度を整えるはずだ。旗本衆一万に秀長勢の半分を合わせて一万四千。大岩山の佐久間勢六千の倍以上だ。佐久間勢を追い、賤ヶ岳砦の兵を加えれば、砦に後詰めの丹羽勢を残したとしても、一万六千にふくらむ。充分とはいえないものの、柴田三左衛門の軍勢を合わせた敵九千よりも、なお大きな軍勢となる。

勘兵衛は大岩山の頂を見上げた。これだけの明かりで照らしている。羽柴勢がふくれ上がる様子を玄蕃も見下ろしているだろう。

——退くか。

それが戦の常道だ。行市山に戻って陣を立て直し、追ってくる羽柴勢を迎え討とうとする。羽柴勢としては、余呉の海の北へ戻られる前にこれを捉え、破らねばならない。

地蔵院の山門を潜る。

「お侍様、お腹《なか》が空《す》いているでしょう」

左脇から白く、細い腕が突き出された。

女のものとおぼしき、白い腕に見とれているあいだに、勘兵衛は竹の皮に包んだ握り飯を受け取ってしまった。周りが明るいせいか、白い女の腕が輝いて見える。優艶なもののように感じる。

腕の持ち主たる女の顔を眺めた。目鼻は小さい。ふだんであれば、それほど目立つ容姿ではないだろう。若い。十七、八といったところか。伊勢に出陣してから、こんなにも近くで女人の姿を見るのは初めてだ。浅紫《あさむらさき》の小袖からのぞく白い首筋に心が乱れる。

「わたしの顔に何かついている」

女は握り飯を渡した腕を引っ込めて、顔を払う。

「いや、何も」

そう言い残して、勘兵衛は逃げるようにその場を離れた。

――この戦に生き残れたら、妻を探し出し、屋敷に迎えねば。

妻のおらぬ屋敷に女中を上げるのも気が引け、亀山の屋敷で仕える小者も男ばかりだ。

命のやり取りを前に、色香に心を乱した己を恥じた。もっとも、あの女にそんな気などなかっただろう。なお、いっそう恥ずかしく思える。顔が赤くなっているに違いない。

塀のうちは、耳を塞ぎたいほどににぎやかだ。溢れんばかりの士卒が、門前と変わらず、筵に座り、握り飯を口に運び、あるいは同輩としゃべり、寝転がっている。そのあいだを女たちが縫うように歩き回り、握り飯、瓢《ひさご》の水を配っていた。

——よし。

それを見届けると、塀の外へ出た。

まだ顔が火照っている。熱気が籠る院内にくらべると、塀一枚隔てただけだが、外のほうが涼しく感じる。

勘兵衛は塀の東の角まで歩いた。東側の塀外にも、座って握り飯を食う士卒がいる。ここには門前ほど篝火は出されておらず、所々に暗がりもあった。

見知った顔を見つけ、勘兵衛は暗がりを進む。

「市松殿」

市松は塀に背を預け、左手に瓢を持ち、右手の握り飯を頬張っている。

「筑前守様は、田上山砦におられる。丑刻までには、あれなる茶臼山に移られ、茶臼山から軍勢の差配をなさるとのよし」

市松は大きな丸い目で勘兵衛を見詰めたまま、瓢の水を含み、米粒を胃の腑に流し込んだ。

「お知らせ頂き、ありがたし。礼を申し上げる」

いつもの憎たらしさはどこへやら、市松は神妙に述べる。市松は秀吉の小姓だ。腹ごしらえをし、少し休んだら、秀吉を探すつもりだったに違いない。

ここで喧嘩をする気はない。今、こうして顔を合わせてみれば、市松は羽柴家での少ない知己のひとりだ。

——喧嘩は戦が済んでからやればよい。

ともに、この天下分け目の戦を生き抜くことを願っていた。

足に何かが触れる。あとずさりしながら足元を見れば、そこに加藤虎之介が伸びていた。静かな寝息が聞こえる。寝返りを打ったときに腕が勘兵衛の足に触れたようだ。

——いくらなんでも、ここで眠れるとは。

勘兵衛は舌を巻く。門前や塀うちにくらべればましだが、東の塀沿いもかなり騒がしい。院内の喧騒も漏れてくる。

市松に目をやる。握り飯の残りを口に入れている。その様子を見るからには、虎之介が道の上で寝ていることをなんとも思っていないようだ。

しゃがんで、先ほど受け取ってしまった握り飯を虎之介の枕元に置いた。眠りこける虎之介の顔に、いつもの小癪《こしゃく》さは感じない。

勘兵衛は空腹を覚えていなかった。

初陣前に、腹に敵の鑓を受けたとき、胃の腑に物が入っていると、なかから腹が裂け、助からぬ、と聞いて、初陣後も戦の前には食わなかった。今では、物が入っていようといまいと、臓腑に達するほどの鑓傷を腹に負えば、まず助からぬ、と知っている。腹が減っていれば食べる。

もう一度、市松を見た。目礼を返してきた。

勘兵衛は立ち上がり、歩み去る。

——戦に勝ち、生き残る。

強く、胸に期している。

勘兵衛、反撃に向かう軍勢の先登に立つ

丑刻、木ノ本で勢をそろえた一万四千の羽柴勢は、北の尾根を登る。兵たちが掲げる松明がばちばちと音を立て、列をなし、急坂を登っていく。

——玄蕃はもう退き始めているはずだ。

勘兵衛は先手の中村一氏《なかむらかずうじ》の備にくわわっている。

子刻《ね》（零時）少し前から月が昇り始めた。

――玄蕃に追いつかねばならぬ。

秀吉の来着により、佐久間勢はさらに厚く羽柴勢に囲まれる格好になった。眼下、南東の木ノ本には秀吉旗本衆、その北の田上山には秀長勢、西にはまだ落ちていない賤ヶ岳砦に籠る軍勢がいる。尾根続きの背後には、茂山の前田父子が押さえ続けているとはいえ、神明山砦、堂木山砦の羽柴勢も置き残されている。

玄蕃は機を見るに敏な男だ。豪胆でもある。

秀でた将ほど、逃げることを厭わない。信長など、四十九年の生涯で何度逃げたか分からないほどだ。秀でた将は逃れても負けない。不利な形勢で戦をするのを避け、ふたたび有利な形勢を作り直して逆襲するのだ。

――玄蕃にとって形勢が不利な今、戦を強いねばならぬ。

佐久間勢が行市山砦まで引き取れば、羽柴勢はそれ以上、追えない。高所に陣取った佐久間勢を深追いすれば、必ず手痛い敗北を喫するだろう。

勘兵衛らがたどっているのは、道と呼ぶのがためらわれる、崖についた小径《こみち》だ。登るというよりも、這《は》い上がるというほうがふさわしい。三間進むにも、息が上がる。

木ノ本を発って、半刻。勘兵衛と中村勢はようやく鉢ヶ峰と大岩山砦のあいだの尾根の鞍《くら》に押し上がった。中村勢に続く備がみな鞍に上がる前に、中村勢は尾根を東に進む。

――玄蕃に追いすがれ。脇目をふらず、まっしぐらに佐久間勢の尻を追い、噛みついて、討ち砕け。

秀吉はそう軍令を下した。

武者たちは尾根道を細く、長くなって進む。

勘兵衛の前後で、物音を立てず、声も発さず、兵が倒れる。喉元に矢が突き立っていた。射られたのは、松明を掲げていた者たちだ。

「松明を拾え。足を止めるな」

雑兵たちの頭分の声だろう。夜闇に冷たく響く。

「怯《ひる》むな。運が悪い者もいる。敵の悪あがきじゃ」

勘兵衛は、そう言って、みずから列の先頭に出る。

羽柴方の軍勢は、炎をまとう蛇のように、みずからを明るく照らしながら進む。

佐久間勢が弓の者を置き残し、松明目がけて放ってくるのは予期されていたことだ。

空を切り裂く音が鳴って、矢が飛んできた。今度は外れたらしく、倒れた士卒はいない。

「敵は逃げている」

そう呟く。後ろに続く士卒に聞かせるためだ。

佐久間勢としても、大勢は残せない。まとまった人数を残せば、数で勝っている羽柴方に押し包まれ、討ち取られてしまうからだ。せいぜい、弓の得意が数人、尾根の脇の木々に隠れて放っているだけだ。羽柴方が休まず進めば、先へ先へ回り、矢が尽きれば退くだろう。弓が遠間になってきた。月明かりのなかに大岩山砦の影が浮かんだ。

そのとき、砦の影のなかで何かが、ちかっと光った。

「伏せろ」

勘兵衛はそう叫ぶ。続く士卒は道の脇に身を投げ出した。

爆鳴が響き、後ろを進んできた兵がもんどり打って、尾根道から転げ落ちていく。

「鉄砲だ」

勘兵衛だけではなく、他の士卒も声を出している。

中村勢の足が止まった。

ふたたび鉄砲の音が鳴り、倒される者がいた。

「少々、下がれ。折り敷け」

下知が申し送られてくる。尾根にしがみつくように、士卒は尾根道の上で身を低くした。

また鉄砲が放たれる。矢よりも、遥かに鋭く速く、闇が切り裂かれる音がした。

「夜戦に鉄砲か」

勘兵衛の左隣にかがんだ武者が声をかけてくる。その声に憶えがあった。

伊勢矢田山の戦で、助けた赤尾新介《あかおしんすけ》だ。

「妙な具合だな」

勘兵衛は新介のことばに答えた。

「おぬし、もう脚は平気なのか」

「おうよ、もう治った」

新介は立ち上がって、脚の具合を見せようとする。

勘兵衛は制した。新介も一度、玉に当たった。もう当たるはずはない、と思えても、敵を正面にすえ、無用な危険をおかさせる気にはならない。

夜に敵に攻めかかる戦といえば、通常は夜討ちとなる。夜討ちは気取られて迎え討たれれば、多くの士卒を失う恐れがある。そのため、白昼の戦では不利となる、数の少ない側が敵に気づかれぬように仕かけるものだ。

「昼にやるような戦を夜に仕かけておる」

「たしかにそうだ」

これは通常の夜討ちではない。羽柴方は木ノ本で大いに篝火を焚き、大将たる秀吉と後詰めの軍勢が到着するさまを見せつけた。その勢いのままに、敵より多い人数を尾根に上げ、退く敵を討とうとしている。

また鉄砲が続けて鳴る。

ふつう、夜討ちに鉄砲を用いることはない。攻める側としては、気づかれず攻めかかりたい。守る側としては、忍び寄る敵の居場所が分からぬうちは使えない。

「これだけ煌々《こうこう》と明かりをともしては、敵も狙い放題だ」

新介の呆れ声に笑う。

「いい考えが浮かんだ。中村孫平次《まごへいじ》殿のお許しを得てくるゆえ、ここにお留まりあれ。貴殿の手もお借りしたい」

「なんなりと」

勘兵衛は、兜を押さえ、腰をかがめたまま、尾根道を後ろへ走り出す。

狭い尾根道は座り込む士卒で埋まっている。勘兵衛は何度も尾根から転がり落ちそうになりながらも、鼻の大きい、面長の一氏のもとにたどり着いた。

今日の一氏は綿入れではなく、やはり柿色の陣羽織に袖を通している。

「勘兵衛、砦の様子はどうじゃ。何か、策があるか」

一氏は顔を見るなり、たずねてきた。

弓とは違い、鉄砲には軍勢を足止めする力がある。鉄砲玉は矢より遠くまで届く。遠間でも鎧を貫く。士卒もそのことを知っているから、鉄砲を恐れる。さらには音だ。音で立ち向かう者の鋭気を挫《くじ》く。

闇に包まれた大岩山砦から放ってきているため、中村勢の鉄砲組が放ち返しても、験があるかどうか。

勘兵衛は徒立ちの一氏に求める。

「それがしに足軽を十人、お預けくだされ」

「たった十人でなんとかなるものなのか」

そう聞き返して、一氏はぽかんと口を開ける。

「それがしは、先ほどから放たれる鉄砲の数を数えており申した。一度に火を噴く鉄砲はせいぜい五挺《ちょう》。その五挺が砦のなかを動き回り、ところを変えて放ちかけてきていると思われまする。わずかな者を残して時を稼がせ、そのあいだに軍勢の大部を引き取る謀《はかりごと》」

一氏の口がゆっくり閉じる。

「先日、伊勢矢田山の戦場におった抜け駆け狙いの武者が、それがしを含め五人おりまする」

新介以外にも、矢田山にいた連中が先陣に揃っていた。

「それぞれが足軽ふたりを率い、尾根道を外れたところから砦に押し入り、砦の敵を討ち果たしまする」

「ほう」

「お手勢をここに留め、篝火はそのままに、ときおり空鉄砲を放ちかけ、敵の目を引きつけて頂きますよう」

閉じ切った一氏の口が素早く動く。

「心得た。勘兵衛、やって見せよ」

側衆に命じ、足軽を選ばせる。

「鉄砲の者を討ち果たしたならば、松明を掲げ、これをふりまする。お進みあれ」

勘兵衛は旗指物を受筒から抜き、白い切り裂きを示す。

一氏は黙ってうなずいた。

十人の足軽を連れ、中村勢の先頭に戻る。新介ら抜け駆け武者四人を手招きし、策を告げた。

「面白いな」

新介が嬉しそうな声を漏らす。他の者もうなずいた。みな、瞳に不敵な輝きを宿らせている。

勘兵衛はふたたび背中の指物を抜き、白切り裂きを外して畳んだ。切り裂きは胴にしまう。

竿を三本に分けて、足軽のひとりに預けた。

「継ぎ竿とはよい工夫だ。わしもこの戦に勝ったら、真似しよう」

新介は感心している。

鶴の丸の前立てにも煤を塗った。

これから武者五人、足軽十人で正真正銘の夜討ちをおこなう。目立つ指物は障りになる。みな、勘兵衛にならった。

尾根道を南へ下り、山肌に張りつくようにして、大岩山砦に向かう。途中、闇に沈む砦からまた鉄砲が放たれ、中村勢はこれに空鉄砲で応じた。砦から別の鉄砲が放ち返す。

――いいぞ。

敵の鉄砲放ちは、数が少ないことを気づかれまいとしている。中村勢が鉄砲を放ってくれれば、必ず放ち返す。勘兵衛らは、それを見て、敵の鉄砲の数をさらに絞り込むことができる。

砦に近づくと、さまざまなものが焦げた臭《にお》いが鼻をついた。建物は一切残っていない。敵味方の屍は取り片づけられているようだ。

勘兵衛らは、大手に当たる南の虎口からは入らず、土居の犬走りに沿って、砦の東側に出た。尾根筋から大岩山砦に迫る羽柴方、羽柴方に対し鉄砲を放つ敵からすれば裏手となる。

東の虎口に敵の姿はない。

勘兵衛は土居に隠れたまま、他の四人に指図を与える。

「砦のなかの鉄砲は、数えたところ、やはり五挺。砦の外側の土居に四挺ある。

虎口を入ったら、お手前らは左右から土居に沿って回り込み、その四挺を封じてくれ」

放ち合う音は聞こえ続けている。

一氏は勘兵衛の策によく応じてくれている。

「それがしは内側の土居のなかにいる一挺を目指す」

盛んな空鉄砲の響きが多少の物音を掻《か》き消してくれるだろう。

「乗り込め」

勘兵衛のかけ声で、十五人は東虎口から砦のなかに入る。

勘兵衛は真っ直ぐ走り、内側の土居に取りつき、いっきに越えた。越えるとき、内曲輪の西端から鉄砲が放たれた。敵の居場所がありありと分かった。

瀬兵衛が腹を切った陣屋の焼け跡の上を駆け、敵の背後に近づく。鑓を持った侍がひとり、鉄砲の筒先を西へ向ける足軽がひとり、敵はふたりひと組になっているようだ。

「敵はこっちにもおるぞ」

発した声に敵がふり返る。敵であれ、背後から刃を浴びせることなど、勘兵衛の流儀に反する。勘兵衛は武者であり、刺客ではないのだ。

鑓をかまえた侍を突き伏せ、驚いたままの鉄砲足軽も突き倒す。連れてきた足軽ふたりが飛びかかり、脇差でとどめを刺した。

土居から身を乗り出し、外の土居際をたしかめる。他の四組もうまくやったようだ。

足軽が持ってきた松明を燃やす。勘兵衛は旗竿を継ぎ直し、切り裂きに通して打ちふる。他の四人もそれぞれの指物をふっていた。

「大岩山砦の一番乗り」

新介が叫んでいる。

――あやつめ。いたし方あるまい。

今日ばかりは、一番乗りは五人だ。

佐久間勢はもはや大岩山砦を空にしていた。追手への足がらみとして鉄砲五挺を残したのみだ。北の坂を下ったに違いない。北の眼下、暗いのではっきりとは見て取れないものの、余呉の海の浜とおぼしき辺りに点々と、ともし火が続いている。

勘兵衛は大きく夜気を吸い込んだ。

中村勢は勘兵衛らの旗に気づいたらしく、空鉄砲を止めて、歩み始める。炎の蛇が進む。

「よくやってくれた。中村孫平次殿に両人の手柄を申し上げておく」

ひとつずつ首をさげた足軽ふたりに声をかけた。

両人とも、別に喜ぶふうもなく、たたずんでいる。まだ、気が張り詰めているのかもしれない。

松明をかざした行列が砦に達し、西から南の虎口に回ろうとしたとき、北の坂下から激しい爆鳴が上がり、しばらく続いた。勘兵衛も、思わずその場に伏せる。おびただしい数の鉄砲玉が、勘兵衛の嫌いな蝙蝠のごとく、夜闇のなかを飛び去ったように感じる。見上げた空には、満天に散らばり、星が輝いていた。

鉄砲に続き、鬨の声が上がり、そのまま、何千足もの草鞋《わらじ》が坂を滑り降りる物音が響き渡る。

「罠か」

そう問うても、答える者はいない。

大岩山砦を押さえようとした中村勢は算を乱した。炎の蛇の頭は、今や舞い散る蛍のように、各々てんでに大岩山砦に駆け込んだ。逃げ戻ろうにも、背後の尾根道には踵《きびす》を接して羽柴方の軍勢が続いている。誰もが、敵の鉄砲から身を隠す物陰を求めた。

「無事か」

勘兵衛は足軽ふたりに安否をたずねた。

侍の首をさげた足軽は黙って足元を指差す。もうひとりの足軽は、地に倒れていた。右手に握ったままの松明が、右耳から上が砕け散った己の頭を照らしている。

鼻、口に手をかざしてみたが、もう息をしていなかった。

——死なせずの出番もなしか。

勘兵衛は松明を取り、みずから掲げた。

中村勢に手負い討ち死にが多くでたようだ。しばらくは、うめき声、叫び声が聞こえていた。

「どこをやられた」

「この程度はかすり傷ぞ。気をしっかり持て」

「砦のなかに運んで、寝かせろ」

助ける者の声も混じっている。やがてまったく静かになった。

勘兵衛は松明を掲げて、砦に逃げ込んだ中村勢の様子を見て回った。物陰に隠れ、またある者は伏せっていた。どの影が手負い討ち死にの者で、どの影が無事な者か見分けがつかない。どの影も活気を失い、黙り込んでいる。へたり込んでいるだけの者もいるだろう。

尾根の上の羽柴方はふたたび動きを止めてしまった。

——無理もないのか。

勘兵衛は思う。

ほとんどの士卒は十三里を駆け、そのままこの戦に臨んでいる。今、かろうじて命の危うきを切り抜け、気をゆるめた。ためこんだ疲れがいっきに出たのだろう。

そうでない者はすでに死んでいる。

秀吉の大喝に奮起する

怒号が聞こえる。

勘兵衛はうろたえた。どうやら座り込んで、まどろんでいたようだ。

——儂としたことが。

右手で頬を一発張る。たいして痛みは感じない。目ははっきりと覚めた。

戦場で寝入ってしまうなど、不覚の上にも不覚だ。敵はすでに退き、油断があった。くわえて、早暁からずっと大騒ぎで、気が張り詰め通しだった。突然の睡魔に抗《あらが》えなかったのだろう。

月を見た。眠る前とくらべてほとんど動いていないように思える。まどろんでいたのは、長くとも、四半刻《しはんとき》かそこらであるに違いない。地に転がった松明は消えていた。

勘兵衛は用心しながら立ち上がり、どこから声が聞こえたのか、探る。

空は暗く、変わらず星が輝いている。夜明けまでは、まだ一刻以上あるだろう。

「孫平次。孫平次はどこにおる」

ふたたび喚き声が聞こえる。大岩山砦の南虎口に目をやった。

秀吉がいる。供廻りの者たちは、赤々と燃える松明をみな持っていた。大岩山砦のうちを照らしている。

「孫平次、ここに」

呼ばれた一氏は、慌てて秀吉の足元に転がり出る。

――孫平次殿も居眠りしておったか。

居眠りは周囲の者にうつるという。まさかとは思うが、一氏の慌てようは尋常ではない。

「孫平次。敵が逃げたのならば、ただちに、どこまでも追うのが戦というものぞ」

金襴の陣羽織を着た、秀吉の小さな体が、松明の明かりのなかで躍る。

「はっ。ただちに追いまする」

秀吉は茶臼山から大岩山砦の戦を眺めていたはずだ。

「すぐに砦を出て、坂を下れ。もたもたしておると、その尻を蹴り上げるぞ。わしに尻を蹴られる前に、玄蕃の尻に食らいつけ」

中村勢が大岩山砦を取ったあと、なかなか動かぬのに業を煮やして、みずから駆けつけたに違いない。

勘兵衛は砦のなかを見渡した。一氏のざまを見て、士卒も動き出しつつあるものの、顔つきも動きも鈍い。やはり疲れの色が濃い。

「虎之介、これへ」

秀吉は小姓衆のなかで、最も背の高い加藤虎之介を呼び、その肩に跨《また》がった。虎之介は軽々と秀吉を肩車して担ぎ上げる。

九尺ほどの高みから、秀吉は中村勢の士卒に呼びかける。

「みなの者、上は大将から、馬上の侍、徒の侍、下は足軽、小者に至るまで、ひとり残らず、よく聞け」

ひときわ小柄な秀吉の声は、どういうわけか人一倍よく通り、大きく響く。梵《ぼん》鐘《しょう》が鳴っているかのようだ。

「逃げていくのは、わしにとっては勝機と天下、おのれらにとっては褒美と故郷じゃ」

褒美は分かる。故郷ということばを意外に思った。

士卒も不審そうな顔つきだ。

「褒美などいらぬ、命が惜しいなどとほざいても、この戦に敗れてみよ。そうはいかぬ。天下を賭けた一戦に敗れた軍の雑兵どもが、無事に生国《しょうごく》に帰れるものか。侍は言うにおよばずじゃ」

秀吉は虎之介の肩の上で暴れる。

虎之介は涼しい顔だ。

「近江は国ごと柴田修理の手に渡るぞ。美濃では三七が、憎き羽柴の落ち武者を手ぐすね引いて待っていよう。尾張へは美濃を通らねばいき着けまい。山城では、筑前守が負けたと聞いたとたんに不平不満の輩《やから》が兵を起こすだろう。どこにも安穏の郷などない。丹波、摂津、播磨《はりま》は遠い。野伏《のぶ》せりも起ころう。無事落ちのびられるなどと考えるな」

勘兵衛は思わず身震いした。山崎合戦の夜のできごとが蘇《よみがえ》ってくる。

――わしがここにおるのは、運がよかったからに過ぎぬ。

侍も足軽も、みな顔つきが変わった。

「怠けて、負けて野垂れ死にするくらいならば、敵に追いすがって討ち破れ。休むのはそれからでもよかろう。勝って褒美を手にせよ。故郷に錦を飾れ」

秀吉の獅子吼《ししく》が、尾根の上を殷々《いんいん》と響き渡っていく。

「分かったなら、まずは立て」

すぐ近くに雷でも落ちたかのように、まだ座っていた者は立ち上がり、すでに立っていた者は背筋を伸ばした。

「かかれ」

虎之介の頭の上で、秀吉は手にした采配を打ちふる。

「おう」

士卒は腹の底から声を出して答える。

一氏や中村勢の将たちが、間髪入れず、士卒を東の虎口から砦の外に導いた。

秀吉は虎之介の肩から降り、なお、辺りをねめ回す。

——これが天下を目指す者の気迫、弁舌、勢いというものか。

舌を巻いた。

秀吉の気迫が乗り移ったかのようだ。中村勢の士卒は誰もが肩をそびやかし、列を作って歩み出す。

秀吉はそれを見届けると、身を翻し、南の虎口から出ていった。供廻りの松明があとを追う。秀勝、日向、喜八郎の姿も見受けられた。鉢ヶ峰を越え、賤ヶ岳砦に向かうのだろう。

勘兵衛は鎧を執り、白切り裂きの指物を背中の受筒に戻し、中村勢の先頭に出た。余呉の海の畔に向かい、坂を下る。中村勢以外の羽柴方の軍勢もこれに続いた。

羽柴方諸勢が坂を降り切ったときには、余呉の海の水際が薄っすらと見分けられるほど明るくなっていた。

——夜明けまで半刻というところか。

中天にはまだ星が見えているものの、東の山の端では白んできた空に消えつつある。

諸勢はそれぞれに備を立て直す。

「士分も長柄、弓の足軽も、鉄砲の者より前へ出るは無用。鉄砲組を先に立てて、敵を追う。鉄砲の者は左右の者より前に出過ぎず、下がり過ぎず、最前をゆけ」

使番たちが一氏の下知をふれて回る。

勘兵衛は舌打ちする。軍勢の先登を進めないことは残念だ。ただし、一氏の考えはよく分かる。

佐久間勢は鉄砲組を殿《しんがり》にして退いている。尾根道より広いとはいえ、浜の幅は十間ほどに過ぎない。追っていけば、敵は羽柴方の軍勢が鉄砲の間合いに入るたびに放ってくるだろう。鉄砲を持たぬ者が先を進んだとて、鉄砲玉が飛んでくるたびに狭い浜を逃げ回ることになるだけだ。

勘兵衛を除いては。

「進め。逃すな」

「おう」

大声を上げて、中村勢は押し出す。

勘兵衛は鉄砲組のすぐ後ろについて歩む。

空は明るくなり、余呉の海を囲むかのように広がる羽柴・佐久間両勢の様子が見て取れた。

──追いつけるか。

焦りを感じずにはいられない光景だった。

佐久間勢の先陣は、余呉の海の畔を東から南に回り込んで進み、賤ヶ岳の麓から北に折れ、すでに飯浦の切り通しの北にいる。佐久間玄蕃が軍勢の中ほどを歩んでいるならば、今まさに賤ヶ岳の麓に差しかかっている。

飯浦は近江の淡海の北の端、塩津の東隣の浦だ。そこから賤ヶ岳の北の麓を通り、余呉の海の南西の浜まで、切り通しが開かれている。

──なるほど、堀切《ほりきり》と呼ばれるわけだ。

飯浦の切り通しは、賤ヶ岳と北の尾根を断ち切っている。羽柴勢の士卒は、飯浦の切り通しを堀切に見立てていた。その堀切の向こう岸に陣取る軍勢が見て取れる。

勘兵衛は向こう岸の敵を眺めながら足を運ぶ。草鞋の裏に、踏み倒された葦《あし》を感じる。

──柴田三左衛門の備じゃな。

佐久間玄蕃の次弟、柴田三左衛門がこの度の玄蕃の討ち入りを支えていた。

――わしと歳は大して違わぬはずじゃが、秀でた大将ぶりよ。

玄蕃が三十だというから、その次弟とあらば、二十八歳の藤堂高虎と同じくらいか、少し若い程度だろう。

三左衛門は、余呉の海の畔を南下した玄蕃とは別の手を率いて、尾根筋を南にたどった。飯浦の切り通しを越え、まず賤ヶ岳の麓から賤ヶ岳砦を睨んで、兄の軍勢が賤ヶ岳砦眼下の浜を通っていくのを助けた。その後、飯浦の北の小山に陣を移し、賤ヶ岳砦の軍勢が大岩山砦に加勢を出せぬように、これを押さえた。兄が賤ヶ岳砦を攻めると、囲みの一角を担った。

今、小山を降り、飯浦の切り通しの向こう岸に備を立て、退く兄の脇腹、背後を守っている。

――陣を取る場所がいい。しかも、兵をほとんど損じていなかろう。あの軍勢は強いはずだ。

歳は近いものの、先駆け武者である勘兵衛と采配をふるって士卒を率いる三左衛門とでは、立場が違う。

しかし、異なるからこそ、三左衛門の才がよく分かる。

――大将たる者は、あのようであって欲しいものよ。

三左衛門は軍勢に無駄な動きをさせない。よい場所に陣を取ることによって、軍勢の威を効かせ、敵をよく押さえる。だからこそ、いざ敵に鑓を入れるというとき、士卒は疲れていないはずだ。そういう軍勢のなかにいれば、武功を積みやすく、犬死には強いられない。

「焦れる戦だな」

周囲の者にも聞かせようと、勘兵衛は声を張り上げる。

中村勢が余呉の海の南に回り込んだとき、辺りはもうすっかり明るくなっていた。

佐久間勢の殿は、中村勢が足を速め、鉄砲の間合いに入ると、鉄砲を放つ。しばらくそこに留まって鉄砲を放ち続け、中村勢の足が止まると、素早くひく。ひいた先には、別の鉄砲組が待ち受けている。

中村勢としては、追うごとに何人かの鉄砲足軽を損じ、敵がひくところを追い討とうにも、新手の鉄砲組が立ち塞がる。いっこうに彼我の間合いは縮まらない。敵がひいた分だけ、ゆっくりと進むしかない。

「勘兵衛。我慢、我慢じゃ」

ふり返れば、そこで新介が苦笑いをしている。

「分かっておる。最初から最後まで我慢の戦じゃ」

佐久間勢の先頭は、もう余呉の海の北で、尾根に続く坂を登っていく。権現坂《ごんげん》というらしい。谷があり、尾根筋が落ち込んでいる。

「茂山の敵すらおらねば」

中村勢はみな徒立ちで敵を追っている。騎馬の士も、馬は木ノ本に残してきた。

「神明山砦、堂木砦の味方が逃げる敵を遮るものを」

悔しそうに吐き出すのは、士分にして、騎乗を許されている者だろう。戦を布陣で眺めている。

「あいにくながら、茂山に敵はおり、我らが突き崩さぬかぎり、どいてくれそうにもない」

勘兵衛は叫んだ。思いは勘兵衛も同じだ。戦場に立つと敵味方が願いの通りに動かぬことに愚痴を吐き散らしたくなるものだ。

権現坂のすぐ北から北東に尾根が突き出している。その尾根のなかほどにあるのが神明山砦、先にあるのが堂木山砦だ。

両砦ともに惣がまえに組み込まれている。北国街道にいる柴田勢を西の頭上から脅かすのが本来の務めだ。それでも、このような戦の形勢となっている。両砦の諸将とて、砦の守りの人数を割いてでも、加勢を権現坂に遣わし、北から仕け、佐久間勢を行市山砦に帰さぬようにしたいだろう。

尾根の根元に近い茂山に陣取る前田勢がそれを許さない。引き揚げる佐久間勢と両砦のあいだに立ち塞がる。前田勢に茂山を押さえられているうちは、両砦の羽柴勢も動けない。

佐久間勢の殿、中村勢の先手はいよいよ飯浦の切り通しに差しかかろうとしていた。

――きた。

背後にいる新介が腹ばいになって伏せる気配がした。

正面の佐久間勢だけではなく、左手の三左衛門勢からも降り注ぐ鉄砲玉に、前方の鉄砲足軽だけではなく、それに続こうとする武者たちも討ち倒された。

「駆け抜けろ」

前に進もうとする勘兵衛を鉄砲組の頭が組み止める。

「ならぬ。下がれ。すぐに止まれというお下知がくる」

「馬鹿な、佐久間勢が逃げてしまうぞ。ここは多少の傷は覚悟して、敵の殿に飛び込むべきだ。立ち止まるのが一番危うい」

ふたたび、左手で爆鳴が上がる。

勘兵衛は鉄砲頭を組み倒して、伏せる。鉄砲頭は勘兵衛を横に突き転がし、立ち上がる。

「侍も足軽も問わぬ。下がれ、横矢がかかった。下がれ」

今度は正面で爆鳴だ。

鉄砲頭も討ち倒された。勘兵衛は近寄り、鉄砲頭の体を探る。具足の胸板を砕いて、鉄砲玉が体に入っていた。すでに絶命している。

血に塗れた籠手を引っ込め、勘兵衛は、敵陣を睨みながら後ずさりする。

「下がれ、下がれ」

背後からも声がかかる。一氏が引き取るよう命じたのだ。

鉄砲足軽も侍も、悲鳴を上げて逃げていく。

「止めるならば、もっと早く止めればいいものを」

うめきながら下がる。

正面、さらに左手、また正面と、絶え間なく鉄砲玉が放ちつけられる。逃げる中村勢が次々に討ち倒されていく。こうなっては手当てしてやるゆとりもない。

右手は鐺でふさがっている。なんとか手負いをひとり、左脇に抱え、中村勢についていく。

途中、うずくまっている武者の姿を見て、ふと懐かしさを覚えた。

——知っている者だろうか。

声をかける。

「どこかに玉を食らい申したか」

武者は勘兵衛のほうに面をふり向けた。

呆然《ぼうぜん》とした顔つきのまま、みずからの体をたしかめる。

「無事……のようで」

おずおずと口にした。

——誰であろうか。

見知っているような気もする。ただし、名前が浮かばない。

「あっ」

武者は急に勘兵衛の顔を指差し、尻もちをつく。

その尻の左脇で鉄砲玉が砂に突き刺さった。

「あっ」

わずかに遅れて、勘兵衛も思い出す。

今度は尻の右脇で爆《は》ぜる。

「死にたくなければ、とっとと下がれ」

勘兵衛は左脇の手負いの者をいったん放す。そのまま左手で荒っぽく襟元を摑んで武者を立たせ、その尻を力いっぱい、押し出すように蹴った。

武者は十歩ばかり、たたらを踏んだのち、脱兎《だっと》のごとく中村勢のなかに逃げ入った。

――いくら寄せ集めとはいえ、どうやって紛れ込んだのか。

正体は山崎合戦の夜、勘兵衛が生かして残した野伏せりだ。

勘兵衛がくれてやった鎧兜を身に着け、味方に潜り込んでいた。野伏せりが去ってしまった今となっては、子細は知りようもない。もともと足軽、小者だったことがあって、今度は侍として身を立てようと思ったか、羽柴勢に属していれば食うに困らないと考えたか。

「恩に着ろ」

もはや姿も見えない野伏せりに叫んだ。返事などあるわけもない。

勘兵衛はかの男を一度は見逃し、今度は危うきから助けた。

飯浦の切り通しから二町ほど下がり、ようやく中村勢は踏み止まった。二町離れれば、鉄砲玉に当たっても、命を脅かすほどの傷にはならない。

下がった二町のあいだに倒れていた者のなかに、新介らの姿はなかった。素早く逃げたのだろう。それは救いだ。

——兄弟だけに息が合うておるわ。

勘兵衛の息は荒い。

玄蕃も三左衛門も、たがいの鉄砲の間合いが重なる場所で、羽柴方に痛打を食らわせる気でいたのだ。

一氏ら、中村勢諸将の目に、切り通しの対岸に林のごとく群がり立った佐久間勢の旗が入らなかったはずはない。

——すぐさま追え。どこまでも追え。

という秀吉の命に背中を炙《あぶ》られ、手負い討ち死にを出す覚悟を固めぬまま、死地に踏み込んでしまった。予期し得たはずの挟み放ちを食らう。手負い討ち死にを多く出し、おまけに退くはめになった。

——分別のある将だが、凡将だな。力量も覚悟も気性の激しさも。佐久間玄蕃、柴田三左衛門には太刀打ちできぬ。

一氏の大きな鼻が脳裏に浮かぶ。

勘兵衛は同じく手負い討ち死にを出すならば、佐久間勢の殿に突っ込み、乱戦に持ち込むべきだ、と考えた。佐久間勢と中村勢が入り混じれば、三左衛門勢も迂闊に放てない。

一氏はそのような苛烈《かれつ》な命を発さなかった。味方の士卒を損じることを望まない。分別があり過ぎるのだ。戦場ではときに蛮勇を発し、賭けに出なければならないこともある。

——玄蕃、三左衛門に勝てる大将は、筑前守しかおらぬ。

秀吉が勝利の絵を思い描き、それを説いてみせても、筆を執るのは下手な絵師。配下の大将は描けない。

秀吉自身が誰よりも筆達者だ。しかし、秀吉は惣大将でもある。みずから士卒も率いねばならぬとすれば、ひとつの身では無理だ。

下がれ、に続く下知が発せられていない。そのあいだにも、羽柴方が追ってこぬのを見て取った佐久間勢の殿は引き潮のように淀みなく退いていく。

三町、四町、五町と。

——もう追いつかん。また戦機を逸した。

勘兵衛は兜の目びさしを差し上げる。

このまま戦が進めば、行市山に佐久間勢が退き、それを見届けた街道の柴田勢も内中尾山の陣城に戻る。ふたたび、両軍対峙《たいじ》の形となる。

「お下知はいかに」

背後に向かって怒鳴る。

ふたたびの睨み合いは、以前の睨み合いとは異なる様相を呈するだろう。羽柴方は中川瀬兵衛と大岩山砦の一千、さらにこの追い討ちで多くの者がすでに討たれた。一方、佐久間勢は力攻めとなった大岩山砦攻めでこそ、多少の兵を損じたものの、のき戦ではほとんど討ち死にを出していないはずだ。隊伍《たいご》を組んで、乱れず進退しているうちは、激戦となっても死人は少ない。士卒が多く死ぬのは、乱れ、逃れようとするときだ。

「しばし、待て」

口伝えに返事が申し送られてきた。

ふたたびの対峙は両軍が拮抗した対峙ではなく、傷つき、山肌にすがりつく羽柴方を意気軒高な柴田勢がうかがう形になる。変わらぬ峰を守っていても、羽柴方には、

——負けた。

という思いが残る。

柴田勢は、

——勝って無事退いた。

と意を強くするだろう。

「それがしは、あの切り通しの手前の岸へいく。堀切を隔てて、柴田三左衛門の備に対する。ときがくれば、堀切を越えて敵を討ち崩す」

勘兵衛は先ほど、したたかに羽柴方を討ちすえた敵を鑓先で示した。周囲の者を眺め渡す。

「この戦、まだ負けたわけではない。味方に勝ちをもたらし、武功をなさんと欲する諸士はついて参られよ」

そう呼びかけると、尾根をよじ登り始める。

勘兵衛は一氏の家来でも、与力でもない。その上、秀吉からじきじきに、浮き武者として働け、と命じられている。中村勢を脱しても、軍令違えには問われない。

——味方にまだ勝機が残っているとすれば、それは間もなく訪れる。

勘兵衛は戦場を見渡していて気づいた。敵を追い討ちしながらも、大魚を逸した感のあるこの戦場に、まだ大魚の尾びれが残っている。飯浦切り通しの北岸に陣取った柴田三左衛門の軍勢だ。佐久間勢が退くのを援《たす》け、追ってくる羽柴方を睨むため、三左衛門は賤ヶ岳砦の眼下に留まった。玄蕃は手勢がひき切れば、どこかで三左衛門にも退くよう命ずるはずだ。その数、三千。

これに対し、羽柴方は、賤ヶ岳砦の番兵をくわえ、一万六千が近辺に集まっている。

——のき際の三左衛門勢を叩き潰し、逃げる兵を追って、尾根筋を攻め上がれば、玄蕃も引き返してこざるを得ない。

どこか一所が崩れただけで、まったく様相が変わってしまうことが、戦場ではよくある。

「筑前守、気づけ」

急勾配に息を切らしながら、勘兵衛は呟く。

気が立ってきた。

背後をふり返れば、思ったよりも大人数が蟻《あり》のように続いている。抜け駆け狙いの武者だけではなく、中村家の者も従ったようだ。一氏が見て見ぬふりを決め込んだのかもしれない。

——三左衛門は手強《てごわ》い。

昇る陽光のなかに翻る、旗の林に目を向ける。

辰刻が近い。

一番鑓

「どこの手の者か」

賤ヶ岳の麓、飯浦切り通しの南岸に登った勘兵衛は、軽い驚きを覚えた。

すでに岸に並び、切り通しを挟んで一町ほどの間合いを取り、北岸の柴田三左衛門勢に向けて鉄砲を放っている者らがいた。

「はっ。桑山彦次郎の鉄砲足軽でございます」

足軽のほうも、突然あらわれた勘兵衛にびっくりした様子だ。膝立ちの足軽に対し、勘兵衛は立ったまま話しかけている。

——筑前守が桑山に命じて、遣わしたか。

北岸で爆鳴が上がる。勘兵衛は背中を引っ張られたかのように、よろける。

「ご無事でございますか」

足軽が鉄砲に玉薬を込める手を止めず、問うてくる。

「大事ない。儂は鉄砲玉を食らわぬのじゃ」

勘兵衛は頭の上に突き出した白い切り裂きを指差す。切り裂きにひとつ、穴が開いている。

「もうすぐ中村孫平次殿の鉄砲衆が加勢にくる。邪魔したな」

下がる。

賤ヶ岳砦を守る桑山彦次郎重晴《しげはる》配下の足軽が膝を立てて鉄砲を放つ。

――当たらぬ。

勘兵衛でなくとも、往々にして、遠間から最初に浴びせられた一発は当たらぬものだ。

理由はおそらく勘兵衛ら士分の武者が背負う、長大な旗指物にあるに違いない。

勘兵衛の身の丈は六尺足らず、指物は二間余の長さがある。胸や腹を狙うつもりでも、旗指物につられて、つい筒先が上がってしまう。

――しかし、さすがは三左衛門の鉄砲衆だ。

三左衛門勢の鉄砲足軽は、旗に当ててきた。上下はずれても、左右の幅は合っている。

――儂はもう鉄砲玉を食らわぬ。

胴越しに小袋に手をあてる。鉄砲玉が当たる刹那の痛みは憶えていないものの、かろうじて命を拾ったあとの痛みは忘れていない。

「孫平次殿の鉄砲衆」

勘兵衛を追って、尾根を登ってきた中村勢に呼びかける。

「味方が手薄じゃ。放ち合いにくわわれ」

「承ってそうろう」

鉄砲を担いだ足軽たちが駆け出す。鉄砲衆の小頭たちも続く。

桑山勢、中村勢の鉄砲足軽、合わせて五百ほどが鉄砲を放つ。

東国の軍勢、相模《さがみ》の北条や越後の長尾の軍律は厳しい。みずからの手勢でもない者に命を下すことも、士卒がそれに従うことも禁じられている、と聞く。犯した場合、死罪になることもあるという。

――その辺りは気楽じゃな。

秀吉は大軍を率いている。しょせん、その大軍は寄せ集めだ。

士卒は己らを勝たせてくれると思う相手、生き残らせてくれると感ずる相手、手柄にいざなってくれるだろう相手の言うことを聞く。

幅十間ほどの切り通しを飛び越え、敵の鉄砲玉がうなりを上げて飛んでくる。

――それは向こうも同じこと。

寄せ集めの鉄砲衆ながら、数は足りている。放ち負けしていない。

三左衛門の手勢がいかに精兵だとはいえ、その数は三千。鉄砲足軽は三百ほどだろう。

「放って、放って、討ち伏せよ。この戦、勝っておるぞ」

後方から大声で励ます。

嘘をついているわけではない。退く敵を逃し、長蛇を逸しつつあるこの戦で、この鉄砲衆だけが蛇の尾に食らいついている。三左衛門勢と戦場の各所から寄り集まった羽柴勢が戦う、この飯浦切り通しの競り合いのみは、羽柴勢が優勢に戦を進めている。

――切り通しを押し渡り、蛇を呑み込んでくれん。

勘兵衛は右手の鑓を握り締める。

切り通しの岸から先は、一丈ほどの崖になっている。底には小径が通っている。

向こう岸の崖の高さもやはり一丈ほどだろう。

「勘兵衛」

「ここでござったか」

聞き憶えのある声にふり返る。

甲冑に身を固めた浅野日向と浅井喜八郎が、勘兵衛のすぐ後ろにしゃがんでいた。さらにその背後には、秀勝の供廻りの面々がほとんど揃っている。

「どうして、ここに」

声がうわずる。

「若君が仰せられたのでござる。ご自身のことはよい、白い切り裂きを探せ、と。勘兵衛殿を援《たす》けよ、と」

獅嚙《しか》み前立ての頭形兜を被り、紺糸縅の具足を着た喜八郎が答える。

「筑前守様が賤ヶ岳砦から戦場を眺め渡され、向かいの岸の敵を討て、と命じられた」

鳥の尾を両脇立てとした錐形《きりなり》兜に、黒糸縅具足の日向がことばを継ぐ。

「さすがは我らが若君、大将たるべき度胸をお備えじゃ。また、さすがは筑前守様、ここに気づいたか」

両人は勘兵衛のことばに白い歯を見せる。

日向が後ろを指差した。

「筑前守様はさらに、この砦は、わしと於次がふたりで守るゆえ、みな、山を下れ、とて、お小姓衆まで遣わされた」

急な山肌の細い道を伝い、軍勢が続々と賤ヶ岳の麓に溜《た》まりつつある。

そのなかには、白黒段々の旗指物を背負った福島市松、しないの束を指物とした加藤虎之介の姿もある。

「先を越されてなるものか」

総身に力がみなぎってくる。

「まあ、待て」

片頬に笑みを浮かべたまま、日向が勘兵衛の草摺《くさずり》を摑む。

「終わりまで聞け。筑前守様は浜手の諸勢にも使番を走らせている。我らがあの敵に攻めかかるのを見たならば、並んで進み、権現坂で尾根筋を進む我らを待て、と。尾根、浜の両勢が権現坂で並んだならば、浜手の軍勢は茂山の前田勢を追い払う。我らはさらに集福寺《しゆうふくじ》坂を経て行市山を攻める」

賤ヶ岳砦から降りてきた鉄砲足軽も加勢し、羽柴勢の鉄砲は厚みを増した。討ち倒されたのか、向こう岸からの鉄砲玉がまばらになってきた。

「惣寄せじゃ」

日向の背後で、喜八郎が白い丸顔を引き締めている。

喜八郎の初陣は激しい戦になるだろう。

「おっつけ、ほら貝が鳴る。それが合図じゃ」

勘兵衛は賤ヶ岳砦を見上げる。

ここから砦はよく見えない。しかし、その塀際には秀吉の馬印、金の瓢箪が掲げられているはずだ。

——敵には見えている。

まだ立ち並ぶ旌旗《せいき》に乱れはみとめられない。

——しかし、三左衛門には三千の手勢のみで羽柴勢の惣寄せを支えられぬことは分かっていよう。どこかで退く。玄蕃もまた、三左衛門の手勢が討ち崩されれば、戦の流れが変わることに気づいている。

対岸の三左衛門には、浜手の羽柴方諸勢の様子も見えている。惣寄せを予期しているはずだ。また、権現坂に引き取った玄蕃とも使番を送り合っているだろう。

「そうと分かれば、なおさら、ぼやぼやしてはおられぬ。日向殿、喜八郎、儂から離れずついてこられよ」

勘兵衛は岸際に向けて、歩む。足音で日向、喜八郎、秀勝供廻りが続くのが分かった。

すべてを伝えた日向は、ここから先は勘兵衛の戦場での勘に任せることにしたのだろう。日向も供廻り衆も手柄は欲しい。初陣の喜八郎は先達に従うほかない。

敵の鉄砲はすっかり弱々しくなった。鉄砲足軽たちは少しずつ、岸際へ向けて間合いを詰めてゆく。

勘兵衛は鉄砲衆の真後ろにつく。つねに一番鑓を狙う勘兵衛にとって、慣れた居場所だ。

──いい場所に陣取らねば、手柄は得られぬ。

胆《きも》に銘じている。

賤ヶ岳砦でほら貝が鳴る。喧騒に満ちた戦場にあっても、不思議とその音はよく聞こえた。峰々、尾根に響き渡っていく。

勘兵衛は背後をふり返る。

日向、喜八郎がうなずく。

──ついていく。

そういう意味だろう。

立ち上がり、声を張る。

「渡辺勘兵衛および浅野日向殿、浅井喜八郎殿、丹波衆が敵陣に先駆けいたす」

味方を眺め渡す。もうこちら側の岸には五千ほどの人数がひしめいている。

市松、虎之介と目が合った。

快哉《かいさい》だった。笑いが込み上げてくる。

「各々方、あとに続かれよ」

そう言い放つと、勘兵衛は崖を駆け下った。飛び降りたといってもよい。

——手抜き普請のおかげで助かった。

宙を真っ直ぐ落ちながら、勘兵衛は思う。

一瞬ののち、勘兵衛の草鞋は切り通しの崖に残された灌木《かんぼく》の根元にのった。さらに飛び、また灌木を踏み台にする。三、四回繰り返して一丈の崖を下り切り、底の小径に立つ。

「焦らずともようござるぞ。足を滑らせて、敵陣を前に怪我《けが》をするは粗忽なり」

賤ヶ岳砦の桑山勢は、飯浦切り通しの崖に生えていた草木を取り去っていなかった。この切り通しは、賤ヶ岳砦にとって、北の守りの要となり得た要害だ。手前の崖も、向こうの崖も、手がかりとなる草木が残っていた。抜き払っておくべきだった。

——真の大堀切となったはずだ。

手がかりのない崖は登れず、一丈の高さがあれば降りることもできない。大堀切があれば、三左衛門勢はこうも自在に動き回れなかったはずだ。人手が足りなかったのか、時が足りなかったのか、今となっては分からない。

柴田三左衛門はそこにつけ込んだ。今度は羽柴勢がその利を活かす番だ。

「堀底に落ちて尻を割るはたんなる怪我。敵陣に飛び込んで、鑓で突かれるのが手傷でござる。痛いのは同じでも、怪我は報われず、手傷は功となりまする」

「勘兵衛、やめてくれ。笑いで手を滑らすわい」

日向たち丹波衆は、慎重に灌木につかまりながら、小径に至った。

足もとで泥がはね上がる。生き残っている三左衛門勢の鉄砲足軽らが、切り通しの底にいる勘兵衛らを狙っている。

「固まらず、駆けよ」

そう叫ぶが早いか、勘兵衛は、くの字、くの字に道を走り渡る。三左衛門勢がいる側の崖に取りつく。

鉄砲を真下に放つのは難しい。背後では、丹波衆を追って切り通しの底に降り立った武者たちが、鉄砲玉に当たり、転げ回っている。

勘兵衛は鑓を片手に、灌木をつかみ、体をせり上げ、灌木の根を足場として崖を登る。

「放ち方、止め」

羽柴勢の鉄砲足軽たちに号令がかかった。これ以上、放ち続ければ味方に当たる。

右斜め上から敵の足軽が鉄砲で己を狙っていることに気づいた。左手で木の細い幹を握ったまま、右手の鑓を伸ばす。

鉄砲が放たれる音が響く。

勘兵衛には当たっていない。なんとか放たれる寸前に鑓先で筒先を払いのけた。

「儂には当たらんのじゃ。死にたくなくば、雑兵は下がっておれ」

獣じみた勘兵衛の怒号に圧伏され、足軽は鉄砲を捨てて逃げていく。

なおも休むことなく手足を動かし、崖を登り切る。二間余の指物は、頭より先に崖の上に突き出していた。

白切り裂きに目当てをつけていたのだろう。登り切ると息つく暇もなく、敵の武者が鑓を突き出してくる。己の鑓を足元に落とし、敵の鑓を右手で逸《そ》らす。そのまま、敵の鑓を脇にかい込んだ。

「うりゃあああ」

渾身《こんしん》の力を込め、敵の武者を鑓ごと崖下に放り投げる。

日向より先に、喜八郎が登ってきた。若く、力もあるのだろう。

勘兵衛は鑓を拾い、声をかける。

「喜八郎、かかるぞ」

「承知」

勘兵衛と喜八郎は鑓の穂先を揃え、三左衛門勢の鉄砲足軽を追い払う。鑓でかかってくる武者は突き伏せる。

「喜八郎、先陣のそのまた先駆けに首の功はないものぞ」

「まことに」

戦いながら教えているつもりだ。

軍勢の先を駆け続け、敵と鑓を合わそうと思えば、首など取っているゆとりはない。首をかこうとむくろの上にしゃがみ込めば、己が首を取られる。目の前にはつねに敵がいるのだ。

鑓をふるいながら目をやれば、日向らも無事、崖を登り切ったようだ。鉄砲足軽を追い払っておいたことが功を奏した。

少し離れた崖際に、白黒段々としない束の指物が突き出た。

「稚児武者どもめ。もうきたか」

戦場では胸のなかで狂おしい昂りが暴れ回る。口も悪くなる。

――こうでもなければ、本当にどうにかなってしまう。

昂る気持ちに体を任せ、勘兵衛は修羅のごとく、鑓で敵の胸を貫き通し、柄で横っ面を払い、石突であごを砕く。堀直政のような、鍛錬を積んだ精妙な技ではない。死地に入ることで湧き出す、狂気を帯びた荒々しさだ。

――戦場は地獄だ。地獄から生きて、正気のまま戻るには、悪鬼羅刹《あっきらせつ》にならねばならぬ。

喜八郎も、これが初陣とは思えぬほどの落ち着きを示している。勘兵衛の背中を守り、襲ってくる敵に鋭い突きを入れ、またすぐ鑓を手繰ってかまえ直す。

喜八郎の様子をうかがった一瞬が隙となったのか、右手から勘兵衛の首筋へ向けて、鑓が突き出された。体を大きく反らせて、うなりを上げる鋭い突きをなんとかかわす。

「そうやすやすと、くたばるものかよ」

突きを外され、前のめりになった敵の筋兜のてっぺんを鑓の柄で力いっぱい打ち叩く。

激しく鈍い音が鳴る。敵の武者はそのまま地に倒れ伏す。喜八郎が敵の背に鑓を突き立て、とどめを刺した。

「勘兵衛殿」

「折れたな」

養父の形見でもある鑓は、ちょうど筋兜を叩いた辺りで折れ、そこから先がぶら下がっている。

勘兵衛はためらうことなく、己の鑓を捨て、足元に倒れた敵の鑓を拾った。

養父の鑓よりも何寸か短く、柄がいくらか太い。重みがある。

「これはなかなかよい」

重みがある分、突きの勢いが増す。さらに勘兵衛のようにふり回したり、叩いたり、柄も多く使う者にとって、柄の太さは心強い。

頭上でくるくると回し、かまえてみた。手にもなじむ。

何より、穂が鎌や十字ではなく、直鑓《すぐやり》なのが扱いやすい。

「喜八郎、手間をかけたな。参ろう」

「ご養父の形見を捨ててしまうのですか」

「ああ、役に立ってくれた鑓だった。命数が尽きたのだ」

ふり返ることはない。

「我が父はな。つね日ごろ、質素を心がけ、費えを惜しむべし、と教えて下さった」

正面から向かってきた敵を拾った鑓で突き伏せる。

「蓄えを作り、ゆとりを持て、戦場で一切物惜しみの心が湧かぬように、とも仰せられた。戦場で失せる物が多いのは、自然のこと。戦場で物を惜しめば命が失せる、ともな」

「重いご訓戒でござるな」

「日々の倹約は、戦場での費えを惜しまず、武功を購《あがな》うため」

阿閉家のころから戦場で身に着けていた物は、腰の大小だけになった。

敵も味方ももはや鉄砲を放っていない。賤ヶ岳砦からは何度もほら貝の音が吹き上がり、羽柴勢の士卒を鼓舞している。

——敵は退いているのではないか。

先陣で暴れ、足掻《あが》く勘兵衛には、戦場全体の様子は分かりようもない。勘兵衛らが鐺を入れるなり、戦は乱戦となった。

崖を登ってから、どれほど時が経ったか分からぬものの、日の高さ、周りの明るさから考えて、もう巳刻になっているだろう。

――敵は我らを崖下に突き落とそうとはしておらぬ。

突きかかってくる敵の数が明らかに減った。

――浜手の軍勢が進み、背後に回り込まれることを危惧しておるのだ。

戦場では、考えごとをしてはいられない。またひとり敵を突き倒しながら、勘兵衛は三左衛門の采配ぶりを感じようとしている。

――敵が引き取っていく。

俊敏な将である三左衛門が、ここで手勢を潰《つい》えさせるわけがない。戦いながら敵は退いているはずだ。

「柴田三左衛門はいずこ」

勘兵衛は拾ったばかりの鐺を右へ左へ、力任せにふり回し、敵を追い退けながら、切り通しの北岸を見渡す。羽柴勢は途切れることなく岸に登り、さらに続く士卒がいる。三左衛門勢は岸の際から追い払われ、もはや増えていく羽柴勢を止めるすべを失っている。

――この一手で詰め切ってしまわねばならぬ。小姓衆まで放った。もはや、筑前守の手元に持ち駒はない。次の一手はない。

追い詰めるのも、追い詰められるのも、紙ひと重の戦だ。

「柴田三左衛門はいずこ」

三左衛門は勇敢にして俊敏なだけではなく、戦の勘どころを心得た将だ。退く軍勢の弱点は殿にある。殿が追い崩されてしまうと、先をいく士卒は、敵が迫ってくることに怯《おび》え出す。悪くすれば、そのまま軍勢が四散してしまうことすらあり得る。

――山崎合戦の我らのごとくにな。

その要諦を知っているからこそ、佐久間玄蕃は殿を実弟の三左衛門に任せた。三左衛門のような男は、みずから手勢に下知し、託された責務を果たそうとするはずだ。

勘兵衛は鑓をかまえ、腰を落とす。目を見張って、前後左右を味方がいき交うなか、人の流れ、潮目を読もうとした。

船乗りが流れ、潮目を見て、船の舵《かじ》を取るように、戦場にも人の流れ、潮目がある。それを読み切らねば、勝敗を決するような働きはできない。

人の流れが変わるところ、潮目に衆を指図する者がいる。

――どこだ。

尾根へ登る道の脇に、唐笠に白い御幣の馬印を見つけた。

――あそこか。

勝家の馬印は金の御幣だ。その養子となった三左衛門が御幣を馬印に用いても、なんら不思議はない。

馬印の斜め後ろで、竹の杖をふるう将がいる。顔は面頬で隠されて見て取れない。絹のような艶のある白い陣羽織を打ちかけていた。

得物は持っていない。ここにいる敵を率いる者である証だ。

「喜八郎、ついてこい」

竹杖の将は、勘兵衛がいる場所より二十間ばかり先にいる。

勘兵衛は鑓で敵をなぎ倒し、まっしぐらに進む。ときに突きを入れ、前を塞ぐ味方の兜を石突で小突いて道を開けさせる。喜八郎は横に並び、さらに背後を守り、歩みを止めぬ勘兵衛に従う。

残り十間、髭を植えた面頬からのぞく両目が勘兵衛の姿を捉えたように感じた。

天に鑓先を突き上げる。

「これなるは、羽柴丹波侍従が家人にて、渡辺勘兵衛と申す者」

鑓先を面頬に向け直す。

「唐笠に御幣の馬印の大将は、柴田三左衛門殿にてござそうろうや。ご武辺のほど、お見事なり。いざ、鑓を合わせん」

さらに勢いをつけて、突き進む。

各所に散っている羽柴勢の武者たちも、勘兵衛の声を聞いて、竹杖の将に気づいたようだ。三左衛門勢の武者が、目の前の敵を捨て、馬印のもとに集まってくる。

——よい大将だ。

心の底から思う。

つけた見当は間違っていなかったようだ。三左衛門の家来たちは、身分の隔てなく、三左衛門の楯《たて》になろうとしている。

入り乱れていた敵味方が瞬時に分かれる。勘兵衛の目の前、五間のあいだには敵の武者が分厚い壁となってひしめいた。

勘兵衛が敵をひとり突けば、二本、三本の鑓が勘兵衛を狙ってくる。一歩進むのも難しい。羽柴勢の士卒も、三左衛門の首を狙い、塊となった柴田勢を三方から囲む。

見るからに頑丈そうな体つきをした敵の侍が、三左衛門に近づいて、何か耳うちした。そして、三左衛門を突き飛ばさんばかりの勢いで下がらせる。二、三人の侍が、それを期に左右から抱きかかえるようにして、三左衛門とともに尾根道を退いていく。

柴田勢は尾根道を塞ぎ、羽柴勢に立ちはだかる。

——待て。

叫ぼうとしたが、別の声に遮られた。

三左衛門を下がらせた侍が、面頬を外してふり返る。

「羽柴の者ども、ひさしぶりじゃな」

いかつい顔には、無理に作ったかのような笑みが張りついている。

「この顔を知らぬ者はとくと聞け」

薄い笑みを剝いでみれば、無残な死を覚悟した者の引きつったような顔があらわれ出《い》でるだろう。

「これなるは、山路将監なり。一族みな、磔にかけられ、生きておっても、生き続けるかいはなしと考えておったところ」

鑓をかまえた。

「よき死処を得たり」

将監の郎党が主の周囲を固める。それ以外の柴田勢は、三左衛門の馬印を奉じ、尾根を退いていく。

名を聞いた羽柴勢の士卒が、すぐさま悪罵を投げつける。

「裏切者」

「一族が磔ならば、汝が五体は引き裂いてやる」

「その首を我に授けよ」

勘兵衛は舌を鳴らす。

――面白からず。

討ち取ろうとした相手は、驍将《ぎようしよう》柴田三左衛門であって、裏切者の山路将監ではない。

「喜八郎、日向殿、丹波の各々方、ここにかかずらわってはおられぬ。三左衛門を追うべし」

勘兵衛は背後に声をかける。

――三左衛門に立て直されると厄介だ。

秀でた将にとって、

――退く。

と、

――崩れる。

は別のことだ。

三左衛門に時を与えてはならない。さらに三左衛門の背後、権現坂には、ほぼ無傷の手勢を率いてのき切った兄の玄蕃がいる。逆襲の機をうかがっている。

「その鶴の丸の兜は、先駆けの勘兵衛じゃな」

将監は鑓の穂先を勘兵衛に向け、がっしりとした体で、細い尾根道を塞ぐ。

「三左衛門殿を追いたくば、わしを討ってからにせよ」

名指しされたからには、逃げも隠れもできない。

――厄介な奴にからまれた。

味方が将監とその手勢に討ちかかった隙に、脇を抜けようという、勘兵衛の目《も》論《く》見《ろみ》は崩れた。

「しばし、待たれよ」

喜八郎、日向らを制し、勘兵衛は将監に立ち向かう。

「そこをどけえ」

勘兵衛は右手一本で鑓をふり、将監をなぎ払おうとする。

「どく気はない」

よけた将監は、そのまま突きを放つ。

左手で将監の鑓のけら首を押しのけ、かわす。踏み込もうとすると、将監は鑓を手繰り、素早く一歩退く。

手繰りよせられた鑓の穂が左の手をかすめた。籠手がなければ、指を何本か落とされていただろう。

「ええい」

勘兵衛は焦れた。

将監に、すぐさま、勘兵衛との勝負を決する気はない。間合いを取って、あくまで時を稼ぎ、三左衛門を遠くまで逃がすつもりだ。

周囲では将監の手勢が、羽柴方の武者に対し、しぶとい戦を演じている。

「どけと言ったら、どけ」

「焦れろ、焦れろ、勘兵衛」

鑓をかまえ、ふたたび踏み込もうとしたとき、左手から何かが飛びきたって、将監にぶつかった。

将監があっけなく仰向《あおむ》けに倒れる。

将監にぶつかったのが、人だ、と気づいたのは、そのあとだ。

「この首はもらっておく。お手前は、お手前の手柄を目指されよ」

どこを刺したのかは分からない。

将監の体から引き抜いた血塗れの脇差をかざしたのは、赤尾新介だ。しぼ革包みの胴にも返り血がついている。

「我が名は赤尾新介。裏切者の山路将監を討ち取ったり。よく憶えよ。我が名は赤尾新介なり」

高らかに叫ぶ。

おたがいに気を取られている勘兵衛と将監に忍び寄っていたようだ。勘兵衛の鑓に身がまえ、将監が足を止めたところを狙って飛びかかったのだ。

「赤尾殿、ありがたい」

そう言って、背後をふり返る。

喜八郎、日向らがうなずく。

投げ出された将監の左手をまたぎ越す。わずかに動いたような気がした。かまわず駆け抜ける。

「この首をもらうとは、よくぞぬかしたものよ。冥土の土産に、お前の首こそもらってやろう」

「まだ生きておったのか」

背中越しに聞こえる声にはふり返らない。

勘兵衛、喜八郎、日向、丹波衆のすぐ後ろで、多数の羽柴勢が将監らを囲んでいる。多少、痛い目にあっても、新介が返り討ちにされることはないはずだ。

勘兵衛らがようやく尾根道にたどり着いたとき、背後で、どっと歓声が上がった。

――将監が討ち取られたか。

将監の郎党は何人もいなかった。三左衛門を逃がすため、将監は充分働いた。

将監と郎党を囲んでいた輪が解けて、味方が尾根道になだれ込む。

「細い道だ。いっぺんに大人数は登れぬ。順番を守れ」

我先にと味方を押しのけへしのけ登ろうとする輩を叱りつける。

無駄だった。目の前で手柄首を見た士卒は、この好機に己も手柄を上げなければ、と夢中になっている。

登る勾配がゆるくなり、道幅が広がった。尾根の上に出たのだ。道幅は七、八間ばかりあるだろう。

「日向殿はそれがしの右に、喜八郎は左に並んで鑓をかまえられよ。ここに先並みを作って、敵を押さん」

先並みとは、鑓の穂先を味方の最前で揃え、列をなすことだ。

このような乱戦では、功を焦り敵中に飛び込んだ武者が、敵に囲まれて討たれることがままある。鑓の列を作って、人の柵となり、逸《はや》る味方を制しながら、落ちこぼれた敵を討ちながら進む。

喜八郎のさらに左に、市松、虎之介も追いついてきて並ぶ。二十人ばかりが道幅いっぱいに先並みを立てる。

「そりゃ、押すぞい。えい、えい、えい」

先並みの顔ぶれのなかでは年長の日向が音頭を取る。

「えい、えい、えい」

大声で和しながら鑓をかまえ、歩む。

敵の鉄砲足軽は、討たれたか、逃げ散った。もはや恐れる相手とはならない。

今、恐れるべきは、長柄足軽だ。

長柄鑓の長さは三間、侍の手鑓はせいぜい一間半。敵が長柄足軽を集め、整え、道幅いっぱいに鑓ぶすまを作れば、手鑓は敵に届かない。羽柴勢も長柄足軽を集めて、鑓ぶすまを作らせるしか、立ち向かう手がなくなる。

羽柴勢は烏合《うごう》の衆だ。長柄足軽も戦場のあちこちに散ってしまって、誰の足軽がどこにいるのか分からない。

「そりゃ、押せ」

「えい、えい、えい」

先並みにくわわった武者は、それぞれ正面の敵を討つ。ときおり、討たれた敵の絶叫が上がり、勘兵衛もまた、正面に見えた敵を侍、足軽、手負い、無傷の区別なく討っていく。

素早く進むことで、敵が集まるのを防ぐ。

先並みの背後では、討たれた敵に味方が群がる。首を取ろうというのだ。

勘兵衛は背後の味方など気にしていない。首を取った者は、己が討った敵として、秀吉に披露するのだろう。

――いっこうにかまわぬ。

大将たちは、首の意味をよく知っている。だからこそ、一番鑓は首に勝る功とされる。鑓合わせも、ただの首より上の手柄とされる。

三左衛門の姿は、まだ見えない。

前方から、四十人ほどの敵が、それぞれ鑓をかまえ、ばらばらと駆けてくるのが見える。

「魚の群れのごとく、やってき申したぞ」

勘兵衛は左右の先並み衆に声をかける。

柴田勢は強い敵だ。大将からの下知がなくとも、踏み止まった者が逃げてくる者に声をかけ、人数が揃えば、こうして押し返してくる。

鑓ぶすまでないことには安堵《あんど》したものの、先並み衆は二十人ばかりだ。後ろの連中が役に立つかどうかも分からない。敵が多い。籠手のなかが手汗でぬめる。

背後から、凜とした声が響いた。

「北国街道の柴田修理本陣は崩れた。もう柴田方に勝ち目はないぞ。ここで死にたくない者は降参せよ」

にわかには信じ難いことをしゃべっている。

勘兵衛も困惑したが、敵はもっと戸惑ったに違いない。目に見えて、勢いがしぼんだ。先並み衆も歩みを止める。

「降参せよ。鑓、弓、鉄砲は放り捨て、腰の物は脇へ置き、兜を脱いで、その場に伏せよ。ひとつでも従わぬ申しつけがあるならば、討ち取る。すぐに降参せよ」

相手に考える間を与えず、覆いかぶせるように声が飛ぶ。

――この声は。

石田佐吉《いしださきち》だ。

雷に打たれたかのように、たちまち半数ほどが鑓を捨てる。それを見て、残りの半分は身を翻して逃げ出した。

「先並みの方々、追われよ」

佐吉に下知されたかのように、勘兵衛らも駆け出した。

地に伏せた敵をまたいだとき、佐吉のことばがはったりだ、ということに気づいた。ここからではまだ、北国街道上の戦の様子は見えない。羽柴方から勝家本陣に挑みかかることはないだろう。この尾根でおこなわれている戦を横目で眺めながら、睨み合いが続いているはずだ。

――才子め、やるわい。

佐吉は鎧も刀もふるわず、敵二十人を生け捕り、二十人を追い払ったようなものだ。

「道を塞ぐな、あわて者」

鈍い音とともに、佐吉の声が背中に聞こえる。

道の真ん中にでも伏せた敵を蹴り飛ばしたのだろう。

――佐吉の胆力を忘れてはならぬな。他日のためにも。

戦場に出れば、胸のうちに昂りと恐れと憎しみのつむじ風が吹き荒れる。叫び、喚くことはできても、佐吉のような口上を述べられる者が天下に何人いるだろうか。

勘兵衛には、名のりを上げるのが精一杯だ。

左右と鑓先を揃えながら、懸命に駆ける。ふたたび、唐笠と白の御幣が目に入った。馬印の周りには百人を超える敵が集まっている。まだ、備を立てるには至っていない。

「敵の大将がおるぞ」

「あの御幣のもとにおるはず」

「進めや、進め」

背後の味方が気勢を上げ、先並み衆を前へ前へ押す。

「落ち着かぬか。落ち着けというに」

勘兵衛の怒鳴り声も虚《むな》しく、押された先並み衆はばらばらに敵に突っ込むことになった。敵もまだ立ち直りかけだったたと見え、押し戻すこともできず、敵味方がひと塊になる。

すぐに塊はゆるみ、ふたたび敵味方入り混じる激戦になった。討ちつ、討たれつ、敵味方ともに尾根筋を北へ動いていく。

――ひと息つかねば、勝敗を決する機まで体が持たぬ。

勘兵衛は少し後ろへ下がり、鑓を腰だめにして、ゆっくり歩んだ。この尾根筋は南北二十町ほど続き、その先に権現坂がある。駆け通しではくたびれてしまう。

――飯浦切り通しから何町押し込んだのか。

見当がつかない。先並み衆も散ってしまった。

尾根道には点々と敵味方のむくろが転がっている。首がついたままのむくろもあれば、ないむくろもある。ただなんとはなしに眺め渡しながら、歩を進める。

乱れた息を整え、腰の竹筒から水を含む。

――味方で息ある者も混じっておるだろう。救ってやりたいが、決着のつかぬ戦を放り出すわけにもいかぬ。

ひとつのむくろを目にして、勘兵衛は水を吹き出した。

「市松」

急いで駆け寄る。

白黒段々の旗指物を背負った武者が、うつぶせに倒れていた。背格好からして、市松に間違いない。息をしているかたしかめようと、鼻、口の辺りに手を突っ込む。

途端に指先に熱く、盛大な息がかかった。勘兵衛は仰天して、尻もちをつく。

「生きておるのか」

市松は手足をばたつかせる。命に別状はないようだ。

「大きな音が間近で聞こえたから、鉄砲かと思って慌てて伏せた。わしの体はどうなっておる」

勘兵衛は市松の爪先から旗指物まで目をやる。傷は見当たらない。長い白黒段々の旗指物の先が深く、立木の根に突っ込んでいる。

「しばし、動くな」

声をかけ、指物の竿を木の根から引き抜く。伏せた勢いでこうなったのだろう。

指物が抜けるや否や、市松は身を起こし、その場に胡坐をかいた。

「礼を申す」

市松は目を血走らせながら呟く。

——今日、首を取るか、取られるか、というつらじゃな。

笑う気にはなれない。

「市松」

あとから加藤虎之介が駆けてきた。

「勘兵衛殿、かたじけなし。いくぞ、市松」

虎之介は、市松の腕を取り、立ち上がらせ、北へ駆けていく。

「おい、こら、虎之介」

聞こえているのやら、いないのやら、ふたりは足を止めない。

「市松を助けたのは儂じゃ。市松、忘れるな」

勘兵衛は尻を地に落とし、もう一度、竹筒を口に運んでのどを湿らせた。先ほど、吹いた分だ。

ゆっくりと立ち上がり、勘兵衛もまた駆け出す。

北へ。

勝敗の分かれ目にて奮戦す

──ここが最後の切所となるか。

続いてきた尾根筋は権現坂でいったん途切れる。尾根筋を谷が断ち切っている。

「鉄砲の者、早く前へ」

「鉄砲衆、どこだ」

「放ち返せ」

たどりついた羽柴方の武者たちが口々に叫んでいた。

尾根の高みからは東の余呉の海、西の塩津浦に向かって、急な下り坂がある。

一度、坂を降り、谷を渡れば、向こう側の尾根に登る勾配のきつい坂道がある。

──そういえば、この四本の坂のどれが、もともとの権現坂なのであろうか。

勘兵衛は呑気なことを考える。

「喜八郎、ここにおったか。日向殿はいずこ」

喜八郎の大きな背中を見つけ、脇に並んだ。

「先ほどまで日向殿についてきたのですが、はぐれてしまい」

「よいよい、迷子など、戦場ではよくあることぞ。さだめし、日向殿もご無事であろう」

迷子、ということばに、喜八郎は血色のよい白い頬をふくらませる。

谷の向こうで、しきりに鉄砲が火を噴く。勘兵衛は喜八郎の兜を押さえ、頭を低くさせた。

羽柴勢は柴田三左衛門を取り逃がした。三左衛門はすでに谷を渡り、向こう岸に引き取ってしまった。谷向こうには迎えにきた佐久間玄蕃の軍勢がいる。佐久間勢の鉄砲衆は谷越しに鉛玉を送ってよこす。

二十町、尾根道を駆けてきた羽柴勢は、飛んでくる鉄砲玉で、ばたばたと討ち倒される。

「二千ほどだな」

対岸の佐久間勢を眺め、勘兵衛は呟く。

「たった二千でござるか」

喜八郎が問う。

「そうだ。ただし、選《よ》り抜きの二千は、寄せ集めの一万六千にひけをとらぬ」

ときは午刻。ふたたび戦は敵味方睨み合いながらの鉄砲戦になってしまった。

佐久間玄蕃は、三左衛門を殿として、余呉の海の畔から権現坂の谷向こうに引き取った。それから精兵のみを残し、備を立て直して三左衛門を待っていた。旗、幟は乱れず屹立《きつりつ》している。その激しい鉄砲玉の烈風に羽柴勢は進めなくなった。

三左衛門もまた手勢をまとめ、兄とともに戦うつもりのようだ。

残りの軍勢はほぼ無傷で行市山に向かっているだろう。

佐久間勢の右手の並びには、茂山の前田勢がいる。

茂山には、浜手を歩んできた諸勢がかかることになっているものの、それは向こう岸の尾根筋に登れれば、のことだ。佐久間勢の激しい勢いに、尻込みしている。余呉の海の北西の岸、川並《かわなみ》まできて、動かなくなってしまっている。

「今は鉄砲衆が働く番じゃ。鉄砲が引っ込んだら、また我らの番じゃ」

喜八郎に声をかけ、蹲踞《そんきょ》する。喜八郎も勘兵衛にならって蹲踞した。

いくら屈強の武者とはいえ、重い兜、具足を身に着け、旗指物を背負い、得物を取って激しく戦えるのは、せいぜい二刻くらいのものだろう。今日の戦は丑刻から始まった。接戦は途切れ途切れとはいえ、すでに五刻に及んでいる。

くわえて、前日の朝には大岩山の一戦があった。そこから日に夜を継いで、夜に日を継いで、勘兵衛は十六刻も休まず働いてきた。地べたに尻をつけてしまっては、戦機が訪れても、容易に立ち上がれなくなりそうだ。

――美濃帰りの連中は、泥でも詰められたかのように体が重かろう。

数刻休めたとはいえ、十三里を駆けたあとにこの戦だ。

傷を負っていなくとも、倒れ伏している者が多い。

「その首、捨ててはいかがか」

すぐ近くに座り込み、なんとか肩で息をしている武者に声をかけた。

壮年の武者は、腰から三つも首をぶら下げている。具足を二重に着ているほどの重さではなかろうか。

「あるいは、ご本陣に戻られ、首帳につけてもらってはいかがか」

戦場で首を取った侍は、いったん本陣に帰る場合が多い。

役目の者に取った首を見せ、みずからの名とともに帳面に記させ、また戦場に引き返す。首帳は後日、手柄の証となる。

勘兵衛は、好んで首は取らない。それでは軍勢の先登に立ち続け、勝敗を決する働きができない、と考えるからだ。出遅れてしまったときのみ、首取りをして、功を拾う。

「放っておけ、若造」

武者は取り合わなかった。

武辺抜群の武者のなかには、こうしていくつも首をぶら下げ、あるいは家来にも持たせて戦う者もいる。

——ときと場合によりけりじゃ。

今日のような長い戦には向いていない。

放っておくことにする。

鉄砲戦が続いている。

——このまま、尻切れに終わるのではないか。

勘兵衛は危惧している。羽柴勢の士気は疲れにより、下がっていた。双方、持っている鉄砲玉を放ち尽くし、そのまま引き揚げということになりかねない。

「筑前守様は何をしておられるのだ」

この塞がりを動かすには、惣大将の馬印を進めるのが最もいい。金の瓢箪を目にすれば、誰もが背に秀吉の眼差しを感じ、ふたたび勇躍する。

しかし、秀吉はもはや兵を手元に残していない。かつ、街道上の戦も沙汰しなければならない。よほどの勝機を見出《みいだ》さぬ限り、権現坂までやってくるのは難しい。

――ここまでか。

そう思い、敵陣を見やったとき、勘兵衛は我が目を疑った。

「何が起きた」

覚えず、立ち上がる。敵の鉄砲も止んだ。敵も驚愕《きょうがく》したのかもしれない。

茂山を固めていた前田勢が、とつじょ、陣を捨てたのだ。佐久間勢の背後を梅鉢紋の旗が横切っていく。そのまま、塩津浦へ尾根を下っていく。

佐久間勢の旗が乱れている。前田勢につられた者を玄蕃が押し止《とど》めているに違いない。

異変はそれだけではなかった。権現坂の遥か北、行市山の麓に引き取っていた佐久間勢の旗も乱れている、何本かは、やはり西へ尾根を下っているようだ。

「また動かしたのか」

勘兵衛は閃きのままに叫ぶ。

前田利家は、昨年、秀吉と勝家の和睦を取り結ぶため、宝寺城を訪れた。

――あのとき、何か約束したのではないか。

もし、勘兵衛の閃きが正しいのだとすれば、金森兵部、不破彦三も戦場を捨てているはずだ。いずれも一手を率いる将だ。

勝敗がどちらに転んでもおかしくない戦が長く続いている。持ち場を捨てる将が出れば、さらに小身の者は、

——はや、敗れたか。

と勘違いし、我先に、と逃げだしてもおかしくはない。

戦場では、どんな奇妙なことも起こり得る。

「前田殿が羽柴方においでになる。前田殿は筑前守様に返り忠なさる」

佐吉の大声が聞こえる。

勘兵衛は小さく笑う。

「喜八郎、続け」

「おう」

はっきりしているのは、勝機が訪れたということだ。

勘兵衛にとって、それだけ分かれば、あとは戦が終わってから知ればいい。

堂木山砦からも兵が打って出た。浜手の軍勢も、余呉の海側から佐久間勢のいる尾根に登り始める。

「ぼやぼやするな。勝ち目が見えておる。ここが手柄の上げどころぞ」

勘兵衛は軍兵を煽《あお》り、西へ尾根を駆け降りる。

「遅れるな」

羽柴勢の将たちも、配下を率い、勘兵衛に続く。谷を右手に、北の尾根への坂に取りつき、駆け上がる。飯浦の切り通しにくらべれば、ゆるい勾配だ。

尾根から下ろうとしていた敵の一群と鉢合わせになった。

「どけえ」

勘兵衛は目の前に立っていた武者を突き払い、止まらず進む。羽柴勢の大半はまだずっと後ろにいる。

敵はたちまち蜘蛛《くも》の子を散らすように坂道を転がり落ちていく。勘兵衛と喜八郎、たったふたりの武者に十人はいた敵が追い払われる。

——敵は動転している。

前田勢が並びから去り、背後の味方が崩れた。佐久間勢の武者、特に雑兵たちは戦場に己らだけが取り残されたと感じたのかもしれない。

尾根に上がると、残った佐久間勢の武者は、東の尾根筋からやってくる堂木山砦の兵、余呉の海の畔から登ってくる浜手の軍勢に対していた。

「渡辺勘兵衛、これにあり。参る」

そう叫びながら、勘兵衛は喜八郎と鑓先を合わせて突き入る。

いかなる精兵も、こうなってしまえば戦いようがない。玄蕃がどのように引き締めようと、死を覚悟して踏み止まれる者は稀《まれ》だ。

勘兵衛に続いた羽柴勢が尾根の上に姿をあらわすと、佐久間勢も崩れ立った。弾みがついた逃げ足を阻むことはできない。

三方から尾根に至った軍勢の先頭を勘兵衛は駆ける。逃げ遅れた者は追い越し、ふり返って向かってくる武者を次々に突き伏せた。

右手の景色が開け、狐塚で対陣している敵味方が目に入った。向こうからも眺められるだろう。

——勝った。

少し早いとみずからを戒めるものの、湧き上がる歓喜は抑えられない。

佐久間勢が追い退けられれば、尾根筋の羽柴勢は狐塚の柴田勢に横鑓を入れられる。勝家は進退きわまった。

行市山に向かって、集福寺坂の谷も越え、三十町ほど追い討ちをした。

そこへ秀吉からの使番が駆けてきて、勘兵衛ら、猛る武者たちに止まるよう命じた。

「集福寺坂へ戻り、狐塚の柴田修理本陣に横鑓を入れるべし。惣大将もおっつけ、集福寺坂へ進まれる」

「承った」

血と脂に塗れた鑓の穂をふり、返事をする。

集福寺坂を東に下れば、狐塚に至る。戻る途中、眼下の勝家本陣も崩れ立つのが見て取れた。

勘兵衛は周囲を歩く武者の武功をたたえ、名のり合った。

「今、それをせんでも」

先を急ぎたい喜八郎が呆れたように呟く。

「喜八郎。憶えておくがよい」

背は勘兵衛よりも高いものの、あどけない喜八郎に言って聞かせる。

「こうやって、たがいに証人となるのじゃ。おぬしもそうであるように、先陣を駆け、鑓を合わせ続けると、首は取れぬ。あれは少しあとから進むか、勝ち戦と見切って先陣から退きながら取るものよ」

「たしかに。首を取る間ものうござった」

「一番乗り、鑓合わせの功は証人がいなくては成り立たぬ。首取りのように物はないからな。おぬしの働きについては、儂も証人となろう。よくやった」

狐塚を指差す。

「街道の戦もじきに終わる」

もう街道上の敵はまばらだ。堀勢、秀長勢も追い討ちに移った。

「さて、まだ息をしている味方の者を拾って帰るぞ。儂は死なせずの勘兵衛様らしいからな」

喜八郎もどこかで、死なせずの勘兵衛の話を聞いたのだろう。明るい笑い声を上げる。

「儂はひとり抱えるのがやっとだが、おぬしの体つきならば、ふたりはなんとかなるだろう」

一瞬困ったような顔をしたものの、喜八郎は倒れ伏して生死も定かではない味方の武者に声をかけ始めた。

「おたずね申す。まだ命はおありか」

「勝ったぞ。みずからの足で歩けるか、歩けねば連れて帰ってやる」

勘兵衛もいつもと同じ調子で語りかける。

越前に進む

未刻、林谷山砦に退いた柴田勝家を討ち取ったという知らせが、羽柴方諸勢に伝えられた。

この報はすぐに取り消された。林谷山砦で討たれたのは、勝家旗本の毛受庄助《めんじゆしようすけ》なる者だったらしい。勝家が逃れる時を稼ぐため、金の御幣の馬印を賜り、戦場に残ったようだ。

「すぐさま追え。修理に北庄の居城に籠って戦支度する暇《いとま》を与えるな」

秀吉は全軍に命を下した。

勘兵衛もまた、高虎との再会もそこそこに、秀勝に従って柳ヶ瀬を発った。

羽柴勢はこの日のうちに椽ノ木峠を越え、越前に入る。虎杖《いたどり》、今庄《いまじよう》と軍を進めた。

翌二十二日、越前府中《ふちゆう》城に羽柴勢が迫ると、府中城の留守衆は戦わずして降参する。城主は前田利長だ。父の能登七尾《のとななお》城主前田利家は、息子とともに柳ヶ瀬の合戦に参陣した。前田勢が戦の切所で茂山を捨てて遁走《とんそう》したことで、羽柴勢は勝利のきっかけを摑んだ。

追い討ちを避けるため、前田勢は塩津浦から越前敦賀に落ちた。府中まで遠回りの道になり、前田父子はまだ府中城に帰り着いていない。

北庄城への斬り込みを断念す

「前田父子は昨日の戦における戦功第一でござる」

嫌味ではなく、勘兵衛は秀勝に淡々と告げた。

権現坂で羽柴・柴田両軍が睨み合ったとき、両軍とも決め手を欠いていた。どちらかが加勢を得れば、いっきに形勢が傾く様子だった。七千ほどの柴田勢が戦にくわわらず、砦に控えていた。一方、羽柴勢に控えの人数は残っていなかった。

「前田又左衛門殿は、父上がまだ織田家で小者だったころからの昔なじみだという」

秀勝はこの場にふさわしくない話柄で答える。

前田勢の遁走は、羽柴方にとって、加勢以上の験があった。堂木山砦を扼すだけではなく、前田勢は、羽柴勢の陣深く、賤ヶ岳まで討ち入った柴田勢の先陣と行市山近辺の砦に留まった後陣を繋ぐ場所に布陣していた。

前田勢が逃げたことにより、先陣は後陣が逃げ出したと思い込み、後陣は先陣が崩れたと勘違いを起こした。

――前田勢の動きがなければ、我らが勝利できたかどうか。

できなかったに違いない、と勘兵衛は思う。

――なぜ、あのときになって又左衛門は修理を裏切ったのか。

秀吉と勝家の和睦を取り持つため、利家が宝寺城を訪れたのはたしかだ。しかし、裏切りの瞬間まで、利家は柴田方の将として戦っていた。

敵と昔なじみだから裏切ったという理屈は戦場では通用しない。

――それに、筑前守は小者上がり、又左衛門はもとから侍だったはずだ。

身分の差が大きい。その後、秀吉も侍に取り立てられるものの、どの程度の交流があったのか。疑問が残る。

――いずれ対面したら、じかにきいてみたいものだ。

勝家を裏切り、秀吉に勝利をもたらした利家の心算を心の底から知りたいと思った。その思いは渇きに似ている。

府中城の留守衆は、茂山から発された使者が届けた下知によって降参した。秀吉は府中城の家老らの分別を大いに褒めた。

家老らは、利家・利長父子が戻れば、両人に軍勢を率いさせ、秀吉のもとに参陣させると誓った。秀吉は参陣するのは、利長だけでよい、とした。利家は府中城の留守に残すよう命じた。

府中城を収め、羽柴勢はさらに勢いづく。越前の柴田方諸将は、我先に、と秀吉の軍門にくだった。

「これは」

二十三日、いよいよ北庄城に押し詰めた自軍の様子を勘兵衛は眺め渡す。

柳ヶ瀬の陣では三万五千ほどだった羽柴勢は、六万近くにふくれ上がっている。秀吉は、柳ヶ瀬の陣に柴田勢として参陣した武将たちをことごとく許した。その者らを先手とし、北庄城を攻める。

勝家の手勢は三千とささやかれた。広い北庄城を守るには数が少な過ぎる。柴田勢は本丸のみを守った。

羽柴勢は惣がまえをやすやすと破り、三之丸、二之丸を奪い、本丸の塀際に取り詰め、日没を迎えた。前田利長、さらには参陣を免ぜられた利家も兵を率いて羽柴勢に追いつき、先手にくわわって働いた。

「明日はいよいよ、本丸に攻め込む」

秀吉は本陣の床几の上で、伸び上がるように揚言した。

諸勢を率いる将たちは、秀吉の威に打たれたかのように、頭《こうべ》を垂れて聞き入る。

「わしは味方の士卒を死なせるのが嫌いじゃ。今まで、いついかなるときも、士卒が流す血が少なくてすむように工夫を凝らしてきた。されど、日本《ひのもと》の治めはこの一戦にある」

秀吉は立ち上がって、諸将をねめ回す。

――日本の治めか。

勘兵衛は心が震えるのを感じている。

秀吉はここに至って、ついに自身こそが信長の後継である、と公言したに等しい。信雄でも信孝でもなく、秀吉こそが信長の衣鉢を継ぎ、広大な分国を治め、まだその外側にいる群雄を従えていくのだ。

「修理ら一党は、かの九重の天守に立て籠り、己の聞こえを後世に残すため、死をかえりみず戦うだろう」

秀吉の正面、勘兵衛らの背後には、燃え尽きた安土城の天主をも凌ぐ九重の天守がそびえ立っている。

先ほどより、その天守の方角から、男女の笑い声や音曲が聞こえてくる。勝家、その妻子、生き残った家来たちが、最後の宴《うたげ》を張っているのだろう。笑い声が楽しそうであればあるほど、嬉しそうであればあるほど、勘兵衛は哀切に感じた。

天守に籠る誰もが、明日には訪れる自身の死をすでに受け入れている。

「先手の諸勢は、死ぬ覚悟ができた者、三千を募れ。これを十組に分け、明日はひと組が潰えたならば、また次の組を、次の組が潰えたならば、そのまた次の組を送り込まん。三千がみな討ち死にしても、修理の首が取れれば、それでよしとする」

天守のなかは狭い、大軍で押し包んだとて、少数の手練《てだ》れを利する。命を捨てた敵を討つには、こちらも命を捨てた者の斬り込みによるしかない。

――先手の諸勢ばかりに手柄を占められてなるものか。

秀吉が柴田方から羽柴方に寝返った先手諸勢に出血を強いるのは、その心底を見極めんがためだ。そのようなことは分かっていたものの、手柄を目の前にすれば、勘兵衛はじっとしていられない。立ち上がって、名のりを上げようとしたとき、後ろ襟をつかまれ、後ろに引き倒された。

引き倒したのが、主秀勝だと気づき、その顔を見上げる。

萌黄絨の具足に烏帽子《えぼし》姿の秀勝は、秀麗な顔を勘兵衛の顔に近づけ、耳打ちする。

「勘兵衛、斬り込みにくわわることは許さぬ。主命である」

勘兵衛は体を起こして、座り込む。

「手柄は柳ヶ瀬で充分に見せてもらった。命終《みようじゆう》のときはおのずとやってくるものぞ。迎えにいってはならぬ」

秀勝の目に浮かぶ涙を見て、勘兵衛は主の身の上に思いをめぐらせる。実父信長、長兄信忠《のぶただ》をいっぺんに失った。秀吉に敵対する三兄信孝も、後ろ盾だった勝家が滅びれば、遠からず滅ぶだろう。

「おことばに従い奉る」

斬り込みにくわわることは断念した。

夜が明けると、本丸大手門から羽柴方の精兵三百が討ち入った。天守に籠る柴田勢の生き残りもしぶとく抗う。何組も精兵が投じられたのち、勝家は天守の上に姿をあらわし、羽柴勢に声をかけてから腹を切った。

すぐさま天守に火がかけられ、燃え上がった。火は城の各所に燃え移り、北庄城はまったく焼け落ちた。

信長の死から始まった動乱は、ここに幕をおろした。

武功の者

勘兵衛、姫君三人に供奉する

「急がずともよい。輿《こし》を傾けぬことに気を使え」

渡辺勘兵衛は、がなることなく、静かに輿かきたちに指図する。

「後ろの轅《ながえ》を担ぐ者は手を伸ばし、輿が平らになるようにせよ」

勘兵衛ら羽柴秀勝勢は椽ノ木峠を越前側から近江側へ、南に向かって越えていく。

北庄城を落とし、柴田勝家の最期を見届けた秀吉は、今なお北へ軍を進めている。越前を従え、加賀へ向かった。

この間、北伊勢では、織田信雄が四月十七日に峯城を開城させた。城将滝川儀《ぎ》太夫《だゆう》は、主である滝川一益が籠る長島城に移った。そののち、柳ヶ瀬の合戦で秀吉が勝ち、柴田勝家が北庄城で腹を切ったという知らせが届いたのか、一益は目立った動きを見せてはいない。

美濃の織田信孝も岐阜城に籠り、動かなくなった。

これまで勝家と結んで秀吉に抗っていた者たちは、勝家の死により、秀吉への降参を覚悟したようだ。

秀吉は加賀、越中《えっちゅう》、能登も平定した後、勝家の分国だった北国四か国の仕置きを申しつけ、長浜に凱旋《がいせん》することになっている。

勘兵衛ら秀勝勢は、秀吉からたっての命を授かり、北庄から近江を目指した。

秀勝勢の行列の真ん中、大将たる秀勝の馬前を三つの輿が運ばれていく。この三つの輿のなかにいる三名を無事、安土城へ送り届けることが、秀吉の命だ。

「何度も言うべきことでもないが、輿にお乗りあられるのは、織田家の血を引く姫君方、いささかの粗相もあってはならぬ」

みずから馬の手綱を取って歩みながら、勘兵衛は同じようなことばを繰り返す。

輿のなかにいるのは、信長妹お市《いち》と浅井長政のあいだに生まれた三人の娘だ。長政没後、お市が柴田勝家に再嫁したため、二度も落城の憂き目を見た姫たちだ。

最も年長が茶々《ちゃちゃ》、十五歳。続いて初《はつ》、十四歳。末娘の江《ごう》は十一歳。母たるお市は、勝家とともに北庄城で自害を遂げた。三姉妹は孤児となった。おそらく、北庄城中の勝家か、お市から秀吉に対して申し入れがあったのだろう。北庄城が落ちた四月二十四日までには、三姉妹は秀吉の陣に引き取られていた。

北庄城が落ちると、秀吉は秀勝に三姉妹を警固して、安土城に送るよう命じる。信長四男である秀勝は、三姉妹にとって従兄《いとこ》に当たる。茶々より一歳年上だ。秀勝はこの務めにうってつけだった。

秀勝は、勘兵衛に三姉妹が輿に乗って道を進む際の宰領を命じた。

「それがしが、でございますか」

勘兵衛は驚き、固辞しようとした。

「輿行列の宰領が嫌ならば、宿での世話を命ずる」

めずらしく秀勝は、ぴしゃりと勘兵衛の異議をはねつけた。

貴人、さらには女人に関わる役目はがさつな己には向かない、と思ったのだ。行列の差配が向かないだけでなく、宿での世話には、もっと向いていない。

勘兵衛はしぶしぶ引き受けた。

幸いにして、三姉妹はそれぞれに侍女を伴って、羽柴勢の陣に移ってきた。勘兵衛は行列の宰領に徹すればよく、姫たちと対面することもなかった。

椽ノ木峠を越え、北国街道が平地の上を延びるようになると、勘兵衛は馬に乗った。

「不思議な気分だな」

覚えずことばが漏れる。

わずか五日前、四月二十一日、勘兵衛は右手に延びる尾根筋で、命の奪い合いをしていたのだ。今、尾根も峰も静けさに包まれている。勘兵衛ら秀勝勢もみな平装だ。甲冑は小者に背負われた鎧櫃《よろいびつ》のなかにある。

逃げる柴田勢を急いで追ったので、砦はまだそのままに残されているものの、人気はまったくない。中川瀬兵衛が討ち死にした大岩山砦が見えたとき、勘兵衛は手を合わせた。

夕刻、行列は木ノ本の本陣に着いた。明日は長浜城に泊まり、明後日には安土城に到着する。

秀勝は地蔵院の方丈に入り、三姉妹には庫裡が割り当てられた。勘兵衛らは門前の民家に宿を取る。

戌刻《いぬ》、秀勝に呼ばれ、方丈を訪れた。喜八郎もいた。

「勘兵衛、呼び立ててすまぬ」

秀勝はいつもの薫るような笑顔で勘兵衛を迎える。

「ついてきてくれ」

そういうと、座を立ち、方丈を出た。喜八郎も従う。

——どういうことか。

不審があっても問うことはない。

柳ヶ瀬での合戦のあいだ、秀勝はずいぶん長く、この寺を使っていた。己の屋敷をゆくがごとく、誰の案内も受けずにすいすいと歩んでいる。

——まさか。

秀勝は庫裡へ向かっている。その足取りは軽やかだ。

明日、長浜城に着いて以降は、三姉妹の周囲に秀吉配下の者の目が光ることになる。その前に、血縁の者として、従兄としての対面を遂げておくつもりかもしれない。

「羽柴丹波守が面謁を所望する。お許しを頂いて欲しい」

秀勝は部屋の前に詰めていた侍女に声をかける。侍女は深く一礼して、部屋のなかに入った。

秀勝は三姉妹を捕らわれの者としては扱っていない。あくまで貴人にして、客人として遇している。それは秀吉からも命じられているだろうし、秀勝の心持ちとしても自然なことであるらしい。

内側から戸が開き、秀勝は部屋に入る。勘兵衛、喜八郎は廊下に片膝をつく。

「今日も道中、お疲れでござった。何か、足らぬ物などござらぬか」

武張ったところのない、耳にも優しい声で、秀勝は従妹《いとこ》たちに語りかける。

――なるほど、筑前守もたっての頼みをするはずだ。

三姉妹は織田の血を引く貴人だ。秀勝もまた織田の血を引く貴人で、秀吉の跡継ぎでもあり、秀吉が力をつければ、これからますます尊貴な立場となっていくだろう。

かつ、秀勝は、その立場にもかかわらず、威張るところがない。ましてや心に傷を持つ者を踏みにじってやろうなどと考えもしない、穏やかな気質だ。生来のものに違いない。

「お気づかいはありがたく存じます」

凜とした声が答える。長女の茶々だろう。

「秀吉に奪われたものはあまりに多く。足らないものだらけでございますが、今、足らぬ物はありませぬ」

とつじょ、吐き出された険のある声に勘兵衛は驚く。

秀勝の背中は泰然としていた。

小谷城下から京極つぶらに攻め上がり、小谷城落城のきっかけを作ったのは秀吉だ。すでにこの世にいない信長の責めを問わぬとすれば、父方の祖父浅井下野守久政《しもつけのかみひさまさ》、実父浅井長政の死に秀吉は責めを負う。そして継父柴田勝家、実母お市を自害に追い詰めたのは、他の誰でもなく秀吉だ。

——気の強い女性じゃ。

勘兵衛は舌を巻く。

虜囚の扱いを受けてはいないが、実際のところ、三姉妹は虜囚だ。生殺与奪の権は秀吉が握っている。殺せ、と秀吉が命ずれば殺される。

それを充分に知った上で、茶々は吐き捨てた。

「それがしの父、羽柴筑前守が憎うございますか」

怒りもなく、一切の昂りもない静かな物言いで、秀勝は問いを重ねる。

「丹波守殿が惟任めを憎くお思いになられたのと同じく、私は秀吉を憎く思いまする。されど、秀吉の勢威はあまりに強く、父母の仇を討つ機会は訪れぬでしょう。それならば、いっそのこと」

何度考えても、秀吉への憎しみが募り、胸がいっぱいになるのだろう。茶々は声を詰まらせる。

年少の初や江がどのように思っているか、うかがいようもないが、茶々がここまで言うからには、同じ気持ちになっているはずだ。

――そういえば。

勘兵衛は秀勝の口から惟任光秀への憎しみを聞いたことがない。

「いっそ、どうなさるので」

「母のあとを追いたく存じまする」

涙声に変わった。

「それは困り申した」

秀勝の声色に少しも困った響きはない。茶々の悲嘆に調子を合わせない。

「それがし、このところ、いささか身内を失い、身辺が寂しくなり申した。この上にお茶々殿、お初殿、お江殿、三人の従妹のひとりとて失う気はさらさらのうござる」

茶々、初、江、いずれも一言も発しなかった。

三姉妹は母お市とともに、浅井長政の死後、信長と同じ日に死んだ信忠に養われていた時期がある。岐阜城で親しく信忠に接したはずだ。

三姉妹も多少は秀勝の身の上に思いを馳《は》せたのだろう。

「喜八郎、ここへ」

秀勝は掌で板敷を叩く。己の脇へこい、というのだ。

喜八郎は隣に控えている勘兵衛に目配せする。

——いけ。

勘兵衛はあごをしゃくって見せた。

喜八郎は大きな体を小さく畳んだまま、敷居を越える。戸がさらに大きく開かれる。

茶々の容姿が目に入った。黒く艶のある長い髪、髪の黒さのせいで、さらに際立つ白い肌。切れ長の目には、芯の強さを示すように大きな瞳が輝いている。

——まだ十五歳というが、震えがくるようなお美しさじゃ。

勘兵衛は慌てて、深く頭を下げた。

初、江の姿は見えなかったものの、姉である茶々の姿を見れば、推し量ることはできる。三人の母、市も世上名高い美女だった。

「喜八郎、面《おもて》を上げよ」

自身も美男子たる秀勝は、茶々の凄みのある美しさにも気おくれせぬらしい。

喜八郎が逞しい上体を起こす気配がした。

その途端、部屋の雰囲気が変わった。忙《せわ》しない衣《きぬ》ずれの音がする。茶々から少し離れて、茶々と秀勝の対話に耳をそばだてていた初と江が、喜八郎に近づいたようだ。

「そんな」

茶々とは別の声だ。初かもしれない。

「父上に瓜《うり》ふたつ。お若いころの父上は、このような顔をして、このような体つきであったはず」

茶々も驚いている。

――喜八郎は本物だった。

ひとり、座中の話にくわわれぬ勘兵衛も、平伏したまま、感慨にふけった。

「そなたは何者ですか」

「浅井喜八郎と申す者にてござそうろう。これにおられる羽柴丹波守様の小姓にて、この度の柳ヶ瀬合戦にて初陣いたし申した。生まれは、近江浅井郡。十四歳になり申した」

喜八郎ははきはきと答える。

「それがしは、父からこの者を小姓として召し仕え、と下げ渡されたのみにて。この者はいまわの際の母から、汝は亡き浅井備前守殿の忘れ形見、と初めて聞いたとのこと」

秀勝が喜八郎のことばを補う。

茶々、初、江は考え込んでいるらしい。しばし、部屋のなかに静寂がただよう。

「兄上」

しじまを破ったのは、江だった。

幼く、やや舌足らずな物言いながら、はっきり喜八郎を兄と呼んだ。

実父長政と死別したとき、江はまだ当歳の乳飲み子だったはずだ。胸中にも長政の面影はあるまい。姉ふたりの様子を見て、足踏みすることなく、喜八郎を兄と認めた。

「喜八郎」

初も堪えかねたようだ。

また衣ずれが聞こえる。ふたりが、さらに喜八郎に近づいたに違いない。手でも取ったのかもしれない。

初と喜八郎は同い年だ。自然と初が姉、喜八郎は弟としてふる舞っている。

「父に妾《めかけ》はおりませんでした。その寵《ちょう》は母だけにありました。されど、男女の仲というのは、私にはまだよく分かりませぬ。あるいは手をつけた女中がいたのかもしれませぬ。いずれにしても、他人の空似《そらに》で、ここまで似るはずもない」

茶々は気が強く、美しいだけではなく、聡明《そうめい》でもあるらしい。

「喜八郎、苦労をかけたかもしれませぬ。しかし、次々と身内を失った今日、そなたと会えたことを嬉しく思います」

「お茶々様」

明るく、湿っぽいところがない喜八郎も、生まれて初めて対面する姉、妹に感極まったようだ。その場に突っ伏して嗚咽《おえつ》する。

――会えば、三人の姉妹が証人となってくれるとは、こういうことだったたか。

喜八郎の母の遺言の意味を初めて解した。勘兵衛もまた、平伏したまま、もらい泣きした。

「少しはこの世に留まられる気になり申したか」

秀勝の薫風のごとき声が、その場にいる者に冷や水を浴びせかけた。

「ご生害なさること。父、筑前守に危害をくわえたり、筑前守の言いつけに背いたりして、おん身に危難を招き寄せること。いずれも亡き浅井備前守殿、柴田修理殿、お市ご料人様のご遺志に背き奉ることと存じます」

物柔らかながら、はっきりと決めつける。

喜八郎は涙を拭いて座り直したようだ。

「これなる喜八郎は今後も大切に預からせて頂きまする。されど、お三方のおん身の上に何かあった場合、それがしは喜八郎を止めませせぬ」

脅しだ。

――なんと。

勘兵衛はまた舌を巻いた。

賢く優しい公達《きんだち》だとばかり思っていた秀勝が、三姉妹に灰汁《あく》の強い脅しをかけている。

「手前は、もとより父を知らず、母はすでに亡く、今日初めてお茶々様、お初様、お江様にお目見えし、縁者として認められたこと、これに上回る喜びを抱いたことはありませせぬ。お三方のみが手前の、畏れながら身内にござります」

まだ感激がさめないのだろう、喜八郎が掻き口説く。

「万が一、お三方がおん身を滅ぼされるとあらば」

喜八郎がふり返る。

「あれにお控えになられる本朝一の武辺者、渡辺勘兵衛殿に介錯《かいしやく》をお願いし、腹を切りまする。今日の感激を思えば、お三方がおられぬこの世になんの未練もありませぬ」

勘兵衛は平伏したまま、仰天している。

三姉妹のほうから勘兵衛の顔は見えぬだろう。伏せたままの顔は、驚き、喜び、もらい泣きまでして大忙しだ。

茶々が、勘兵衛を見すえる。

「下郎、喜八郎に刃を向けるなど、許さぬぞ」

きつい物言いだった。

どうやら、初、江も勘兵衛の髷《まげ》の辺りを睨みつけているらしい。

座中を覆い尽くすように、秀勝が高笑いする。

「そのご様子ならば、ひと安心。喜八郎は残しますゆえ、物語りでもなされませ」

そう言い置き、部屋を出る。

「勘兵衛、ゆこう」

三姉妹の眼差しを背中に感じながら、退く。

――損な役目を押しつけられたものよ。

口には出さず、嘆いた。

秀勝とその一行は、翌日、長浜城で秀吉の家族の出迎えを受け、一泊した。その後、無事、三姉妹を安土城へ送り届けた。

大いに加増される

天正十一年六月一日、羽柴秀吉とその軍勢は京に凱旋した。

寄せ集めの大軍も、敵もおらねば、矢玉も飛び交わぬ京の大路小路では、隊伍を組み、歩武堂々と武威を輝かせる。羽柴秀勝以下、丹波衆もこれにくわわっている。

この日、秀吉は金梨地の胴の上から、柳ヶ瀬の合戦でも着た金襴の陣羽織を打ちかけていた。黄金張りの兜をつき従う小姓が捧げ持つ。

髭は水牛の角のごとく、天に向かって鋭く突き上がっていた。

道の両側には見物人が並び、ところどころに桟敷を設け、公家衆も秀吉の軍勢を見物した。

勘兵衛も馬に乗って進む。なんとも面はゆい心地だ。

北庄城落城後、秀吉は加賀に入った。加賀、越中、能登三国も残らず秀吉に降参する。秀吉は北国諸将すべての帰順を容《い》れた。北庄に戻り、柴田勝家分国の仕置きをおこなった。

柳ヶ瀬での合戦の最中に陣を捨て、羽柴勢勝利に寄与した前田利家・利長父子は大きく賞された。本領能登に加え、加賀国石川《いしかわ》・河北《かほく》二郡を加増される。利家は能登七尾城を引き払い、加賀金沢《かなざわ》に、利長も越前府中を引き払い、加賀松任《まっとう》に、それぞれ城を築いて移るよう命じられた。

越前は賤ヶ岳砦に加勢の兵を入れた丹羽長秀に与えられた。

五月二日には、織田信雄から岐阜城を明け渡すよう命じられ、尾張国知多《ちた》郡内海《うつみ》へ赴いた織田信孝が、その地で腹を切った。手を結んでいた勝家、信孝を失った滝川一益は、長島城に籠ったまま動かない。降参の機をうかがっているのだと囁《ささや》かれている。

――まずは秀吉を天下人となした。

勘兵衛は大望に向け、大きく一歩を踏み出した。大望とは、智力、胆力、心映えともに、ひとに秀でた主秀勝を天下人とすることだ。

翌二日、大徳寺《だいとくじ》において、信長の一周忌法要が執りおこなわれた。

勘兵衛は諸宗の長老、高僧、従う大衆たちが張り上げる様々な経文を背中で聞きながら、胸にこみ上げる思いに身を任せている。

――一年のなんと短く、激しかったことか。

一年前、勘兵衛は信長を弑《しい》した惟任光秀に味方した阿閉貞征の家来だった。その後、光秀滅亡に巻き込まれ阿閉家が滅び、勘兵衛は伊吹山《いぶきやま》に隠れ住んだ。そして、この大徳寺でおこなわれた信長の葬儀を見て、秀吉のもとに身を投じ、新たな主君秀勝と巡り合った。

今や、勘兵衛は信長の一周忌法要を警固している。

法要が果てると、秀吉は宝寺城に、秀勝は丹波亀山城に帰った。

五日、北伊勢攻めから柳ヶ瀬合戦を経て、北国平定に至るまで、羽柴方将士の軍功とそれに対する褒美が伝達された。

「なんと」

丹波亀山城において、論功行賞の結果を聞かされた勘兵衛は、秀勝面前であるにもかかわらず、憤りを隠さなかった。

「市松、虎之介らが、どんな大手柄を上げたというのじゃ」

秀吉が秀勝に宛てた書状において、福島市松、加藤虎之介ら秀吉近臣の働きが、

――賤ヶ岳の七本鑓。

として大きく喧伝されていた。

市松は五千石を、他の六人も三千石を賜ったという。

「たしかに市松、虎之介らが、それがしと同じく、先駆けを務め、敵の先陣と鑓合わせをしたのは認める。されど、どこの誰だか分からぬ名も含まれている。何が、七本鑓か」

秀吉はまず、

――七本鑓。

という勇ましい響きを気に入り、これを用いることに決めたようだ。

そこに七人の子飼いの家来をあてはめた。

秀吉は己一代で成り上がった。天下に名を知られた家来が少ない。今回の論功行賞を好機ととらえたのだろう。

秀勝も、書状を読み上げた浅野日向も、秀勝にはべる浅井喜八郎も、勘兵衛の放言をたしなめない。むしろ、頼もしげに眺めている。

「何が正則《まさのり》か、誰が清正《きよまさ》じゃ。生意気な。儂など了《さとる》のひと文字ぞ」

妬《ねた》む勘兵衛はふたりの諱にまでけちをつける。

市松の諱は正則、虎之介は清正というらしい。

「三成《みつなり》とて、立派な気働きを見せた。三成が七本鑓にくわわっておらぬのはどういうわけじゃ」

石田佐吉の諱は三成。それもこのたび初めて知った。勘兵衛は佐吉のためにも怒る。

勘兵衛が口を閉じるのを見はからって、日向が述べる。

「呆れた。一のものを二十にして貰っても満足せぬか。不平を言うか。これで若君よりの金子もお返しできるではないか。正直に言えば、わしは一年ごときで返せるものかと思うておった」

日向のことばに秀勝、喜八郎が笑う。

勘兵衛の働きを秀吉が無視したわけではない。

勘兵衛もまた一躍、百人扶持から二千石に加増された。およそ二十倍だ。くわえて、これからは扶持を米で受け取るのではない。二千石の知行地が宛行《あてが》われる。晴れて、給人となった。

騎乗を許された徒士から、いっきに秀勝の重臣に改まる。

勘兵衛は決まり悪そうに、笑う主人と朋輩の顔を眺める。

「了。よき名ではないか」

秀勝が呟く。

ひと文字諱は嵯峨院《さがいん》の子、左大臣源《みなもとのとおる》融を遠祖と仰ぐ渡辺一族の証だ。

明るい笑顔に囲まれ、勘兵衛は、若く心優しい主人と、己を受け入れてくれる朋輩を得たことを何より嬉しく思った。

翌日、ようやく母屋ができ上がった勘兵衛の屋敷に客が訪れた。

「聞いたぞ。二千石頂戴するそうではないか。そのうち、一千石ほどは、わしの手柄も同然。酒を飲ませろ。おごれ」

小者に呼ばれた勘兵衛が玄関に至るなり、そう言い放ったのは、赤尾新介だ。

「生きておったか」

「まあな。あのまま、山路将監に絞め殺されるかと思うたが、味方が折り重なって討ちかかってきてな。味方の武者に押し潰されぬよう、這い出すほうが大変だった」

新介は、例のにやけたような顔つきで語る。

「よかった」

勘兵衛は安堵する。

「何がよいものか。死にはしなかったが、将監の首は取れず。わしにはなんの褒美もない。上がるぞ」

新介は草鞋を脱いだ。

新介を板敷に案内し、小者に酒と肴《さかな》を支度するよう命じた。

「赤尾殿の小者には、台所に上がってもらえ。酒、肴をお出しせよ」

玄関の外に鎧櫃を担いだ小者が控えていた。

「ありがたい」

新介が珍しく礼を述べる。

編み笠を片手に持つ新介は旅姿だ。

「じつは、孫七郎《まごしちろう》様の陣を勝手に脱けたのだ」

板敷に敷かれた畳に座り、運ばれてきた酒を手酌であおるなり、新介は呟いた。

「なんと」

勘兵衛も竹筒の水をかわらけに注ぎ、あおる。

たしかに今、考えてみれば、新介が柳ヶ瀬にいたのは奇妙だ。初めて会ったとき、新介は三好《みよし》秀次の手の者だと述べた。

秀次は滝川一益を押さえるために、伊勢桑名城、長島城をのぞむ陣に残された。一益に動きがないことを知り、秀吉は、秀次に供廻りのみを引き連れ、柳ヶ瀬へくるよう命じた。

秀次近習でもない新介は、本来ならば伊勢にいなければならない。

「悩んだが、伊勢におっても手柄はあるまい。密《ひそ》かに陣を脱けた。柳ヶ瀬に赴いてみれば、木ノ本の真上の砦が燃えておるではないか。仰天したが、千載一遇の好機とも思った。あとは、なりゆきよ」

「呆れた」

「おぬしに言われとうない」

新介は笑いながら、杯を重ねる。

勘兵衛も手柄を前には見さかいないほうだ。新介は勘兵衛をも上回る。

柳ヶ瀬の戦場で、新介が己の名のみを叫び、主の名を出さなかったことを思い出した。

「孫七郎様のもとへは戻らなかったのか」

「戻らぬ。将監の首を取っていたのならば話は別だが、その首がない。あれだけ働いたのに、手ぶらで帰って、陣脱けの罰を食らうのも馬鹿馬鹿しい」

「貴殿の働きは儂が見届けた。首などなくとも、証人になるぞ」

新介は、じろりと勘兵衛の顔を眺めたあと、さらに杯を干した。

「勘兵衛殿のそういうところは気に入っている」

照れくさそうに床を見る。

「されど、勘兵衛殿のお口添えがあったところで、せいぜい陣脱けの罪を許されておしまいじゃ。褒美は頂けぬ」

手柄というのは、主の軍勢に属して上げるべきものだ。主の役に立って、初めて褒美が与えられる。その主のもとを勝手に離れて、よそで武功を上げて戻ったところで、主には褒美をやる道理がない。それを許せば、武士の家はなり立たない。

勘兵衛や新介のような武者には、一歩間違えれば、武士の掟《おきて》に背く危うさがある。

「それに、孫七郎様はわしが脱けたことすらご存じなかろう。わしはお目見得すら賜っておらぬ。わしも勘兵衛殿のように懇ろにして下さる主に仕えたい。しばらく、主探しの旅をする」

新介は胸を張って述べた。

勘兵衛もそのことばにうなずく。

秀勝と秀次は、じつは同い年だ。まだ十六歳ということになる。

若年であるがゆえ、秀次の場合は、戦場での采配も、新参者への謁見を含む平時の政務も、多くは家老任せになっているのかもしれない。

――若君は類《たぐい》まれなる方なのじゃ。

秀次を暗愚だとは思わない。秀勝が格別にすぐれているのだ。

ただし、藤堂高虎もそうであるように、よき主、己のゆく末を託せる主を求めて、世を渡り歩くのが当世の侍かたぎというものだ。勘兵衛にもその気分はある。

新介の試みを止める気にはなれなかった。

「客人は、まだ酒が足らぬようだ。屋敷にあるだけお持ちせよ」

勘兵衛は高らかな声で小者に命じる。

新介は嬉しそうにしている。

ひとり、杯を重ねる新介から面白い話を聞いた。

「北国街道で毛受庄助なる侍が、修理の身代わりとして奮戦し、討たれたことは聞いておるな」

「聞いた。見事なものだ」

毛受庄助の名は、羽柴方の諸士に知れ渡った。

その忠義を称《たた》えない者はいない。

「修理だと思っていた大将が、じつは毛受だと知れたのは討ってのちのこと。あの日、毛受の進退の鮮やかさ、威厳は大変なもので、味方は修理だと疑いもしていなかった。そのわずかな手勢を前に味方の大軍が気おされておったという」

「無理もない」

柴田勝家の武勇は織田家の諸将、士卒、小者に至るまで知れ渡っていた。

——修理の首は欲しい。それでも勝ちの決まった戦で死にたくはない。

そう思うのが人というものだ。

「そこへ、だ。我ら、当たらず三人衆と号して、足軽が三人しゃしゃり出た」

勘兵衛は身を乗り出す。

伝内、音弥、鶴太夫の三人に違いない。

「当たらず三人衆は、長柄をふり立て、ふり立て、毛受の手勢に迫っていった。長柄は大したこともなかったようだが、たしかにすぐ近くから放った鉄砲も矢も当たらぬ」

新介は酒で口を湿らせる。

「毛受も、この足軽ども、あっぱれ、と褒め、味方の侍たちも、あわれ、健気なる足軽どもを死なすな、と鑓を執り、ようやく両軍が鑓を合わせたらしい」

「三人の足軽は無事だったか」

それだけが気がかりだ。

「おう、無事も無事」

いくらか酔いの回ったろれつで新介はしゃべり続ける。

「侍衆と入れ替わりに陣に戻ってきたという。我らは、当たらずの勘兵衛様ご昵《じっ》懇《こん》の者で、勘兵衛様から当たらずの秘法を授けられたのだと、大威張りだったと聞くぞ」

勘兵衛は笑ってしまった。

「おぬしの人気は見上げたものよ。ついに騙《かた》り者まで出るとはな」

新介は渋い顔でつけくわえる。

勘兵衛は腹を抱えて笑い転げた。三人の無事が嬉しくもある。その晩は泊まっていくようにすすめると、新介は喜んだ。はなから、そのつもりだったのかもしれない。


その夜、勘兵衛は、新介も小者たちも寝静まった屋敷でひとり起き出す。一灯をともし、慣れた手つきで紙をのべ、筆を執る。文机《ふづくえ》の端に、黄金《こがね》色の南蛮の甘味をひと切れのせた皿を置いた。

「なるほど」

黄金色のひと切れをかじり、勘兵衛は呟く。

「壮吉のやつ、なかなか舌が肥えておるわ」

口中に広がる香ばしさ、甘さに陶然とする。

あらかじめ竹筒に詰めておいた白湯《さゆ》で口に湿り気をおぎなう。

越前在陣中から、勘兵衛には加増の噂があった。秀勝も日向も、いかほどになるかは分からぬまでも、加増はまず間違いなかろう、と請け合ってくれた。

――堺《さかい》へ赴き、南蛮の甘味を求めてきてくれ。名は、コンフェイトという。

壮吉に書状をしたため、銀ふた粒を添えて送った。ひと粒は壮吉の取り分、もうひと粒はコンフェイトの代金だ。

コンフェイトがいくらするか、見当もつかない。それでも銀ひと粒あれば、同じ重さのコンフェイトくらいは手に入るように思えた。

勘兵衛には珍しい、身の丈を超えた金づかいだった。加増をあてにして、勘兵衛は自身にささやかな贅沢《ぜいたく》を許すことにした。

まさに今日、壮吉は堺から戻った。この黄金色の甘味を携えて。

——コンフェイトではないではないか。コンフェイトはやはり堺でも売っていなかったか。

勘兵衛は失望を口にした。それほど、コンフェイトの甘さは心に深く刻まれている。

壮吉は黄金色の甘味を包み直し、勘兵衛の膝元へ進めた。

——これはカステイラと申す物でござる。

聞けば、堺にはコンフェイトが売っていたらしい。

しかし、壮吉の目には、同じ店に置いてあった、このカステイラもまた美味であるように映った。

ただ主の言うがままにコンフェイトを求めて帰ったならば、勘兵衛がわざわざ壮吉を遣わしたかいがない、と思ったという。壮吉は銀ひと粒でコンフェイトとカステイラを両方求め、宿で食べくらべた。吟味の上、双方ともに甘味として甲乙つけがたいものの、そうであればまだ主が食したことのないカステイラを献ずることにしたと述べる。

次の日、焼きたてのカステイラを買い、堺を発った。

——食べて頂ければ分かります。

壮吉は胸を張った。

勘兵衛はさらに銀ひと粒を壮吉に与えた。試し食いに銀ひと粒を使ったのならば、目の前にあるカステイラは、壮吉の取り分を削って求めた物、ということになる。

もうひと口、白湯をすすった。カステイラの甘みが消えてゆく。

妻への便りを綴《つづ》る。

「このたび、怪我ひとつせず、丹波亀山に戻りそうろう。屋敷もあらかたでき、家移りいたしそうろう」

そこまで書いて、ふと、妻にもカステイラを贈りたい、と思った。

——壮吉のことだ。そこは抜かりなかろう。もう贈ってあるかもしれぬ。

勘兵衛に対してより厚い、壮吉の妻への忠義を疑う余地はない。

「二千石、ご加増を受けそうろう。近々、物頭へお取り立て頂いても、不審これなくそうろう。これ一心に、そなたのためを思って働きたる果報なり。めでたし」

二千石の給人となれば、物頭を命じられてもおかしくはない。

物頭は鉄砲、弓、長柄鑓のいずれかを携えた足軽衆を率いて軍陣にのぞむ役目だ。

任じられれば、これまでのように浮き武者としてではなく、己の持ち場として先陣を命じられることになるはずだ。武功を心がける者には、憧れの職だ。勘兵衛にとっても夢だった。

「二千石の物頭の奥方ならば、そなたにとってもふさわしき身上なり。喜ばしきことなり」

妻は笑うに違いない。

——もともと百石の方のところに嫁いできたのですから、二千石の物頭の奥方様になろうとは、夢にも思いませんでしたよ。何がふさわしきですか。

と。

カステイラの残りを口に入れ、くぐもった声で呟きながら筆を進める。
「語りたきこと、多々あれども、これ以上は面《おもて》を合わせて申すべくそうろう。
早々に亀山に赴く支度をいたすべし」
ようやく、妻とともに暮らせる日々が訪れる。
勘兵衛は筆をおくと、カステイラの甘みとともに、その喜びを嚙みしめた。

小学館文庫
好評既刊

恩送り
泥濘の十手

麻宮 好

ISBN978-4-09-407328-7

おまきは岡っ引きの父利助《りすけ》を探していた。火付けの下手人を追ったまま、行方《ゆくえ》知れずになっていたのだ。手がかりは父が遺した、漆《うるし》が塗《ぬ》られた謎の容《い》れ物《もの》の蓋《ふた》だけだ。おまきは材木問屋の息子亀吉、目の見えない少年要《かなめ》の力を借りるが、もつれた糸は解《ほど》けない。そんなある日、大川に揚《あ》がった亡骸《なきがら》の袂《たもと》から漆塗りの容れ物が見つかったと同心の飯倉から報《しら》せが入る。が、なぜか蓋と身が取り違えられているという。父の遺した蓋と亡骸が遺した容れ物は一対だったと判るが……。父は生きているのか、亡骸との繋がりは？　虚を突く真相に落涙する、第一回警察小説新人賞受賞作！

小学館文庫
好評既刊

土下座奉行

伊藤尋也

ISBN978-4-09-407251-8

廻り方同心の小野寺重吾はただならぬものを見てしまった。北町奉行所で土下座をする牧野駿河守《するがのかみ》成綱《なりつな》の姿だ。相手は歳といい、格といい、奉行よりうんと下に見える、どこぞの用人。なのになぜ土下座なのか？　情けないことこの上ない。しかし重吾は奉行の姿に見惚《みと》れていた。まるで茶道の名人か、あるいは剣の達人のする謝罪ではないか、と……。小悪を剣で斬る同心、大悪を土下座で斬る奉行の二人組が、江戸城内の派閥争いがからむ難事件「かんのん盗事件」「竹五郎河童《かっぱ》事件」に挑む！　そしていま土下座の奥義が明かされる——能鷹隠《のうよういん》爪《そう》の剣戟《けんげき》捕物、ここに見参！

小学館文庫
好評既刊

姉川忠義
北近江合戦心得〈一〉

井原忠政

ISBN978-4-09-407211-2

姉川の合戦が、弓の名人・与一郎の初陣だった。父・遠藤喜右衛門が壮絶な戦死をとげてから三年、家督を継いだ与一郎と、郎党の大男・武原弁造は、主君・浅井長政率いる四百の兵とともに小谷城の小丸に籠っていた。長政には、三人の女子と二人の男児があった。信長は決して男児を許すまい。嫡男・万福丸を連れて落ち延びよ。長政の主命を受けた与一郎は、菊千代と改名させた万福丸を弟に仕立てて、小谷城を脱出する。目指すは敦賀、供は元山賊の頭目・武原弁造ただ一人。75万部を突破したベストセラー「三河雑兵心得」シリーズの姉妹篇第１作、ついにスタート！

小学館文庫
好評既刊

美濃の影軍師

高坂章也

ISBN978-4-09-407320-1

不破与三郎は毎日愚かなふりをしていた。美濃《みの》国主斎藤龍興《たつおき》に仕える西美濃四人衆のひとりである兄の光治《みつはる》にとって、腹違いの自分は家督相続に邪魔な存在だからだ。下手に目を付けられれば、闇討ちされかねない。だが努力の甲斐なく、与三郎は濡《ぬ》れ衣《ぎぬ》を着せられ、斬首を言い渡されてしまう。辛くも立会人の菩提山《ぼだいさん》城主竹中半兵衛に救われるが、不破家家老岸権七《ごんしち》が仕掛けた罠で絶体絶命に……。逃走を図る与三郎の前に、織田家への鞍替《くらが》えと引き換えに助けてやると言う木下藤吉郎《とうきちろう》が現れたが？　青雲の志を抱く侍が竹中半兵衛や木下藤吉郎らの懐刀になるまでを描く！

―本書のプロフィール―

本書は、小学館文庫のために書き下ろされた作品です。

小学館文庫

先駆《さきが》けの勘兵衛《かんべえ》

著者　松永弘高《まつながひろたか》

二〇二五年二月十一日　初版第一刷発行

発行人　庄野　樹
発行所　株式会社　小学館
〒一〇一-八〇〇一
東京都千代田区一ツ橋二-三-一
電話　編集〇三-三二三〇-五九五九
販売〇三-五二八一-三五五五
印刷所――大日本印刷株式会社

この文庫の詳しい内容はインターネットで24時間ご覧になれます。
小学館公式ホームページ　https://www.shogakukan.co.jp

ISBN978-4-09-407426-0